我所愛過正當最好年齡的人

一九三〇——一九六六年沈從文家書

沈從文、張兆和——著

人間熱淚已無多

中原大學通識教育中心教授　柯惠鈴

二十世紀中國知識分子經歷辛亥革命、五四新文化運動、南京國民政府黃金十年、抗日戰爭、國共內戰，乃至一九四九年「天翻地覆慨而慷」的政權輪替與社會大變動。浩浩蕩蕩的歷史並不隨風流逝，崢嶸歲月也並非與光同塵，無論承平、戰亂還是動盪，知識分子以各種不同的文字書寫方式，敘明心跡，表達情感，抒發不平，甚至泣血吶喊，為時代留下見證，為歷史保存魂魄。在知識分子各式各樣文字書寫類型中，書信是極其珍貴難得的素材，原因是戰火、流離、政治清洗等等，往往使得不能成編的書信遺失散佚，又或是為了躲避周密文網，只好把敏感文字付之一炬。外在環境既不利書信存留，幸運留存的書信，還可能因為書信往返的兩方或他方，僅視這種文字書寫的方式，主要目的是溝通日常生活訊息，是以通篇請安問候外，多數內容是柴米油鹽醬醋茶，以及氣候、景色描述，少有透露書寫者內心世界、精神狀態、情感流動、歡笑淚水、激情落寞、熱鬧枯寂等，那麼這樣的書信對於理解知識分子在歷史風雲變幻中的命運，他們的抉擇，他們的挑戰、批判、卑微、俯就、磨難、狼狽等等，就不免牽強附會，不知所以了。

從各方面來看，沈從文的家書彌足珍貴。首先，數量相當可觀的沈氏家族書信並未在戰亂烽火、政治鬥爭中燬於一旦，儘管遺失許多，但保留下來的部分，時間跨度由上世紀三〇年代至六〇、七〇年代，長達近四十年，對於觀察知識分子在二十世紀較長時間中，其所經歷的複雜變化，能夠有較明晰的掌握。再者，書信來往以沈從文為中心，絕大部分的收信對象是沈從文夫人張兆和。張兆和家世顯赫，她是民國初期少數擁有大學學歷的女知識分子，本身也從事文學創作，才華洋溢，且擅辭藻。家書中包含許多張兆和的覆信與去信，情真意切，諄諄叮囑，可貴的是她對生活永遠有一份樂觀以及拒絕苦難的情態。

回顧沈、張兩人從一九三〇年代相識、相戀、步入婚姻，婚後組成小家庭，生活安適寧謐，兩人育有二子，平靜生活不幸被戰爭打亂。抗日炮火自北平打響，沈從文與友人為避戰禍，倉促離北平，先抵長沙，後再輾轉入昆明，張兆和則留在危城中，護幼扶老，主持一切，直至一九三八年年底也不得不踏上流亡之路，攜帶兩個幼子奔赴西南，一家人得以團聚。儘管沈從文家書中，戰時書信缺漏較多，惟殘餘的文字仍能鋪陳出中國知識分子戰前、戰時，判若雲泥的生活。戰爭帶來巨大的苦難，從沈從文與張兆和夫妻兩人最初鴻雁東西，乃至遷延數月對於張兆和到底要走還是要留，陷於反覆爭執的無奈，已可略窺端倪。當然，戰爭中知識分子所受折損，精神加物質實難數計，書信透露沈從文倉皇出逃，捨去一大批原視之如命的珍藏版圖書、字畫、古董、文物等，曾經有過的風華，落得人去樓空，傾筐倒篋。

戰爭的苦難未已，更大的災禍旋踵而至，知識分子感嘆著哀莫大於心不死。抗戰結束後，沈從文全家隨北大遷返北平，他與眾多相知相熟舊友，一度寓居北平城郊的西山，自然風光與友朋聚談，暫得難有的愜意平靜生活。豈料不數月，國共交戰，平津易手，華北「解放」，中共新政權登場，此後便是「虎踞龍盤今勝昔」的動盪歲月。社會主義革命掀起如火如荼的激情，一時間，「解放區的天是明朗的天」這樣的革命歌典到處傳唱，而革命文章、革命故事、革命小說、革命文藝四方流傳，文學成了鬥爭的先鋒，成為改造社會的手段。

一九五〇年代始，在新社會理應造「新人」的革命指引下，黨中央祭出「批評與自我批評」政治口號，為中共建政拉開序幕，為了迎頭趕上「革命形勢」，人人爭先上綱上線，深揭猛批，檢討自身做人做事態度與群眾關係，更有甚者，不少人表現出痛心疾首、慚愧自責、涕泗橫流的感天動地狀，所有一切都代表著新時代降臨，舊時代一去不復返了。革命的烈火很快燒到知識分子，一九五一年，毛澤東宣布「思想改造」，目的是「清理知識分子隊伍」，如何清理並未有明確的指示，是以出身舊社會與西化、現代化沾邊的知識分子，個個惶恐畏懼，為求政治過關，不少人向黨獻心獻身，主動要求參加土改工作，他及她們到基層、到農村，向貧下中農學習，經風雨見世面，進行社會主義自我改造。一波波的政治風暴在沈從文的書信中依稀可辨，只不過，書信中以間接而又隱晦方式描述現實，同時幾乎不曾正面提及政治運動，但沈從文發信的時間、地點，他走向工農的變化足跡與心路歷程，仍然呼之欲出。一九五〇年代後，知識分子離城市「上山」與「下鄉」，與民國棄鄉就城，代表著兩種截然不同的政治社會意識形態，而社會主義政權講階段鬥爭、重視農村，對於向來沈浸於城市現代化文明的「資產階級」知識分子，無疑是當頭棒喝，如冷水澆背。

一九五〇年代後，革命風暴從未止歇，只有勢如破竹再勢如破竹，高屋建瓴再高屋建瓴，永遠沸騰著，永遠悲壯著。一九五二、一九五三年「三反」、「五反」，一九五五年批鬥「胡風反革命集團」，一九五七年「大鳴大放」、「百花齊放」，一九五八年「反右」、「三面紅旗」，一九六四年「四清」及「大四清」、「社會主義教育運動」，一九六六年「文化大革命」……。革命浪頭一次比一次高，革命激情烈火熊熊，刺刀見血。有革命就有「反革命」，出身舊社會、受西方式教育、渾身沾染城市現代氣息的知識分子，隨時可能被指認是「反革命」分子，又或是反修派、黑幫分子，乃至牛鬼蛇神，在推陳出新的革命清洗中，只能說他們的命運如風中殘燭，朝不保夕。這段鬼哭狼嚎的日子，多少人身處政治風暴當下，萬念俱灰，不甘受辱與折磨，毅然走上絕路。另外一些拚了命活下來的，空有一身文史專才，傲人學歷，曠古才華，卻毫無用武之地。他們從勞心者變勞力者，蹲牛棚者有之，下放生產隊加入勞動生產者有之，所有一切都亂了套，執筆者不過就「識幾個狗字兒」，於是大部分的人不再寫、不能寫、不敢寫，而就算寫了也面不了世，如此而成了集體噤聲了。知識分子身陷牢籠，稱之文化浩劫當不為過。

歷史的偉岸、殘酷，令人生畏，惟事過境遷後，仍有餘意留人間。沈從文的家書，從另一側面透露出令人玩味的訊息，即身處政治狂浪襲捲下，一種守著日常生活角落的不折不撓，如何成為個人躲過天下大亂、四分五裂的避風之所。換言之，沈從文與張兆和兩人以一種化外姿態，在不得不隨歷史與時代大浮大沉之下，體現知其白，守其黑，知其榮，守其辱的知識分子修養，以「過生活」的常態來應對政治的詭祕變態。要言之，本書所收的最後幾封信，多出自於張兆和之手，當時她已下放到北京郊區的順義生產大隊，得空便寫信給身居北京的沈從文。這些書信中，張兆和提到著名的政治風頭浪尖上的「焦裕祿」革命烈士樣版，還有蘊釀著一場牽連甚廣的批判歷史劇「海瑞罷官」已現苗頭，以及「四清運動」等等事件。談論這些動輒幾千幾萬人喊打喊殺的政治事件，已打入另冊的張兆和，書信中竟沒有流露一絲一毫議論，她的用語與寫家長里短之事，別無兩樣。一九六〇年代，下鄉接受勞動改造的張兆和，已看不到過去書家世家出身的官、暮、驕、嬌、怨「五氣」，她完全習染抄襲自革命老區的種種作風，如稱呼他人通常在其姓氏上加「老」及「小」字，書信中張兆和不無自在地說著別人喊她叫「老張」，已然是兩世為人。舊與新，相去何其之遠之大？福禍順逆，相隔如薄紙，怎不叫人欷歔嘆息？

一九三〇年代，自稱是「鄉下人」的沈從文，從鳳凰小城出走，他當過兵，做過許多卑賤工作，二十歲決意棄武從文，脫掉兵衣，隻身赴北京闖蕩。對一個無背景、無家世、無財力的青年來說，城市生活意味著連串挫折磨難。為了謀生，沈從文只能靠著一隻筆，不眠不休地寫。終於，沈從文的文章陸續見報，他漸漸受到名家矚目，各方逐漸對這個貧無以立錐之地的文壇新秀伸以援手，此後，沈從文的創作，不論題材、數量、風格乃至類型，都日益蜚聲於眾，他在文壇上已然屹立不搖。知名度提高後，交往圈自然隨之擴展。最早賞識沈從文文采的是郁達夫，兩人自然成為莫逆。再由郁達夫引介，沈從文與《語絲》作者群，包括徐志摩、梁實秋、周作人、朱光潛等人也過從甚密。徐志摩又把沈從文帶進《現代評論》圈子，由此而認識丁西林、陳源乃至吳宓。這些名單上的文人、學者，多半留學英、美，他們服膺理想浪漫主義，推崇唯情觀，沈從文身與其中，其文學作品的抒情色彩濃郁，自是有跡可尋。另一方面，在北平窮困無告的日子裡，沈從文與初闖文壇的胡也頻、丁玲夫婦相交甚篤，爾後在北大自由旁聽，更認識許多左傾的同鄉大學生，沈從文當時也接觸左翼文學，也知道共產革命、階級鬥爭理論，最終他卻並未與左翼有更深的來往。

現在看來，這位自稱「鄉下人」的唯美唯情作家，顯然並不「鄉下」，他筆下的湘西，和一九五〇年代毛思想重農主義所提到的農村，相距豈可以道里計。從這個角度來看，一九三〇年代與沈從文往還密切的英美派或是新月派，他們的文學理想與革命聲調南轅北轍，根本不符「鬥爭」需求。一九五〇年代後，大多數唯美派封筆也屬必然，而沈從文這位被西方稱譽為中國最偉大的少數作家之一，在長達四、五十年的歲月中，名字便只能被煙沒，作品只能被塵封，浸淫浪漫、理想主義的他、一時間當然寫不出「革命文學」，於是他全心意投入「雜學」。約有十年時間，沈從文一頭鑽進中國工藝物品及服飾研究中，後者在幾年專心致志的努力下，也算小有所成。一九八〇年代，政治復歸平靜，但人已老，筆已鈍，年華已逝，想重拾創作，豈非空中樓閣，水中泡沫？平靜沒有幾年，一九八八年沈從文壽命來到終點，一切皆成往事。

回望上個世紀沈從文寫或不寫，提醒我們歷史的難測與傲然，而時代悲劇彌天蓋地，有誰能真正躲過？閱讀這批書信，使我們駐足凝思，也許歷史的幾年幾十年，不過是一瞬，但對於個人來說，它是獨有的、可貴的一世一生。

二〇二一年九月一日

目次

目次

我行過許多地方的橋
看過許多次數的雲
喝過許多種類的酒
卻只愛過一個正當最好年齡的人

劫餘情書・日記

從作者開始追求張兆和起，到兩人終於結為夫妻，大約經歷了三年零九個月。其間作者一共給張兆和寫了多少情書，沒有準確的記錄，但估計有幾百封。這些情書全部毀於抗日戰爭初期硝煙之中。

歷經戰亂和政治運動洗劫後，在倖存及「發還」的材料中，包括一本張兆和不滿廿歲時的日記，其中竟相當完整地抄錄了沈從文的三封信，節錄了另一封長信的主要內容，並對胡適之先生等人在他們之間起的作用，有較具體的記載。

現選編張兆和日記中極具史料價值的幾篇，加上作者唯一公開發表過的情書，組成〈劫餘情書．日記〉獻給讀者。

兆和日記

一九三〇年七月四日

包含　王華蓮致張兆和　一九三〇年七月二日　吳淞
　　　沈從文致王華蓮　一九三〇年七月一日　吳淞

姊妹三個去西美巷看了四爺家小弟弟的病。我未吃午飯就到大姑奶家，大姑奶仍然是那麼興致洋溢的同我談笑。在所有的女長輩中，大姑奶是我最敬佩的。

回來看到Lo[1]的信——

半年來為這事煩夠了，總以為沒事了，誰知事仍如此，或者更會加劇些，叫我如何辦法呢！

我把Lo的信抄在下面，過些日子，自己看看，容我在事過後心平氣和下看看自己的事究竟處置得對不。

B.C.[2]：

前天S.[3]先生來我房，說他沒兩天就要搬走了。昨天午間又來（同他S.S.一同來的），忽然又說不走了，是因胡先生留他在這兒的。昨晚茶房送來一信，邀我過去談談，並說明有事問我。當晚已遲，或因不便夜間在外邊走動，又怕倉促間不能回答他的問題，所以沒有去。我上了床，細細的籌畫一下（明知問的是關於你的事），決定今早去。我以為不去是不能完事的，躲著反見我的忸怩。誰知今早大雨，下午天晴了。我走出去，卻被水隔住了，不能過去。但遙遙的看見S.已站在校門口了。等到五點半的時光，我只好依然去去看。一進門S.睡在床上，L女士和L五人都坐在他房，他們見我進去隨即告退。S.的問話就開始了，開頭照例是幾句應酬話，隨後他就說：「我有一事要問你，可是我說不出口，請你看這個」——他手按著一張紙，一方面叮囑我不許告訴人，再說。我拿了紙，一面看，他一面問：「你知道這事不？B.C.告訴你什麼沒有？」我說待我看完了這個再說。B.C.！現在也請你把他給我的兩張破紙看了再讀下去，也許有頭緒些。

---

1 Lo係王華蓮的代號。王是張兆和的同學、好友。Lo To同。

2 B.C.係張兆和的代號。

3 S.係沈從文的代號。S.S.W.同。

Lo To：

我想問你一件事情，在過去，B.C.同你說過什麼話沒有？

她告訴你她同誰好過沒有？

她告訴你或同你談到關於誰愛她的事沒有？

因為我信託你對於朋友的忠實，所以誰也不知道的事，我拿來同你談及。

問你這事的理由是我愛她，並且因為這事，我要離開此地了。

我本來不必讓我以外還有誰知道這件事，不過這事如今已為胡先生知道了，或者你還先知道，並且我以為你也有知道的理由，所以我來同你說及。

因為我非常信託你，我想從你方面明白一點關於她的事情。我打量這事情只有你一人知道，不能盡其他人明白。

我因為愛她，恐怕在此還反而使她難過，也不願使她負何等義務，故我已決定走了。不過我願意知道她的意見而走。我並不迫她要她愛我，但我想她處置這事稍好一點是，告訴我一點她的意見。

昨天到W[4]先生家中去，說到要走的事情，問了許久，為什麼要走，我還總是說為刻苦自己，沒有提到是女人的事，我想你們中也總不會知道，但到後是把要走的理由說及胡先生知道了。因為我自己感覺到生活的無用可憐，不配愛這樣完全的人，我要把我放在一種新生活上苦幾年，苦苦得有成績，我或者可以使她愛我，若我更無用，則因為自卑緣故，也不至於再去追求這不可及的夢了。這個話我也另外告訴B.C.了。但胡先生知道這事以後，他要我莫走，要我好好的待在這裡。他以為若果是她家庭有困難，他會去解決。他將為我在這事上幫忙，做一切可做的事。我現在要從你方面明白的就是她自己，若果她同你談到這個（我疑心她同你談過），我想從你方面知道一二。

因為愛她，我這半年來把生活全毀了，一件事不能做。我只打算走到遠處去，一面是她可以安靜讀書，一面是我免得苦惱。我還想當真去打一仗死了，省得把糾葛永遠不清。不過這近於小孩子的想像，現在是不會再做去的。現在

4 W係胡適的代號。

我要等候兩年，盡我的人事。我因為明白你是最可信託的朋友，所以這件事即或先不知道，這時來知道也非常好。我已告訴B.C.因為恐怕使她難過，不寫信給她了。可是若果她能有機會把她意思弄明白一點，不要我愛她，就告訴我，要我愛她，也告訴我，使我好決定「在此」或「他去」。我想這事是應當如此處置好一點的。

胡先生是答應過我，若只不過是家庭方面的原由，他會為我出面解決一切的。事情由他來幫忙，難題很少也是自然的了。在我沒有知道B.C.對我感想以前，我絕不要胡先生去幫忙，所以我先要你幫忙，使我知道一點B.C.對於這事的處置方法（S.信至此完）。

S.說：「我很信託你，我知道你是忠於朋友的，願幫忙的，忠實待朋友。所以才把不肯告訴人的話來告訴你，向你說，與你商議。」

B.C.，他說的一點不錯，可是我惟其要忠於友，卻不能忠於對我的友生野心——也許是不利——的人了。他不明白這個（也許明白而另有作用），卻來向我求謀，豈不笑話？閒話少說，言歸正傳。當我看完了那紙，我用深刻的同情，長嘆了一聲。他問：

「你曉得不曉得這事？」我點了點頭，他又問：「是不是B.C.告訴你的？她說了什麼？」我說不是，是我在她房裡時剛剛遇著茶房送信去，我看見的。他問：

「是不是末了一信？」

「我不曉得。有一晚上，我在她房裡，茶房說S.先生給B.C.小姐信，我才知道。」

「你看了沒有？」

「我要看，所以B.C.看了，就遞給我。」

「她看了說什麼？你們對於這事談了些什麼？」

我說當晚時間很遲，已快熄燈了，來不及多談。不過，我們遇著這種事，總要說幾句事不干己的話，也就算了。因為遇見這類事件很多，照例的不去介意，所以也就沒有多談。

「以後她有沒有說什麼？」

「今年我們不同宿舍，課也不同上，她房裡的人和我房裡的人都不容得我們密談，所以這半年來我們沒有深談的機會，大家碰頭時只有普通的談笑罷了。」

「B.C.一下都沒有談到關於我的事或信件嗎？」

「因為這種事對於B.C.尤其多，多了也就不感到如何出奇，所以照例的容易忘記。

「在以前B.C.同你談過……她談過我麼？對我的感覺是怎樣的？她對我談過些什麼？」

「在以前是師生關係，我們都隨便的亂說，都說S.先生是值得稱讚的先生，自從發生了信，也許她怕我們調笑，也許是沒有談到S.先生的機會，所以不大談。近來她什麼也不多談。」

「她到底對我有沒有愛？她將來會需要我的愛不會？假使她現在不需要，而將來需要，我可待她，待她五年。」

「這個我不曉得，不過就我所曉得的，你若認真的問她，她會用小孩子的理智來回答你，『我不要』，因為問急了，她一時答不出來，也許就給你一個『要』或『不要』。講到將來，將來總有些渺茫，也許是現在恨，而將來變為愛，也許是現在愛，而將來變為恨，那都是不可捉摸的，怎麼能憑準呢？」

「她既不愛我，為什麼又不把我的信還我呢？我已經說明了，要解決這個糾紛，最好的辦法是把我的信還我。——說到這裡竟大哭了——她卻總是沉默。這使我一直的糾纏下去，彼此都不便，也許是不好的事。」

「不過我所知道的，以以往的為例，像這樣的信，有時竟一連來幾十封，她都置之不理，終於隱滅了。我清楚知道的有一個國民政府派出留學日本的，因友人的介紹，B.C.曾與他通過兩三封信，及至那人提出希求，B.C.又是照例的不理，一直糾纏了兩年多，到去年，那人的最後一封沉重決絕的信來了，又有他朋友同鄉之來向B.C.設法，她也是給他一個不理，那件事到了去年暑假也就告了一個結束了。我想這回事大概她也以為沉默是較好的辦法。」

「但是我明明說把信還我——又哭——或者是比沉默較好的方法，她都不做。我打算遠走，胡先生硬要留我在此，叫我努力，把身體弄好，說到這裡真叫我傷心——又哭——這半年來為了她，我一點事也不能做。胡先生叫我盡人事，他要幫我的忙成功這樣的事。我請他暫等一下，他叫我等到她畢了業再說，留在這裡使她多了解我一點。所以我要從你得知她確實的態度，因為她最信任你了，當然什麼話都要同你談的。」

「也不見得，B.C.是理智勝過感情的人，她從不為朋友一言所動，也不為朋友而犧牲己見。關於深切的事，她也不肯多談，所以我不知道她到底如何。不過我要問一句，

S.先生現在需要的乃是她的一句話，還是什麼？要是一句話，這句話的回答很容易，我以為。回答滿意的當然沒有話說了，一切也成功了。萬一B.C.竟說出不滿意的回答，那時對S.先生有無妨礙？我很知道她的個性很強，她在你極高興時極以為得計時，給你一個『我不』！她完全孩氣未脫，若是有一事逼得她稍過一點，她明明幹也要說不幹了。她的回答是無足輕重的。」

「我也曉得她現在不感到生活的痛苦，也許將來她會要我，我願等她，等她老了，到卅歲。」

「光陰有限，得到那時大家都老了。」

「她若果把信還我，我現在的生活一定不是這樣子，一定有個攻變，也許更努力做人，也許墮落，就人情所能做到的多是屬於自墮一方面，因為沒有心情來做人了。講到這裡，我願大家都沉默過下去，也許好一點。但是像這樣的沉默，使我心懸空的難過，倒不如告訴了我，使我掉下來，跌碎了也好。假使她說愛我，我能為她而努力做更偉大一些的事。」

「我也覺得S.先生再努力一點的好。事業能成功，就是愛的成功，也就是一切的成功。」——說到這裡，看他的神色，他卻不大以為然，大概他以為他的小說算是成功了，不過就是偉大偉小上的問題而已，所以他說：

「B. C.現在當然說不到生活問題。她現在還沒有感到生活的需要。假使她需要我愛的話，我能使我自己更偉大一點。」

「好，我願盡我的力量去得知B. C.對你的態度來告訴你，不過寫信一層，隔膜太大了，尤其是詞不達意的我，更說不清了。」

他說：「等到開學時順便說說也好，免得寫信麻煩。」——話算告一結束了。其中還有許許多多連恐嚇帶希望的言語，見面時再細為你述罷。我要在同房人睡了之後來寫這封信，誰知我的筆下很慢，許多話都只好從略了。許多我替你設的計畫都還來不及寫上，我願你接這信後，仔細的慎重的想一下，計較一下，或者同你的姊姊商議一下，商議好了，在可能中我願你能在八、九號來上海一次！把S.給你所有的信件，連同這一封，一道帶來！我把我替你的計畫告訴你，我覺得我這計畫很好，非此行不可。我以為趁早解決的好，似此拖延下去，既非S. S. W.的福利，更不是你的福利。以後更大的糾纏發生，誰能堪此？

我寫的這兩張紙最好不給人看！你看了，還我。

S. W.寫給我的這兩張紙，你留著沒用，我留著比你留著好些，因為我始終可以為你打算。萬一有個意外的事發生，我也有個根據，因為他現在把這樣的事來託一個姑娘的——女兒身——我來幫忙，萬一被他知道我不單不替他幫忙，反為你設法來解脫這事，他豈不將由怨你而恨我？恨我的難堪，你能替我設想嗎？我現在不顧利害的來替你解決這事，正如他所說的，我是忠於友，B.C.願你把這封信全部還我！

夜深了，再談！

Lo二日夜　風雨窗下

他說的恐嚇話竟是使人聽著感到卑鄙，他用又硬又軟的手段來說恐嚇話，也許是要叫我傳給你聽的。在他以為恐嚇是能以助愛的滋長的。B.C.，你怕不怕？你若因怕而愛他，或不為條件的愛他也好。若堅決不愛他，而永無愛他的一日，你來，我替你解決，包不至於對你有較大的不利。

我到這世界上來快廿年了……我也不是個漠然無情的木石，這十年中，母親的死，中學裡良師的走，都曾使我落下大滴的眼淚過；強烈的欺凌，貧富階級的不平，也曾使我胸中燃燒著憤怒的鬥爭之火，透出同情反抗的嘆息過；在月夜，星晨，風朝，雨夕中，我也會隨著境地的不同，心中感到悲涼，淒愴，煩惱……各種不同的情緒。但那也不過是感到罷了，我不曾因此做出一首動人的詩來，或暗示能做出一樁驚人的事來。可是我是一個庸庸的女孩，我不懂得什麼叫愛——那詩人小說家在書中低迴悱惻讚美著的愛！以我的一雙肉眼，我在我環境中翻看著，偶然在父母，姊妹，朋友間，我感到了剎那間類似所謂愛的存在，但那只是剎那的，有如電光之一閃，愛的一現之後，又是雨暴風狂、雷鳴霾布的愁慘恐怖的世界了。我一直懷疑著這「愛」字的存在，可是經了他們嚴厲的駁難（尤其是允）後，我又糊塗了，雖然她們所見的愛的存在的理由，也正如我一樣，只是片面的。

如果不是這兩年來大學的男女同學經驗，我簡直不知道除了我所懷疑的那許多愛以外，還有我以前一直意想不到的一種愛。

不想寫了，一切因為華的來信，不寫了，不寫了。

兆和日記　一九三〇年七月六日

六號，又接到一封沒有署名的S.先生的來信。沒頭沒腦的，直叫人難受！

我決定八號到上海。

兆和日記　一九三〇年七月八日

除了二姊而外，沒有告訴另外任一個人，我就到上海了。在北站看見特地來接我的蓮，她陪我在車站附近的小廣東館中吃了東西。兩人在炎炎的烈日下踽踽地走著，不知到什麼地方去談話的好。後來謅了來上海的口實，我就同她到老伯伯家，借準備學校裡的事，我同蓮把表妹住的亭子間的門閂了起來，蓮再把那天被S.先生邀去談話的事，詳詳細細的報告一遍。他說這糾紛的延長，是由於我之不復信，和沒有聽從他的意見以歸還他所有的信而表示不滿的行為。這真叫我沒有辦法！在先，我以為長久的沉默可以把此事淹沒下去，誰知事實不如我所料！

他還說了些恐嚇的話，他對蓮說，如果得到使他失敗的消息，他只有兩條路可走，一條是刻苦自己，使自己向上，這是一條積極的路，但多半是不走這條的，另一條有兩條分支，一是自殺，一是，他說，說得含含糊糊，「我不是說恐嚇話……我總是的，總會出一日氣的！」出什麼氣呢？要鬧得我和他同歸於盡嗎？那簡直是小孩子的氣量了！我想了想，我不怕！Lo替我愁的不是這個，她怕他會去毀壞我的名譽，或以他的一點聰明，捏造我成為一個可怕的女子，使一般男子們不敢接近我，使我永遠得不到一個愛人，於是他便感到報復的愉快而滿足了。如果真是如此，這證明他愛我非假，為償還這不顧一切的愛，我雖永遠不會愛他，雖也意想著這未曾經驗的落寞的難堪，我也願那麼等著。

他以這糾紛的延長是由於我之未還他信，蓮以為如此刻信還他，也許可濟於萬一，但她又恐致使他惱羞成怒，設法來毀壞我。因他已先將此事告訴胡先生，所以她勸我此次也到胡先生家去一趟，把前後情形詳細告訴胡先生，然後請胡先生將他的信交還他，那麼以後他對我的損傷就有胡先生負責了。我恐怕把他的信由胡先生手中交還他，反更會激起他的惱怒，但我仍到胡先生家去了。

下午四時許，我走到極司非而路的一個僻靜的小巷中，胡家的矮門虛掩著，我在門欄中看到客廳中電扇飛旋著，談笑聲喧鬧著，我知道有客，而且多半是我認識的，我不想進去，故意揿了揿門鈴。一個女工出來，她用著江北口音問我姓什麼，找誰，我說了，她請我進去，我不，於是她進去說：「一個姓張的女學生來找老爺。」我靠在門上，嗒嗒嗒嗒，胡先生的足聲，他出來了，請我裡邊坐，我說有客，不進去了。他說樓上談不好麼？我說不想耽擱其他客人談話，希望胡先生給我一個單獨談話的機會，他聽了這話，才像猛然憶到：「你可就是密斯張兆和！」「是的。」我答。「好的」，他說，「明天，不，今晚六點鐘有空，請過來罷。」我像是做完了一件大事，跳跳縱縱的跑出巷來，回到三多里，沒半點鐘，又乘了電車往這地方來了。這回果然靜靜的，沒點兒喧笑聲，我看見羅爾綱[5]在院上教著一個男孩念書，他見我來，站起來同我點頭，有趣，我在學校一直沒同他招呼過。當他在第一次謀生時，見了我這同學有怎樣的感覺？應有如許的悲抑委屈罷，我想，雖然他沒同我說話。江北女工上樓去不一會，胡先生下來了。他開始便說對不起，先前我剛走，他的客人們也就走了，害得我跑路，隨後問我的姊姊，問暑假學校等事，他假裝以為我是問暑期學校事來，問我進不進暑校。及至後來才問：「密斯張有什麼話同我商量，請儘管說吧。」他說時由較遠的一張長沙發椅，移坐到我對面的沙發上來了。我毅然（但終不免帶幾分羞澀）的說：「我本不該來麻煩胡先生，不過到了無法可辦時，而且沈先生也告訴過你，所以我敢於來請教先生。」於是我說了沈先生的事。他也把他由沈先生那裡得知的事情報告點給我。他誇沈是天才，中國小說家中最有希望的什麼，及至我把我態度表明了，他才知道我並不愛他。這下子他不再叨叨了，他確乎像是在替我想辦法，他問我能否做沈一個朋友，我說這本來沒什關係，可是沈非其他人可比，做朋友仍然會一直誤解下去的，誤解不打緊，糾紛卻不會完結了。這裡，他又為沈嘆了一氣，說是社會上有了這樣的天才，人人應該幫助他，使他有發展的機會！他說：「他崇拜密斯張倒是真崇拜到極點。」談話中這句話他說了許多次。可是我說這樣人太多了，如果一一去應付，簡直沒有讀書的機會了。於是他再沉默著。他說：「你寫信要他現在不要和你通信，或不要寫那樣帶有感情的信。最好是自己寫封信給他，再把態度表明一下。」我說怕他接信後會發生影響，「不會吧」，他也不敢斷定，「不過你得寫得婉轉些。」我說我沒有還信的錯誤。他說：「你很可以對他說信是留著的了，你就明白的說，做一個紀念，一個經驗。」他說他也願意為我寫信去勸勸他。臨行時，他說：「你們因這些事而找我，我很高興，我總以為這是神聖的事，

5 羅爾綱，著名史學家，當時剛從中國公學畢業，因有困難，經沈從文介紹到胡適身邊協助工作，兼任家庭教師。

請放心，我絕不亂說的！」神聖？放心？亂說？我沒有覺得的，已和一位有名的學者談了一席話，就出來了！

晚留宿三多里，同蓮談至夜半。

清晨起來寫信。

Lo的信給她帶了去，S.的帶到蘇州寄。

兆和日記　一九三〇年七月九日

回蘇，S.的信寄出了。

兆和日記　一九三〇年七月十日

心不定。

兆和日記　一九三〇年七月十一日

包含　沈從文致張兆和　一九三〇年七月九日　第一信　吳淞

接到S.的信（是得到我給王的信而還未見我的信時寫的）。字有平時的九倍大！例外的稱呼我「兆和小姐」：

兆和小姐：

從王處知道一點事情，我尊重你的「頑固」，此後再也不會做那使你「負疚」的事了。若果人皆能在頑固中過日子，我愛你你偏不愛我，也正是極好的一種事情。得到這知會時我並不十分難過，因為一切皆是當然的。很可惜的是若果你見到胡先生時，聽到胡先生的話，或不免小小不懌，這真使我不安。我是並不想從胡先生或其他方面來挽救我的失敗的，我也並不因為胡先生的鼓勵就走所謂「極端」。我分上是慘敗，我將拿著這東西去刻苦做人。我將用著這教訓去好好的活，也更應當好好的去愛你。你用不著憫或同情，這東西女人雖多，可以送給其他的那一群去。我也不至於在你感覺上還像其人一樣，保留著使你不痛快情形的。若是我還有可批評的地方，可憐處一定比愚蠢處為少，因此時我的頑固倒並不因為你的偏見而動搖。我希望一些未來的日子帶我到另一個方向上去，太陽下發生的事，風或可以吹散。因愛你，我並不去打算我的生活，在這些上面學點經驗，我或者能在將來做一個比較強硬一點的人也未可知。我願意你的幸福跟在你偏見背後，你的頑固即是你的幸福。

S. S. W. 九日

兆和日記　一九三〇年七月十二日

同允姊辯論了一整晚，為的是幾年前我無意中的一句話：「人與人間的關係除了互相利用而外，還有些什麼？」允以為人間關係不止利用一種，還有一種感情的愛；而我則堅持人除了利用而外，絕無其他關係，甚至於愛；不過我說的利用只不過是關係，不一定是動機，有時或者動機不在利用人，而關係卻自然而然成為利用了。如孝，如戀愛……

朱媽催了幾次睡覺了，我也記不下來那些話。

月光瀉滿了一房。

兆和日記

一九三〇年七月十四日

包含　沈從文致張兆和　一九三〇年七月九日第二信　吳淞

胡　適致沈從文　一九三〇年七月十日　上海

接得王的信，她信中抄有一封胡給他的信，另附一封他託她轉我的信。他此信中，仍然同十一日來信的口氣一樣的強硬，他這麼寫：

兆和小姐：

感謝你的知會，由王處見到了。我所說分內的東西，就是愛你的完全失敗，明白了，絲毫沒有什麼奇怪的。目下雖不免在人情上難過，有所苦痛，我希望我能學做一個男子，愛你卻不再來麻煩你，也不必把我當成「他們」一群，來浪費你的同情了。互相在頑固中生存，我總是愛你，你總是不愛我，能夠這樣也仍然是很好的事。成若快樂一點便可以使你不負疚，以後總是極力去學做個快樂人的。

一個知道一點事情的人，當他的愛轉入無希望中去時，他是能夠把口用啞，不必再有所嘮叨了的。關於我愛你使你這時總還無法了解的一切，另一時若果把偏見稍去，還願意多明白一點時，我想王或不缺少機會同你提到。她不是「說客」，我也不是想靠王或胡先生來挽救什麼，不過有些為文字所糟蹋的事實，朋友中卻以客觀原因，較容易解釋得清楚一點罷了。女子怕做錯事，男子卻並不在已做過的錯事上有所遁避，所以如果我愛你是你的不幸，你這不幸是同我生命一樣長久的。

我願意你的理知處置你永遠在幸福中。

沈從文（讓這名字帶來的不快即刻你就忘記了。）

十九年七月九日

這封信仍然是九號寫的，據說先由胡先生轉，胡先生不知我的地址，又請王轉的，王將胡給他的信抄給我：

從文兄：

張女士前天來過了。她說的話和你所知道的大致相同。我對她說的話，也沒有什麼勉強她的意思。

我的觀察是，這個女子不能了解你，更不能了解你的愛，你錯用情了。

我那天說過，「愛情不過是人生的一件事（說愛是人生唯一的事，乃是妄人之言），我們要經得起成功，更要經得起失敗。」你千萬要掙扎，不要讓一個小女子誇口說她曾碎了沈從文的心。

我看你給她的信中有「把我當成『他們』一群」的話。此話使我感慨。那天我勸她不妨和你通信，她說，「若對個個人都這樣辦，我一天還有功夫讀書嗎？」我聽了憮然。

此人太年輕，生活經驗太少，故把一切對她表示愛情的人都看作「他們」一類，故能拒人自喜。你也不過是「個個人」之一個而已。

暑期校事，你已允過凌先生，不要使他太為難，最好能把這六星期教完了。有別的機會時，我當代為留意。

給她的信，我不知她的住扯，故仍還你。

你若知道她的住址，請告訴我，我也許寫一封信給她。

有什麼困苦，請告訴我。新月款我當代轉知。

適之　十九，七，十夜

胡先生只知道愛是可貴的，以為只要是誠意的，就應當接受，他把事情看得太簡單了。被愛者如果也愛他，是甘願的接受，那當然沒話說。他沒有知道如果被愛者不愛這獻上愛的人，而光只因他愛的誠摯，就勉強接受了它，這人為的愛，非由兩心互應的有恆結合，不單不是幸福，終會釀成更大的麻煩與苦惱。胡先生未見到這點（也許利害的觀點與我們不同），以為沈是個天才，蔑視了一個天才的純摯的愛，那這小女子當然是年紀太輕，生活太無經驗無疑了。但如果此話能叫沈相信我是一個永久不能了解他的愚頑女子，不再苦苦追求，因此而使他在這上面少感到些痛苦，使我少感些麻煩，無論胡先生寫此信是有意無意，我也是萬分感謝他的。

如果沈光只寄了九號寫的那兩封半譏諷半強硬的信來，即使以後也還常常寫些鄙視我的信來，我也沒什麼說的，因為他這樣的態度，足以消去我的同情，足以磨滅掉我因他之為我而苦惱消沉的內心負疚，我可以在這些上面多得一些人生經驗，更能安心的讀我的書了……誰知啊，這最後的一封六紙長函，是如何的影響到我！看了他這信，不管他的熱情是真摯的，還是用文字妝點的，我總像是我自己做錯了一件什麼事，因而陷他人於不幸中的難過。我想寫一封信去安慰他，叫他不要因此憂傷，告訴他我雖不能愛他，但他這不顧一切的愛，卻深深地感動了我，在我離開這世界以前，在我心靈有一天知覺的時候，我總會記著，記著這世上有一個人，他為了我而把生活的均衡失去，他為了我，捨棄了安定的生活而去在傷心中刻苦自己。頑固的我說不愛他便不愛他了，但他究竟是個好心腸人，我是永遠為他祝福著的。我想我這樣寫一封信給他，至少能叫他負傷的心，早一些痊癒起來。但再一想，自己是永久不會愛他的（自己也不知為什麼），而他又說過永是愛著自己，這兩個極端的固執，到頭來終會演成一場悲劇，與其到那時再來叫他或自己受更大的罪，還是此刻硬著一點心，由他去悲苦，不寫信去安慰他，不叫再擴大這不幸好些。這是我們女子的弱點，富於同情而不敢表示。也不怪，女子在這世界上是最軟弱可憐的，她們的一切行動思想均在苛刻的批評下壓伏著，她們偶一不慎，生命上刻上了永世不消的人們的口印，便永久留著一個洗不脫的污跡……為人人所唾棄、為人人所鄙視的污跡，這樣，女子養成欲進又止的怯弱行為也是當然的事了。這裡的我，也是如此的，我知道他愛我的一片苦心，縱不願接受，也不當去禁止。愛人原不是罪惡，在人情的最低限度中，我很可以把不愛他的情形告訴他，希望他不要在我身上做些什麼荒唐的夢，明白了這些，然後同他做一個好朋友。但這最低限度我仍然不能這樣做。做一個人，為自己打算處總比為人打算處為多，而尤其是在我們女子難處的地位中，走錯一步便留下千古的痕跡，所以雖明知道同他做朋友不是什麼錯事，也因怕人之非議而膽怯不前了。何況人的心又是得寸進尺的，他雖說能夠同我做一個常見面的熟人便很滿足了，但誰保得住他不因我之不退避，便也停止向前進攻呢？……想到這一點，我不得不謹慎，不得不制止著自己去寫一些隔靴搔癢無補於事的同情信了。眼見得人家向井底落，我自己軟弱無力，心怯膽小，只有張著一雙手看著了。

究竟在這些事上，我仍然是一個小孩，懂得不多，一有點為難便令我束手。胡先生以為不應拒人誠摯的愛而自喜（其實我又喜些什麼！），沈則雖頑固如初，最後一信卻說，在人事上別的可以博愛，而愛情上自私倒許可以存在，沈在這種情形之下，說出前後矛盾的話，當然是不足為奇的……可是，這裡卻又叫我糊塗了。小說上常常有許多女子，為了一個不相識的人，能用不顧死活的愛去愛她，為他這無所求的愛（如《茶花女》中的亞芒），便也愛了他。這樣的情形除了被愛者因自身的關係，有時或不能這樣做以外，但在旁觀者眼光看來，統都以為非如此才對。假如我是此事的旁觀者，我自始至末明白清楚了這事，我見到我對付此事的態度，我也會深深地同情他而不免譴責我自己了。可是我終懷疑到那只是小說戲劇中文人所捏造，我懷疑人情中真會有這樣的事，……但眼前這一件熱情的悲劇，又明明呈露在眼前，在這無可解答中，我也就不得不自認我是太年輕太無生活經驗了。

一天只是管些閒事，也沒有功夫來寫日記，其實我是一件事也沒有做。陸續地寫了這一點，明天寫吧。

兆和日記　一九三〇年七月十五日

節錄　沈從文致張兆和　一九三〇年七月十二日左右　吳淞

昨日今日連颳了兩天大風，可以記在日記上的事：

（1）我們樓前遮太陽的蘆席棚被颳倒了。

（2）今天弟弟們的九如社開了一個小小的成績展覽會，成績有字、畫、動物植物標本，還陳列著古錢，和九如社附設皖山圖書室的藏書。我們水社的人們正忙著在裝訂二期的《水》，他們硬要請我們去參觀，參觀後還拿著刻了紅「九如」印的紙，逼著每個人批評，而且要批評短處，我看了又高興，又急。

（3）昨日五爹爹遊公園，在毛厠裡把一支拐杖丟了，今天在公園一帶高高地貼起了尋杖懸賞的招貼。

但是我總不能忘懷那件事，他愛我愛得太探切了。他仍然沒有放鬆他的念頭，不過知道不成後在表面上捨棄了罷了。唉，這一場孽債，哪裡是他的前因，將生怎樣的後果，何日才得償清！不管它吧，讓我把他此次的信抄寫幾節下來。

他說他接到我的信，很懂我的意思，此後再不來為難我了；以前他自己也知道，他有一個年齡同我相仿的妹妹，他妹妹不歡喜同人家談這些事，他知道我也是一樣的不歡喜。但是，他說男子因愛而變成糊塗東西，是任何教育不能使他變聰敏一點，除非那愛是不誠實。他說這事他已給三個人知道了，這三個人便是王華蓮、胡適之、徐志摩。胡用科學的言語叫他等待，王叫他安心教書，而徐只勸他：「這事不能得到結果，你只看你自己，受不了苦惱時，走了也好。」他覺得胡的話不能參考，而信了徐的，否認了王的。他決定不教書了，走了既可以使他無機會做那自譴深責的孩氣行為，又可以使我讀書安靜一點。他說他到另外地方生活上去，當努力做個人，把一切弄好一點，單只是為了想到留一點機會使我愛他，他總是要好好的在做人的。他說我將來明白了愛，知道愛人時仍不愛他，這是他預料中事。因為他說他所愛的太完全太理想化，而自己卻又照例的極看不出自己的好處。他說：

我是只要單是這片面的傾心，不至於侮辱到你這完全的人中模型，我在愛你一天總是要認真生活一天，也極力免除你不安一天的。本來不能振作的我，為了這一點點爬進神壇磕頭的鄉下人可憐心情，我不能不在此後生活上奮鬥了。

我要請你放心，不要以為我還在執迷中，做出使你不安的行為，或者在失意中，做出使你更不安的墮落行為。我在這事上並不為失敗而傷心，誠如莫泊桑所說，愛不到人並不是失敗，因為愛人並不因人的態度而有所變更方向，頑固的執著，不算失敗的。

他說王把我的信送給他看時，他不免傷感的哭了半天，至後王走了，他就悔恨將來若果她同我談到此事時，她一定要偏袒他一點，將使我不安。他說：

其實，那是一時的事，我今天就好了，我不在那打擊上玩味。

自己到如此地步，還處處為人著想，我雖不覺得他可愛，但這一片心腸總是可憐可敬的了。

我給他信上說：「一個有偉大前程的人，是不值得為一個不明白愛的曚昧女子犧牲什麼的。」他卻說：

我並不是要人明白或為誰犧牲了什麼的。……我現在還並不缺少一種愚蠢想像，以為我將犧牲自己來愛你，永久單方面的傾心，還是很值得的。只要是愛你，應當犧牲的我總不辭，若是我發現我死去也是愛你，我用不著勸駕就死去了。或者你現在對這點只能感到男子的愚蠢可憫，但你到另一時，愛了誰，你就明白你也需要男子的蠢處，而且自己也不免去做那「不值得」犧牲的犧牲了。「日子」使你長成，「書本」使你聰敏，我想「自然」不會獨吝惜對你這一點點人生神祕啟示的機會。

每次見到你，我心上就發生一種哀愁，在感覺上總不免有全部生命奉獻而無所取償的奴性自覺，人格完全失去，自尊也消失無餘。明明白白從此中得到是一種痛苦，卻也極珍視這痛苦來源。我所謂「頑固」，也就是這無法解脫的宿命的黏戀。一個病人在窗邊見到日光與虹，想保留它而不可能，卻在窗上刻畫一些記號，這愚笨而又可憐的行為，若能體會得出，則一個在你面前的人，寫不出一封措辭恰當的信，也是自然的道理。我留到這裡，在我眼中如虹如日的你，使我無從禁止自己傾心是當然的。我害怕我不能節制的嘮叨，以及別人的蜚語，會損害你的心境和平，所以我離開這裡，也仍然是我愛你，極力求這愛成為善意的設計。若果你覺得我這話是真實，我離開這裡雖是痛苦，也學到要去快樂了。

你不要向我抱歉，也不必有所負疚，因為若果你覺得這是要你道歉的事，我愛你而你不愛我，影響到一切，那恐怕在你死去或我死去以前，你這道歉的一筆債是永遠記在帳上的。在人事上別的可以博愛，而愛情上自私或許可以存在。不要說現在不懂愛你才不愛我，也不要我愛，就是懂了愛的將來，你也還應當去愛你那所需要的或竟至伸手而得不到的人，才算是你盡了做人的權利。我現在是打算到你將來也不會要我愛的，不過這並不動搖我對你的傾心，所以我還是因這點點片面的傾心，去活著下來，且為著記到世界上有我永遠傾心的人在，我一定要努力切實做個人的。

讀了這幾節，這接信者不由衷心感到一種悲涼意味。她驚異到自己有如許的魔力，影響一個男子到這步田地，她不免微微的感到一點滿足的快意，但同時又恨自己既有陷人於不幸的魔力，而無力量去解救人家，她是太軟弱了！她現在也難過得要哭。

信的最後，他告訴她一大些做人、向上的道理，她覺得這都是真話，所以也珍重地抄了下來：

至於你，我希望你不為這些空事擾亂自己讀書的向上計畫，我願意你好好的讀書，莫僅僅以為在功課上對付得下出人頭地就滿意，你不妨想得遠一點。一顆懸在天空的星子不能用手去摘，但因為要摘，你那手伸出去會長一點。我們已經知道的太少，而應當知道的又太多，學校方面是不能使我們偉大的，所以你的英文標準莫放在功課上，應想法子躍進才行。一個聰明的人，得天所賦既多，就莫放棄這特別權利，用一切前人成果做足下石頭，爬過前面去才是應當的行為。書本使我們多智慧，卻不能使我們成為特殊的人，所以有時知道一切多一點也不是壞事，這是我勸你有功夫看別的各樣書時也莫隨便放過的意思。為了要知道多一點，所謂智慧的貪婪，學校一點點書是不夠的，平常時間也不夠的，平常心情也不濟事的，好像要有一點不大安分的妄想，用力量去證實，這才是社會上有特殊天才、特殊學者的理由。依我想，且依我所見，如朱湘、陳通伯、胡先生，這幾個使我敬重的人，都發憤得不近人情。我很恨我自己是從小就很放蕩，又生長在特殊習慣的環境中，走的路不是在大學校安分念書學生所想像得到的麻煩，針於學問這一套，是永遠門外漢了。可是處置自己生活的經驗，且解釋大家所說的「天才」意義，還是「不近人情」的努力。把自己在平凡中舉起，靠「自己」比靠「時代」為多，在成績上莫重視自己，在希望上莫輕視自己。我想再過幾年，我當可以有機會坐在卑微的可笑的地位上，看你向上騰舉，為一切人所敬視的完人！我不是什麼可尊敬的人，所以不教書於我實在也很有益，我是怕人尊敬的。可是不是一個好先生的我，因為生活教訓得的多一點，很曉得要怎樣來生活才是正當，且知道年輕一點的，應當如何來向上，把氣力管束到學問上那些理由，有些地方又還可以做個榜樣看，所以除了過去那件事很糊塗，其餘時節，其餘事情，我想我的偏見你都承認一點也好。被人愛實在是麻煩，有時我也感覺到，因為那隨了愛而來的，真是一串嚇人頭昏的字眼同事情，可是若果被愛的理由，不僅是一點青春動人的丰姿，卻是品德智力一切的超越與完美，依我打算，卻不會因怕被更多人的傾心，就把自己置在一個平庸流俗人中生活，不去求至高完美的。我願意你存一點不大安分的妄想去讀書，使這時看不起你的人也敬愛你，若果要我做先生，我是只能說這個話的。我是明知道把一切使人敬重的機會完全失去以後，譬如愛你，到明知道你嫁給別人以後，還將為一點無所依據的妄想，按到我自己所能盡的力量到社會裡去爬，想爬得比一切人都高的。解釋人生，這點比較恰當。

龐雜繁亂的人生中，無處不顯出它的矛盾衝突，如果沒有了這許多矛盾衝突，任人生如何龐雜，如何繁亂，各人在自己的軌道中，或與自己有關係的人中，走著他和平合拍的道路，世界雖大，便永遠是安靜的，沒有出軌的事情發生了。在這裡我不能斷定這出軌是人生的幸呢還是不幸，一切是這樣安排著，誰個能變更它呢？從文是這樣一個有熱血心腸的人，他呈了全副的心去愛一個女子，這女子知道他是好人，知道他愛的熱誠，知道他在失戀後將會怎樣的苦悶，知道……她實在是比什麼人都知道得清楚，但是她不愛他，是誰個安排了這樣不近情理的事，叫人人看了搖頭？實在她心目中也並沒有個理想的人物，戀愛也真奇怪，活像一副機關，碰巧一下子碰上機關，你就被關在戀愛的圈籠裡面，你沒有碰在機關上，即便走進去也會走出來的。就是單只戀愛一件事上，這世界上也不知布了幾多機網，年輕的人們隨時有落網之虞；不過這個落網卻被人認為幸福的就是，不幸的卻是進去了又走出來的人。我要寄語退出網外的人，世界上這樣的網羅正多著，你揀著你歡喜的碰上去就是，終不能這樣湊巧，個個都湊不上。這樣說起來似乎太近於滑稽了，然而確乎是如此。

兆和日記　一九三〇年七月十六日

我寫了一封信給蓮，告訴她這幾日來我所想的事。

兆和日記　一九三〇年七月十七日

早晚為四妹、三弟、四弟補英文，似乎減少了一些心境的不寧，但一空閒下來，便會想到一些難堪的事。

兆和日記　一九三〇年七月十八日

胡先生說戀愛是人生中的一件事，說戀愛是人生唯一的事乃妄人之言；我卻以為戀愛雖非人生唯一的事，卻是人生唯一重要的一件事，它能影響到人生其他的事，甚而至於整個人生，所以便有人說這是人生唯一的事。

這回，我在這件戀愛事件上窺得到一點我以前所未知道的人生。

昨日韋布[6]被補。

6 韋布，張兆和的小舅舅。

由達園給張兆和*

一九三一年六月　北平

我行過許多地方的橋，看過許多次數的雲，喝過許多種類的酒，卻只愛過一個正當最好年齡的人。

××：

你們想定很快要放假了。我要玖到××來看看你，我說：「玖，你去為我看看××，等於我自己見到了她。去時高興一點，因為哥哥是以見到××為幸福的。」不知道玖來過沒有？玖大約秋天要到北平女子大學學音樂，我預備秋天到青島去。這兩個地方都不像上海，你們將來有機會時，很可以到各處去看看。北平地方是非常好的，歷史上為保留下一些有意義極美麗的東西，物質生活極低，人極和平，春天各處可放風箏，夏天多花，秋天有雲，冬天颳風落雪，氣候使人嚴肅，同時也使人平靜。××畢了業若還要讀幾年書，倒是來北平讀書好。

你的戲不知已演過了沒有？北平倒好，許多大教授也演戲，還有從女大畢業的，到各處台上去唱崑曲，也不為人笑話。使戲子身分提高，北平是和上海稍稍不同的。

聽說××到過你們學校演講，不知說了些什麼話。我是同她頂熟的一個人，我想她也一定同我初次上台差不多，除了紅臉不會有再好的印象留給學生。這真是無辦法的，我即或寫了一百本書，把世界上一切人的言語都能寫到文章上去，寫得極其生動，也不會作一次體面的講話。說話一定有什麼天才，×××是大家明白的一個人，說話嗓子洪亮，使人傾倒，不管他說的是什麼空話廢話，天才還是存在的。

我給你那本書，《××》同《丈夫》都是我自己歡喜的，其中《丈夫》更保留到一個最好的記憶，因為那時我正在吳淞，因愛你到要發狂的情形下，一面給你寫信，一面卻在苦惱中寫了這樣一篇文章。我照例是這樣子，做得出很傻的事，也寫得出很多的文章，一面糊塗處到使別人生氣，一面清明處，卻似乎比平時更適宜於做我自己的事。××，這時我來同你說這個，是當一個故事說到的，希望你不要因此感到難受。這是過去的事情，這些過去的事，等於我們那些死亡的最好朋友，值得保留在記憶裡，雖想到這些，使人也仍然十分惆悵，可是那已經成為過去了。這些隨了歲月而消失的東西，都

＊此信曾以〈廢郵存底（一一）〉為篇名，一九三一年六月三十一日發表於《文藝月刊》二卷第五～六期。收入《沈從文全集》時，為區別於其他分散發表的〈廢郵存底〉，採用〈由達園給張兆和〉篇名。本書取全集篇名。

不能再在同樣情形下再現了，所以說，現在只有那一篇文章，代替我保留到一些生活的意義。這文章得到許多好評，我反而十分難過，任什麼人皆不知道我為了什麼原因，寫出一篇這樣文章，使一些下等人皆以一個完美的人格出現。

我近日來看到過一篇文章，說到似乎下面的話：「每人都有一種奴隸的德性，故世界上才有首領這東西出現，給人尊敬崇拜。因這奴隸的德性，為每一人不可少的東西，所以不崇拜首領的人，也總得選擇一種機會低頭到另一種事上去。」××，我在你面前，這德性也顯然存在的。為了尊敬你，使我看輕了我自己一切事業。我先是不知道我為什麼這樣無用，所以還只想自己應當有用一點。到後看到那篇文章才明白，這奴隸的德性，原來是先天的。我們若都相信崇拜首領是一種人類自然行為，便不會再覺得崇拜女子有什麼稀奇難懂了。

你注意一下，不要讓我這個話又傷害到你的心情，因為我不是在窘你做什麼你所做不到的事情，我只在告訴你，一個愛你的人，如何不能忘你的理由。我希望說到這些時，我們都能夠快樂一點，如同讀一本書一樣，彷彿與當前的你我都沒有多少關係，卻同時是一本很好的書。

我還要說，你那個奴隸，為了他自己，為了別人起見，也努力想脫離羈絆過。當然這事做不到，因為不是一件容易事情。為了使你感到窘迫，使你覺得負疚，我以為很不好。我曾做過可笑的努力，極力去同另外一些人要好，到別人崇拜我願意做我的奴隸時，我才明白，我不是一個首領，用不著別的女人用奴隸的心來服侍我，卻願意自己做奴隸，獻上自己的心給我所愛的人。我說我很頑固的愛你，這種話到現在還不能用別的話來代替，就因為這是我的奴性。

××，我求你，以後許可我做我要做的事，凡是我要向你說什麼時，你都能當我是一個比較愚蠢但並不討厭的人，讓我有一種機會，說出一些有奴性的卑屈的話，這點是你容易辦到的。你莫想，每一次我說到「我愛你」時你就覺得受窘，你也不用說「我偏不愛你」，作為抗拒別人對你的傾心。你那是小孩子的想法，事實上卻毫無用處的。有些人對成日成夜說：「我讚美你，上帝！」有些人又成日成夜對人世的皇帝說：「我讚美你，有權力的人！」你聽到被稱讚的「天」同「皇帝」，以及常常被稱讚的日頭同月亮，好的花，精緻的藝術回答說「我偏不讚美你」的話沒有？一切可稱讚的，使人傾心的，都像天生就是這個世界的主人，他們管領一切，統治一切，都看得極其自然，毫不勉強。一個好人當然也就有權力使人傾倒，使人移易哀樂，變更性情，而自己卻生存到一個高高的王座上，不必做任何聲明。凡是能用自己各方面的美攫住別的人靈魂的，他就有無限威權處置這些東西，他可以永遠沉默，像是日頭、雲、花，這些例舉不勝舉。除了一隻鶯，他被人崇拜處，原是他的歌曲，不應當啞口外，其餘被稱讚的，大都是沉默的。××，你並不是一隻鶯。一個皇帝，吃任何闊氣東西他都覺得不夠，總得臣子恭維，用恭維作為營養，他才適意，因為恭維不甚得體，所以他有時還發氣罵人，讓人充軍流血。××，你不會像皇帝。一個月亮可不是這樣的，一個月亮不拘聽到任何人讚美，不拘這讚美如何不得體，如何不恰當，它不拒絕這些從心中湧出的呼喊。××，你是我的月亮。你能聽一個並不十分聰明的人，用各樣聲音，各樣言語，向你說出各樣的感想，而這感想卻因為你的存在，如一個光明，照耀到我的生活裡而起的，你不覺得這也是生存裡一件有趣味的事嗎？

「人生」原是一個寬泛的題目，但這上面說到的，也就是人生。

為帝王作頌的人，他用口舌「娛樂」到帝王，同時他也就「希望」到帝王。為月亮寫詩的人，他從它照耀到身上的光明裡，已就得到他所要的一切東西了。他是在感謝情形中而說話的，他感謝他能在某一時望到藍天滿月的一輪。××，我看你同月亮一樣。是的，我感謝我的幸運，仍常常為憂愁扼著，常常有苦惱（我想到這個時，我不能說我寫這個信時還快樂）。因為一年內我們可以看過無數次月亮，而且走到任何地方去，照到我們頭上的，還是那個月亮。這個無私的月不單是各處皆照到，並且從我們很小到老還是同樣照到的。至於你，「人事」的雲翳，卻阻攔到我的眼睛，我不能常常看到我的月亮！一個白日帶走了一點青春，日子雖不能毀壞我印象裡你所給我的光明，卻慢慢的使我不同了。「一個女子在詩人的詩中，永遠不會老去，但詩人，他自己卻老去了。」我想到這些，我十分憂鬱了。生命都是太脆薄的一種東西，並不比一株花更經得住年月風雨，用對自然傾心的眼，反觀人生，使我不能不覺得熱情的可珍，而看重人與人湊巧的藤葛。在同一人事上，第二次的湊巧是不會有的。我生平只看過一回滿月。我也安慰自己過，我說：「我行過許多地方的橋，看過許多次數的雲，喝過許多種類的酒，卻只愛過一個正當最好年齡的人。我應當為自己慶幸，……」這樣安慰到自己也還是毫無用處，為「人生的飄忽」這類感覺，我不能夠忍受這件事來強作歡笑了。我的月亮就只在回憶裡光明全圓，這悲哀，自然不是你用得著負疚的，因為並不是由於你愛不愛我。

彷彿有些方面是一個透明了人事的我，反而時時為這人生現象所苦，這無辦法處，也是使我只想說明卻反而窘了你的理由。

××，我希望這個信不是窘你的信。我把你當成我的神，敬重你，同時也要在一些方便上，訴說到即或是真神也很糊塗的心情，你高興，你注意聽一下，不高興，不要那麼注意吧。天下原有許多稀奇事情，我××××十年，都缺少能力解釋，也不能用任何方法說明，譬如想到所愛的一個人的時候，血就流走得快了許多，全身就發熱作寒，聽到旁人提到這人的名字，就似乎又十分害怕，又十分快樂。究竟為什麼原因，任何書上提到的都說不清楚，然而任何書上也總時常提到。「愛」解作一種病的名稱，是一個法國心理學者的發明，那病的現象，大致就是上述所及的。

你是還沒有得過這種病的人，所以你不知道它如何厲害。有些人永遠不得這種病，正如有些人永遠不患痲疹傷寒，所以還不大相信傷寒病使人發狂的事情。××，你能不得這種病，同時不理解別人這種病，也真是一種幸福。因為這病是與童心成為仇敵的，我願意你是一個小孩子，真不必明白這些事。不過你卻可以明白另一個愛你而害著這難受的病的痛苦之人，在任何情形下，卻總想不到是要窘你的。我現在，並且也沒有什麼痛苦了，我很安靜，我似乎為愛你而活著的，故只想怎麼樣好好的來生活。假使當真時間一晃就是十年，你那時或者還是眼前一樣，或者已做了某某大學的一個教授，或者自己不再是小孩子，倒已成了許多小孩子的母親，我們見到時，那真是有意思的事。任何一個作品上，以及任何一個世界名作作者的傳記上，最動人的一章，總是那人與人糾紛藤葛的一章。許多詩是專為這點熱情的指使而寫出的，許多動人的詩，所寫的就是

一九三一年五月廿五日張兆和
攝於中國公學運動會（獲女子幾項賽跑冠軍後）

這些事，我們能欣賞那些東西，為那些東西而感動，卻照例輕視到自己，以及別人因受自己所影響而發生傳奇的行為，這個事好像不大公平。因為這個理由，天將不許你長是小孩子。「自然」使蘋果由青而黃，也一定使你在適當的時間裡，轉成一個「大人」。××，到你覺得你已經不是小孩子，願意做大人時，我倒極希望知道你那時在什麼地方做些什麼事，有些什麼感想。「萑葦」是易折的，「磐石」是難推的，我的生命等於「萑葦」，愛你的希望它能如「磐石」。

望到北平高空明藍的天，使人只想下跪，你給我的影響恰如這天空，距離得那麼遠，我日裡望著，晚上做夢，總夢到生著翅膀，向上飛舉。向上飛去，便看到許多星子，都成為你的眼睛了。

××，莫生我的氣，許我在夢裡，用嘴吻你的腳，我的自卑處，是覺得如一個奴隸蹲到地下用嘴接近你的腳，也近於十分褻瀆了你的。

我唸到我自己所寫到「萑葦是易折的，磐石是難動的」時候，我很悲哀。易折的萑葦，一生中，每當一次風吹過時，皆低下頭去，然而風過後，便又重新立起了。只有你使它永遠折伏，永遠不再做立起的希望。

一九三一年六月

湘行書簡

沈從文當年遠別新婚妻子，在返鄉途中寫出大量家信，畫了許多速寫，靠這些素材創作出散文名篇《湘行散記》。倖存至今的部分信和畫，組成〈湘行書簡〉。完整的〈湘行書簡〉共含三十八封書信。

當年湖南遠非太平盛世，長沙剛打過仗，在常德等地，作者見到懸賞捉拿毛澤東、朱德的告示；他回到老家鳳凰的三天裡，百里外銅仁正在打仗，湘西王陳渠珍調來的三千援兵集結鳳凰，隨即投入這場廝殺。作者在書簡中故意用輕鬆筆調寫景寫情，安慰遠方親人。

張兆和致沈從文

一九三四年一月九日　第二信　北平

親愛的二哥：

你走了兩天，便像過了許多日子似的。天氣不好。你走後，大風也颳起來了，像是欺負人，發了狂似的到處粗暴地吼。這時候，夜間十點鐘，聽著樹枝幹間的怪聲，想到你也許正下車，也許正過江，也許正緊隨著一個挑行李的腳夫，默默地走那必須走的三里路。長沙的風是不是也會這麼不憐憫地吼，把我二哥的身子吹成一塊冰？為這風，我很發愁，就因為自己這時坐在溫暖的屋子裡，有了風，還把心吹得冰冷。我不知道二哥是怎麼堅持的。我告訴你我很發愁，那一點也不假，白日裡，因為念著你，我用心用意地看了一堆稿子。到晚來，颳了這鬼風，就什麼也做不下去了。有時想著十天以後，十天以後你到了家，想像著一家人的歡樂，也像沾了一些溫暖，但那已是十天以後的事了，目前的十個日子真難捱！這樣想來，不預先打電回家，倒是頂好的辦法了。路那麼長，交通那麼不便，寫一個信也要十天半月才得到，寫信時同收信時的情形早不同了。比如說，你接到這信的時候，一定早到家了，也許正同哥哥弟弟在屋檐下曬太陽，也許正陪媽坐在房裡，多半是陪著媽。房裡有一盆紅紅的炭火，且照例老人家的爐火邊正煨著一罐桂圓紅棗，發出溫甜的香味。你同媽說著白話，說東說西，有時還伸手摸摸媽衣服是不是穿得太薄。忽然，你三弟走進房來，送給你這個信。接到信，無疑地，你會快樂，但拆開信一看，愁呀冷呀的那麼一大套，不是全然同你們的調子不諧和了嗎？我很想寫：「二哥，我快樂極了，同九丫頭跳呀蹦呀的鬧了半天，因為算著你今天準可到家，晚上我們各人吃了三碗飯。」使你們更快樂。但那個信留到十天以後再寫吧，你接到此信時，只想到我們當你看信也正在為你們高興，就行了。

希望一家人快樂康健！

三三

九日晚

沈從文致張兆和

沅水途中

在桃源　一九三四年一月十二日

三三：

我已到了桃源，車子很舒服。曾姓朋友送我到了目的地，我們便一同住在一個賣酒麯子的人家，且到河邊去看船，見到一些船，選定了一隻新的，言定十五塊錢，晚上就要上船的。我現在還留在賣酒麯人家，看朋友同人說野話。我明天就可上行。我很放心，因為路上並沒有什麼事情。很感謝那個朋友，一切得他照料，使這次旅行又方便又有趣。

我有點點不快樂處，便是路上恐怕太久了點。聽船上人說至少得四天方可到辰州[1]，也許還得九天方到家，這份日子未免使我發愁。我恐怕因此住在家中就少了些日子。但我又無辦法把日子弄快一點。

我路上不帶書，可是有一套彩色蠟筆，故可以作不少好畫。照片預備留在家鄉給熟人照相，給苗老咪照相，不能在路上糟蹋，故路上不照相。

三三，乖一點，放心，我一切好！我一個人在船上，看什麼總想到你。我到這裡還碰到一個老同學，這老同學還是我廿年前在一處讀書的。

二哥

十二日下午五時

在路上我看到個貼子很有趣：

立招字人鍾漢福，家住白洋河文昌閣大松樹下右邊，今因走失賢媳一枚，年十三歲，名曰金翠，短臉大口，一齒凸出，去向不明。若有人尋找弄回者，賞光洋二元，大樹為證，絕不吃言。謹白。

三三：我一個字不改寫下來給你瞧瞧，這人若多讀些書，一定是個大作家。

1 辰州即沅陵。

這是桃源上面簡家溪的樓子，全是吊腳樓！這裡可惜寫不出聲音，多好聽的聲音！這時有搖櫓人唱歌聲音，有水聲，有吊腳樓人語聲……還有我喊叫你的聲音，你聽不到，你聽不到，我的人！

二哥
十三早十一點

小船上的信　一九四三年一月十三日　第一信

船在慢慢的上灘，我背船坐在被蓋裡，用自來水筆來給你寫封長信。這樣坐下寫信並不吃力，你放心。這時已經三點鐘，還可以走兩個鐘頭，應停泊在什麼地方，照俗諺說：「行船莫算，打架莫看」，我不過問。大約可再走廿里，應歇下時，船就泊到小村邊去，可保平安無事。船泊定後我必可上岸去畫張畫。你不知見到了我常德長堤那張畫不？那張窄的長的。這裡小河兩岸全是如此美麗動人，我畫得出它的輪廓，但聲音、顏色、光，可永遠無本領畫出了。你實在應來這小河裡看看，你看過一次，所得的也許比我還多，就因為你夢裡也不會想到的光景，一到這船上，便無不朗然入目了。這種時節兩邊岸上還是綠樹青山，水則透明如無物，小船用兩個人拉著，便在這種清水裡向上滑行，水底全是各色各樣的石子。舵手抿起個嘴唇微笑，我問他：「姓什麼？」「姓劉。」「在這條河裡划了幾年船？」「我今年五十三，十六歲就划船。」來，三三，請你為我算算這個數目。這人厲害得很，四百里的河道，漲水乾涸河道的變遷，他無不明明白白。他知道這河裡有多少灘，多少潭。看那樣子，若許我來形容形容，他還可以說知道這河中有多少石頭！是的，凡是較大的，知名的石頭，他無一不知！水手一共是三個，除了舵手在後面管舵管篷管纖索的伸縮，前面艙板有兩個人。其中一個是小孩子，一個是大人。兩個人的職務是船在灘上時，就撐急水篙，左邊右邊下篙，把鋼鑽打得水中石頭作出好聽的聲音。到長潭時則蕩槳，躬起個腰推扳長槳，把水弄得嘩嘩的，聲音也很幽靜溫柔。到急水灘時，則兩人背了纖索，把船拉去，水急了些，吃力時就伏在石灘上，手足並用的爬行上去。船是隻新船，油得黃黃的，乾淨得可以作為教堂的神龕。我臥的地方較低一些，可聽得出水在船底流過的細碎聲音。前艙用板隔斷，故我可以不被風吹。我坐的是後面，凡為船後的天、地、水，我全可以看到。我就這樣一面看水一面想你。我快樂，就想應當同你快樂，我悶，就想若你在我必可以不悶。我同船老闆吃飯，我盼望你也在一角吃飯。我至少還得在船上過七個日子，還不把下行的計算在內。你說，這七個日子我怎麼辦？天氣又不是很好，並無太陽，天是灰灰的，一切較遠的邊岸小山同樹木，皆裹在一層輕霧裡，我又不能照相，也不宜畫畫。看看船走動時的情形，我還可以在上面寫文章。感謝天，我的文章既然提到的是水上的事，在船上實在太方便了。倘若寫文章得選擇一個地方，我如今所在的地方是太好了一點的。不過我離得你那麼遠，文章如何寫得下去。「我不能寫文章，就寫信。」我這麼打算，我一定做到。我每天可以寫四張，若寫完四張事情還不說完，我再寫。這隻手既然離開了你，也只有那麼來折磨它了。

我來再說點船上事情吧。船現在正在上灘，有白浪在船旁奔馳，我不怕，船上除了寂寞，別的是無可怕的。我只怕寂寞。但這也正可訓練一下我自己。我知道對我這人不宜太好，到你身邊，我有時真會使你皺眉，我疏忽了你，使我疏忽的原因便只是你待我太好，縱容了我。但你一生氣，我即刻就不同了。現在則用一件人事把兩人分開，用別離

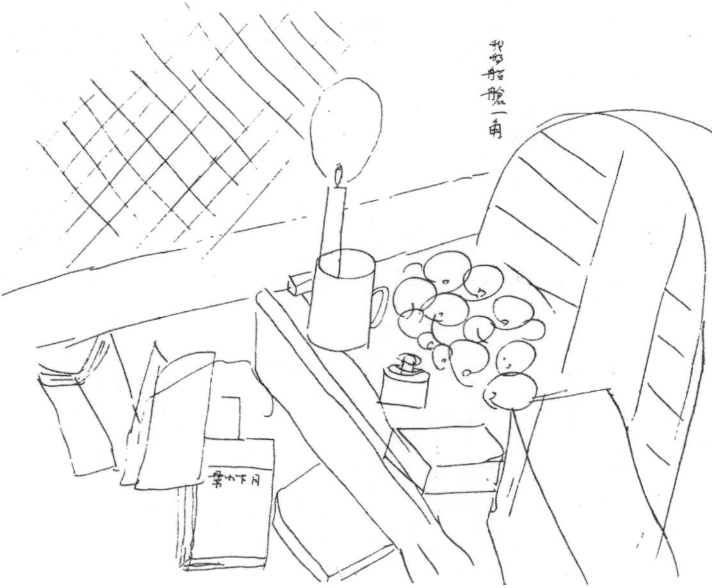

在這種光景下聽櫓歌，你說使人怎麼辦。聽了櫓歌可無法告給你，你說怎麼辦。
三三，我的……
櫓歌太好了，我的人，為什麼你不同我在一個船上呢？

十三下午四點

來訓練我，我明白你如何在支配我管領我！為了只想同你說話，我便鑽進被蓋中去，閉著眼睛。你瞧，這小船多好！你聽，水聲多幽雅！你聽，船那麼軋軋響著，它在說話！它說：「兩個人儘管說笑，不必擔心那掌舵人。他的職務在看水，他忙著。」船真軋軋的響著。可是我如今同誰去說？我不高興！

夢裡來趕我吧，我的船是黃的，船主名字叫做「童松柏」，桃源縣人。儘管從夢裡趕來，沿了我所畫的小堤一直向西走，沿河的船雖萬萬千千，我的船你自然會認識的。這裡地方狗並不咬人，不必在夢裡為狗嚇醒！

你們為我預備的鋪蓋，下面太薄了點，上面太硬了點，故我很不暖和，在旅館已嫌不夠，到了船上可更糟了。蓋的那床被大而不暖，不知為什麼獨選著它陪我旅行。我在常德買了一斤臘肝，半斤臘肉，在船上吃飯很合適……莫說吃的吧，因為搖船歌又在我耳邊響著了，多美麗的聲音！

我們的船在煮飯了，煙味不討人嫌。我們吃的飯是粗米飯，很香很好吃。可惜我們忘了帶點豆腐乳，忘了帶點北京醬菜。想不到的是路上那麼方便，早知道那麼方便，我們還可帶許多北京寶貝來上面，當「真寶貝」去送人！

你這時節應當在桌邊做事的。

山水美得很，我想你一同來坐在艙裡，從窗口望那點紫色的小山。我想讓一個木筏使你驚訝，因為那木筏上面還種菜！我想要你來使我的手暖和一些……

十三下午五時

夜泊鴨窠圍　一九三四年一月十六日　第四信

下午六點五十分

我小船停了，停到鴨窠圍。中午時候寫信提到的「小阜平岡」應當名為「洞庭溪」。鴨窠圍是個深潭，兩山翠色逼人，恰如我寫到翠翠的家鄉。吊腳樓尤其使人驚訝，高矗兩岸，真是奇蹟。兩山深翠，惟吊腳樓屋瓦為白色，河中長潭則灣泊木筏廿來個，顏色淺黃。地方有小羊叫，有婦女銳聲喊「二老」、「小牛子」，且聽到遠處有鞭炮聲，與小鑼聲。到這樣地方，使人太感動了。四丫頭若見到一次，一生也忘不了。你若見到一次，你飯也不想吃了。

我這時已吃過了晚飯，點了兩支蠟燭給你寫報告。我吃了太多的魚肉。還不停泊時，我們買魚，九角錢買了一尾重六斤十兩的魚，還是很小的！樣子同飛艇一樣，煮了四分之一，我又吃四分之一的四分之一，已吃飽了。我生平還不曾吃過那麼新鮮那麼嫩的魚，我第一次吃魚吃個飽。味道比鰣魚還美，比豆腐還嫩，古怪的東西！我似乎吃得太多了點，還不知道怎麼辦。

可惜天氣太冷了，船停泊時我總無法上岸去看看。我歡喜那些在半天上的樓房。這裡木材不值錢，水漲落時距離又太大，故樓房無不離岸卅丈以上，從河邊望去，使人神往之至。我還聽到了唱小曲聲音，我估計得出，那些聲音同燈光所在處，不是木筏上的簰頭在取樂，就是有副爺們船主在喝酒。婦人手上必定還戴得有鍍金戒子。多動人的畫圖！提到這些時我是很憂鬱的，因為我認識他們的哀樂，看他們也依然在那裡把每個日子打發下去，我不知道怎麼樣總有點憂鬱。正同讀一篇描寫西伯利亞方面農人的作品一樣，看到那些文章，使人引起無言的哀戚。我如今不止看到這些人生活的表面，還用過去一分經驗接觸這種人的靈魂。真是可哀的事！我想我寫到這些人生活的作品，還應當更多一些！我這次旅行，所得的很不少。從這次旅行上，我一定還可以寫出很多動人的文章！

三三，木筏上火光真不可不看。這裡河面已不很寬，加之兩面山岸很高（比嶗山高得遠），夜又靜了，說話皆可聽到。羊還在叫。我不知怎麼的，心這時特別柔和。我悲傷得很。遠處狗又在叫了，且有人說「再來，過了年再來！」一定是在送客，一定是那些吊腳樓人家送水手下河。

風大得很，我手腳皆冷透了，我的心卻很暖和。但我不明白為什麼原因，心裡總柔軟得很。我要接近你，方不至於難過。我彷彿還是十多年前的我，孤孤單單，一身以外別無長物，搭坐一隻裝載軍服的船隻上行，對於自己前途毫無把握，我希望的只是一個四元一月的錄事職務，但別人不讓我有這種機會。我想看點書，身邊無一本書。想上岸，又無一個錢。到了岸必須上岸去玩玩時，就只好穿了別人的軍服，空手上岸去，看看街上一切，欣賞一下那些小街上的片糖，以及一個銅元一大堆的花生。燈光下坐著扯得眉毛極細的婦人。回船時，就糊糊塗塗在岸邊爛泥裡亂走，且沿了別人的船邊「陽橋」渡過自己船上去，兩腳全是泥，剛一落艙還不及脫鞋，就被船主大喊：「夥計副爺們，脫鞋呀。」到了船上後，無事可做，夜又太長，水手們愛玩牌的，皆蹲坐在艙板上小油燈下玩牌，便也鑲攏去看他們。這就是我，這就是我！三三，一個人一生最美麗的日子，十五歲到廿歲，便恰好全是在那麼情形中過去了，你想想看，是怎麼活下來的！萬想不到的是，今天我又居然到這條河裡，這樣小船上，來回想溫習一切的過去！更想不到的是我今天卻在這樣小船上，想著遠遠的一個溫和美麗的臉兒，且這個黑臉的人兒，在另一處又如何懸念著我！我的命運真太可玩味了。

我問過了划船的，若順風，明天我們可以到辰州了。我希望順風。船若到得早，我就當晚在辰州把應做的事做完，後天就可以再坐船上行。我還得到辰州問問，是不是雲六[2]已下了辰。若他在辰州，我上行也方便多了。

現在已八點半了，各處還可聽到人說話，這河中好像熱鬧得很。我還聽到遠遠的有鼓聲，也許是人還願。風很猛，船中也冰冷的。但一個人心中倘若有個愛人，心中暖得很，全身就凍得結冰也不礙事的！這風吹得厲害，明天恐要下大雪。羊還在叫，我覺得稀奇，好好的一聽，原來對河也有一隻羊叫著，牠們是相互應和叫著的。我還聽到唱曲子的聲音，一個年紀極輕的女子唱著，使我感動得很。我極力想去聽明白那個曲子，卻始終聽不明白。我懂許多曲子。想起這些人的哀樂，我有點憂鬱。因這曲子我還記起了我獨自到錦州，住在一個旅館中的情形，在那旅館中我聽到一個女人唱大鼓書，給趕騾

2 即作者的大哥沈雲麓，常簡寫為雲六。

車的客人過夜，唱了半夜。我一個人便躺在一個大坑上聽窗外唱曲子的聲音，同別人笑語聲。這也是二哥！那時節你大概在暨南[3]讀書，每天早上還得起床來做晨操！命運真使人惘然。愛我，因為只有你使我能夠快樂！

我想睡了。希望你也睡得好。

二哥

十六下八點五十

橫石和九溪　一九三四年一月十八日　第一信

上午九時

我七點前就醒了，可是卻在船上不起身。我不寫信，擔心這堆信你看不完。起來時船已開動，我洗過了臉，吃過了飯，就仍然做了一會兒癡事……今天我的小船無論如何也應當到一個大碼頭了。我有點慌張，只那麼一點點。我晚上也許就可以同三弟在電話中談話。我一定想辦法同他們談話。我還得拍發給你的電報，且希望這電報送到家中時，你不至於吃驚，同時也不至於為難。你接到那電報時若在十九，我的船必在從辰州到瀘溪路上，晚上可歇瀘溪。這地方不很使我高興，因為好些次數從這地方過身皆得不到好印象。風景不好，街道不好，水也不好。但廿日到的浦市，可是個大地方，數十年前極有名，在市鎮對河的一個大廟，比北京碧雲寺還好看。地方山峰同人家皆雅致得很。那地方出肥人、出大豬、出紙、出鞭炮。造船廠規模很像個樣子。大油坊長年有油可打，打油人皆搖曳長歌，河岸曬油簍時必百千個排列成一片。河中且長年有大木筏停泊，有大而明黃的船隻停泊，這些大船船尾皆高到兩丈左右，渡船從下面過身時，仰頭看去恰如一間大屋。那上面一定還用金漆寫得有一個「福」字或「順」字！地方又出魚，魚行也大得很。但這個碼頭卻據說在數十年前更興旺，十幾年前我到那裡時已衰落了的。衰落的原因為的是河邊長了沙灘，不便停船，水道改了方向，商業也隨之而蕭條了。正因為那點「舊家子」的神氣，大屋、大廟、大船、大地方，商業卻已不相稱，故看起來尤其動人。我還駐紮在那個廟裡半個月到廿天，屬於守備隊第一團，那廟裡牆上

3 指暨南大學女子部（中學），在南京。

的詩好像也很多，花也多得很，還有個「大藏」[4]，樣子如塔，高至五丈，在一個大殿堂裡，上面用木砌成，全是菩薩。合幾個人力量轉動它時，就聽到一種嚇人的聲音，如龍吟太空。這東西中國的廟裡似乎不多，非敕建大廟好像還不作興有它的。

我船又在上一個大灘了，名為「橫石」，船下行時便必須進點水，上行時若果是隻大船，也極費事，但小船倒還方便，不到廿分鐘就可以完事的。這時船已到了大浪裡，我抱著你同四丫頭的相片，若果浪把我捲去，我也得有個伴！

三三，這灘上就正有隻大船碎在急浪裡，我的小船挨著它過去，還看得明明白白那隻船中的一切。我的船已過了危險處，你只瞧我的字就明白了。船在浪裡時是兩面亂擺的。如今又在上第二段灘水，拉船人得在水中弄船，撐著船的又只是如手指大的一根竹纜，你真不能想像這件事。可是你放心，這灘又拉上了……

我想印個選集了[5]，因為我看了一下自己的文章，說句公平話，我實在是比某些時下所謂作家高一籌的。我的工作行將超越一切而上。我的作品會比這些人的作品更傳得久，播得遠。我沒有方法拒絕。我不驕傲，可是我的選集的印行，卻可以使些讀者對於我作品取精摘尤得到一個印象。你已為我抄了好些篇文章，我預備選的僅照我記憶到的，有下面幾篇：

〈柏子〉、〈大夫〉、〈夫婦〉、〈會明〉（全是以鄉村平凡人物為主格的，寫他們最人性的一面的作品）。

〈龍朱〉、〈月下小景〉（全是以異族青年戀愛為主格，寫他們生活中的一片，全篇貫串以透明的智慧，交織了詩情與畫意的作品）。

〈都市一婦人〉、〈虎雛〉（以一個性格強的人物為主格，有毒的、放光的人格描寫）。

〈黑夜〉（寫革命者的一片段生活）。

〈愛慾〉（寫故事，用天方夜譚風格寫成的作品）。

應當還有不少文章還可用的，但我卻想至多只選十五篇。也許我新寫些，請你來選一次。我還打量作個《我為何創作》，寫我如何看別人生活以及自己如何生活，如何看

4 即轉輪藏，一般稱轉經筒，原設於浦峯寺內。

5 這是作者第一次提到印選集的想法。兩年後《從文小說習作選》才由上海良友圖書公司出版。

別人作品以及自己又如何寫作品。你若覺得這計畫還好，就請你為我抄寫〈愛慾〉那篇故事。這故事抄時仍然用那種綠格紙，用〈柏子〉差不多的。這書我想應當有購書者，同時有十萬讀者。

船去辰州已只有三十里路，山勢也大不同了，水已較和平，山已成為一堆一堆黛色、淺綠色相間的東西。兩岸人家漸多，竹子也較多，且時時刻刻可以聽到河邊有人做船補船，敲打木頭的聲音。山頭無雪，雖無太陽，十分寒冷，天氣卻明明朗朗。我還常常聽到兩岸小孩子哭聲，同牛叫聲。小船行將上個大灘，已泊近一個木筏，筏上人很多。上了這個灘後，就只差一個長長的急水，於是就到辰州了。這時已將近十二點，有雞叫！這時正是你們吃飯的時候，我還記得到，吃飯時必有送信的來，你們一定等著我的信。可是這一面呢，積存的信可太多了。到辰州為止，似乎已有了卅張以上的信。這是一包，不是一封。你接到這一大包信時，必定不明白先從什麼看起。你應得全部裁開，把它秩序弄順，再訂成個小冊子來看。你不怕麻煩，就得那麼做。有些專利的癡話，我以為也不妨讓四妹同九妹看看，若絕對不許她們見到，就用另一紙條黏好，不宜裁剪……

船又在上一個大灘了，名為「九溪」。等等我再告你一切。

……

好厲害的水！吉人天佑，上了一半。船頭全是水，白浪在船邊如奔馬，似乎只想攫你們的相片而去，你瞧我字斜到什麼樣子。但我還是一手拿著你的相片，一手寫字。好了，第一段已平安無事了。

小船上灘不足道，大船可太動人了。現在就有四隻大船正預備上灘，所有水手皆上了岸，船後掌梢的派頭如將軍，攔頭的赤著個膊子，船揹[6]到水中不動了，一下子就躍到水中去了。我小船又在急水中了，還有些時候方可到第二段緩水處。大船有些一整天只上這樣一個灘，有些到灘上弄碎了，就收拾船板到石灘上搭棚子住下。三三，這爭鬥，這和水的爭鬥，在這條河裡，至少是有廿萬人的！三三，我小船第二段危險又過了，等等還有第三段得上。這個灘共有九段麻煩處，故上去還需些時間。我船裡已上了浪，但不妨的，這不是要遠人擔心的……

我昨晚上睡不著時，曾經想到了許多好像很聰明的話……今天被浪一打，現在要寫

6 揹（Kèn），湘西方言，表示卡住。

卻忘掉了。這時浪真大，水太急了點，船倒上得很好。今天天明朗一點，但毫無風，不能掛帆。船又上了一個灘，到一段較平和的急流中了。還有三、五段。小船因攔頭的不得力，已加了個臨時縴手，一個老頭子，白鬚滿腮，牙齒已脫，卻如古羅馬人那麼健壯。先時蹲到灘頭大青石上，同船主講價錢，一個要一千，一個出九百，相差的只是一分多錢，並且這錢全歸我出，那船主仍然不允許多出這一百錢。但船開行後，這老頭子卻趕上前去自動加人拉縴了。這時船已到了第四段。

小船已完全上灘了，老頭子又到船邊來取錢，長得簡直是托爾斯泰！眉毛那麼濃，臉那麼長，鼻子那麼大，鬍子那麼長，一切皆同畫上的托爾斯泰相同。這人秀氣一些，因為生長在水邊，也許比那一個同時還乾淨些。他如今又蹲在一個石頭上了。看他那數錢神氣，人那麼老了，還那麼出力氣，為一百錢大聲的嚷了許久，我有個疑問在心：

「這人為什麼而活下去？他想不想過為什麼活下去這件事？」

不止這人不想起，我這十天來所見到的人，似乎皆並不想起這種事情的。城市中讀書人也似乎不大想到過。可是，一個人不想到這一點，還能好好生存下去，很稀奇的。三三，一切生存皆為了生存，必有所愛方可生存下去。多數人愛點錢，愛吃點好東西，皆可以從從容容活下去的。這種多數人真是為生而生的，但少數人呢，卻看得遠一點，為民族為人類而生。這種少數人常常為一個民族的代表，生命放光，為的是他會凝聚精力使生命放光！我們皆應當莫自棄，也應當得把自己凝聚起來！

三三，我相信你比我還好些，可是你也應得有這種自信，來思索這生存得如何去好好發展！

我小船已到了一個安靜的長潭中了。我看到了用鸕鶿咬魚的漁船了，這漁船是下河少見的，這種船同這種黑色怪鳥，皆是我小時極歡喜的東西，見了它們同見老友一樣。我為它們照了個相，希望這相還可看出個大略。我的相片已照了四張，到辰州我還想把最初出門時，軍隊駐紮的地方照相，但時間恐不大方便。我的小船正在一個長潭中滑走，天氣極明朗，水靜得很，且起了些風，船走得很好。只是我手卻凍壞了，如果這樣子再過五天，一定更不成事了的。在北方手不腫凍，到南方來卻凍手，這是件可笑的事情。

我的小船已到了一個小小水村邊，有母雞生蛋的聲音，有人隔河喊人的聲音，兩山不大而翠色迎人，有許多待修理的小船皆斜臥在岸上，有人正在一隻船邊敲敲打打，我知道他們是在用麻頭同桐油石灰嵌進船縫裡去的，一個木筏上面還有小船，正在平潭中溜著，有趣得很！我快到柏子停船的岸邊了，那裡小船多得很，我一定還可以看到上千的真正柏子！

我烤烤手再寫。這信快可以付郵了，我希望多寫些，我知道你要許多，要許多。你只看看我的信，就知道我們離開後，我的心如何還在你的身邊！

手一烤就好多了。這邊山頭已染上了淺綠色，透露了點春天的消息，說不出它的秀麗。我小船只差上一個長灘，就可以用槳划到辰州了。這時已有點風，船走得更快一些。到了辰州，你的相片可以上岸玩玩，四丫頭的卻只好在箱子裡了。我願意在辰州碰到幾個必須見面的人，上去時就方便些。辰州到我縣裡只二百八十里，或二百六或二百廿里，若坐轎三天可到，我改坐轎子。一到家，我希望就有你的信，信中有我們所照的相片！

船已在上我所說最後一個灘了，我想再休息一會，上了這長灘，我再告訴你一切。我一離開你，就只想給你寫信，也許你當時還應當苛刻一點，殘忍一點，盡擠我寫幾年信，你覺得更有意思！

二哥

一月十八十二時卅分

歷史是一條河　一九三四年一月十八日　第二信

下午二時卅分

我小船已把主要灘水全上完了，這時已到了一個如同一面鏡子的潭裡，山水秀麗如西湖，日頭已出，兩岸小山皆淺綠色。到辰州只差十里，故今天到地必很早。我照了個相，為一群拉縴人照的。現在太陽正照到我的小船艙中，光景明媚，正同你有些相似處。我因為在外邊站久了一點，手已發了麻，故寫字也不成了。我一定得戴那雙手套，可是這同寫信恰好是魚同熊掌，不能同時兼得。我不要熊掌，還是做近於吃魚的寫信吧。這信再過三、四點鐘就可發出，我高興得很。記得從前為你寄快信時，那時心情真有說不出的緊處，可憐的事，這已成為過去了。現在我不怕你從我這種信中挑眼兒了，我需要你從這些無頭無緒的信上，找出些我不必說的話……

我已快到了，假若這時節是我們兩個人，一同上岸去，一同進街且一同去找人，那多有趣味！我到後見到了有點親戚關係的人，他們第一句話，必問及你！我真想凡是有人問到你，就答覆他們「在口袋裡」！

三三，我因為天氣太好了一點，故站在船後艙看了許久水，我心中忽然好像徹悟了

一些，同時又好像從這條河中得到了許多智慧。三三，的的確確，得到了許多智慧，不是知識。我輕輕的嘆息了好些次。山頭夕陽極感動我，水底各色圓石也極感動我，我心中似乎毫無什麼渣滓，透明燭照，對河水，對夕陽，對拉船人同船，皆那麼愛著，十分溫暖的愛著！我們平時不是讀歷史嗎？一本歷史書除了告訴我們些另一時代最笨的人相斫相殺以外有些什麼？但真的歷史卻是一條河。從那日夜長流千古不變的水裡石頭和砂子，腐了的草木，破爛的船板，使我觸著平時我們所疏忽了若干年代若干人類的哀樂！我看到小小漁船，載了它的黑色鸕鶿向下流緩緩划去，看到石灘上拉船人的姿勢，我皆異常感動且異常愛他們。我先前一時不是還提到過這些人可憐的生活嗎？不，三三，我錯了。這些人不需我們來可憐，我們應當來尊敬來愛。他們那麼莊嚴忠實的生命，卻在自然上各擔負自己那份命運，為自己、為兒女而活下去。不管怎麼樣活，卻從不逃避為了活而應有的一切努力。他們在他們那份習慣生活裡、命運裡，也依然是哭、笑、吃、喝，對於寒暑的來臨，更感覺到這四時交遞的嚴重。三三，我不知為什麼，我感動得很！我希望活得長一點，同時把生活完全發展到我自己這份工作上來。我會用我自己的力量，為所謂人生，解釋得比任何人皆莊嚴些與透人些！三三，我看久了水，從水裡的石頭得到一點平時好像不能得到的東西，對於人生，對於愛憎，彷彿全然與人不同了。我覺得惆悵得很，我總像看得太深太遠，對於我自己，便成為受難者了。這時節我軟弱得很，因為我愛了世界，愛了人類。三三，倘若我們這時正是兩人同在一處，你瞧我眼睛濕到什麼樣子！

三三，船已到關上了，我半點鐘就會上岸的。今晚上我恐怕無時間寫信了，我們當說聲再見！三三，請把這信用你那體面溫和眼睛多吻幾次！我明天若上行，會把信留到浦市發出的。

二哥

一月十八下午四點半

這裡全是船了！

瀘溪黃昏　一九三四年一月十九日　第四信

下午七時

我似乎說過瀘溪的壞話，瀘溪自己卻將為三三說句好話了。這黃昏，真是動人的黃昏！我的小船停泊處，是離城還有一里三分之一地方，這城恰當日落處，故這時城牆同城樓明明朗朗的輪廓，為夕陽落處的黃天襯出。滿河是櫓歌浮著！沿岸全是人說話的聲音，黃昏裡人皆只剩下一個影子，船隻也只剩個影子，長堤岸上只見一堆一堆人影子移動，炒菜落鍋的聲音與小孩哭聲雜然並陳，城中忽然噹的一聲小鑼，唉，好一個聖境！

我明天這時，必已早抵浦市了的。我還得在小船上睡那麼一夜，廿一則在小客店過夜，如《月下小景》一書中所寫的小旅店，廿二就在家中過夜了……

明天就到廿日了，日子說快也快，說慢又慢。我今天同昨天在路上已看到許多白塔，許多就河邊石上捶衣的婦人，而且還看到河邊懸崖洞中的房屋，以及架空的碾子。三三，我已到了「柏子」的小河，而且快要走到「翠翠」的家鄉了！日中太陽既好，景緻又復柔和不少，我念你的心也由熱情而變成溫柔的愛。我心中盡喊著你，有上萬句話，有無數的字眼，一大堆微笑，一大堆吻，皆為你而儲蓄在心上！我到家中見到一切人時，我一定因為想念著你，問答之間將有些癡話使人不能了解。也許別人問我：「你在北京好！」我會說：「我三三臉黑黑的，所以北京也很好！」不是這麼說也還會有別的話可說，總而言之則免不了授人一點點開玩笑的機會。母親年老了，這老人家看到我有那麼一個乖而溫柔的三三，同時若讓這老人家知道我們如何要好，她還會更高興的。我在辰州時，雲六說：「媽還說：『曉得從文怎麼樣就會選到一個屋裡人？同他一樣的既不成，同他兩樣的，更不好。』可是如今可來了，好了，原來也還有既不同樣也不異樣的人！」家中人看到我們很好，他們的快樂是你想不出的。他們皆很愛你，你卻還不曾見過他們！

三三，昨天晚上同今晚上星子新月皆很美，在船上看天空尤可觀，我不管凍到什麼樣子，還是看了許久星子。你若今夜或每夜皆看到天上那顆大星子，我們就可以從這一粒星子的微光上，彷彿更近了一些。因為每夜這一粒星子，必有一時同你眼睛一樣，被我瞅著不旁瞬的。三三，在你那方面，這星子也將成為我的眼睛的！

你的二哥

十九下九時

白樓潭近望

飄零書簡

一九三七年八月十二日，沈從文和一批知識分子結伴，化裝逃出日本侵略軍占領下的北平，輾轉飄零，最後到達昆明。張兆和的信裡說：「在這種家書抵萬金的時代，我應是全北京最富有的人了。」然而這筆巨大財富和另外許多「太美麗」的家書，在張兆和帶兩個幼子逃難的時候，卻不得不捨棄。現存〈飄零書簡〉中，沈從文的信沒有張兆和的多。這裡所選僅是其中一部分。

張兆和致沈從文

一九三七年九月九日　北平

孟實已接四川大學聘，現已兼程赴川了。徽因已去天津。二弟四弟及姜國芬、王樹藏均返國，姜現住蕭處。

二哥：

今天是什麼日子？你在僕僕風塵中，不知還記得這個日子否[1]。早晨下了極大的雨，雷擊震耳驚人，我哄著小弟弟，看到外面廊下積水成湖，猛的想到九月九日，心裡轉覺淒涼。自你走後，日子過得像慢又像快，不知不覺已經快一個月了。自從接到你廿七日南京來信後，三日未得書信，計算日程，當已過武漢到長沙了。沿途各地寄來信件，約廿五封以上，按月日視之，似未有遺失，惟次第略有顛倒而已。天津我曾發去五信，因你們住處再三遷移，致前四信均落於不可知中，只末一信由陶太太寄回。你天津來信，需時三日，煙台五、六日，濟南一星期以上，南京十日，武昌的信尚未得，你一天比一天離得我們遠，此後長沙來信，當在半月以上了。長沙之行，不知楊先生[2]仍同陣否？你們工作，一時恐難進行，若一時無事可做，你回沅陵住一陣也好。你走以後，叔華、蕭乾、健吾各有信來問及我們的平安，頗以我們的安危為慮，各處我已一一作覆。健吾新搬了住處，在法界巨賴達路大興里十七號，夏雲亦有電來，住衡陽仙姬巷廿二號，你當各為他們去一信。真一處我亦去了信，瀘平通信，需時一月半月不等，常常後發的先到，先發的反後到。我們蘇州全家俱已返肥，如此可以免去我一頭掛慮。如寄信給大姊或爸爸，可寫合肥龍門巷張公館，二姊全家似亦在肥。我們這裡一切都好，儲米可吃到年底。現在我們已實行節食儉用，若能長此節省，餘款亦可以支持過舊曆年。生活版稅卅九元已寄到，你不必寫信去要，昨天常風又送來你評小樹葉稿費十五元，還有祖春、長榮、老四稿費均在我處。祖春、長榮俱於上月離開北平，說是先到濟南再定行止。長榮臨行時來借去十元，戴七兄亦借去十元，他們身邊只有幾個錢。他們走後錢倒來了，這錢我無法寄出，只有暫時代為保存。我們在家平常深居簡出，北平市面比一月以前更形蕭條，入晚夜靜，槍聲時有所聞，城內尚安，奇怪的是西長安街的兩

1 一九三三年九月九日是沈從文、張兆和結婚的日子。

2 指教育家楊振聲先生。楊一九三三年受教育部委託，主持編寫北方中小學教科書，參加此工作的有朱自清、沈從文等。

大戲院卻常常是滿座。劉先生父女極愛聽戲，他們同楊小姐去聽過兩次。楊先生來信，至今未提及家中人與物的安置，楊弟弟不日去燕大，楊小姐可以與我同住三叔家，困難的是書畫家具無處存放，楊小姐因此層困難，又捨不得這院落，想請劉先生父女與她同住廂房，上房找熟人來住，今天就由鄭先生帶來某先生，惜乎這位先生娶的是位友邦的太太，我們覺得這件事得待考慮。事實上劉先生若藝專不開學，即刻就想回蓬萊的，最多只能在此住一、二月。若一、二月以後他們仍舊得回去，倒不如一勞永逸，此時就有個決定的好。劉先生建議楊小姐同他回去，楊小姐因感家鄉匪多不願回。事實上此時路上比你們走時更難，天津不好走，女眷尤甚。又想找幾間房子叫翟明德看東西，她自己同我住，又怕長此下去費用太多，想來想去累在這些傢傢伙伙上面，因為楊先生臨行時沒有吩咐，楊小姐不知應如何處置，楊先生若與你同在，請你問一聲回個信。有個你的同鄉叫楊沛芸（又叫秀鈞）的，來信問及熊秉公地址，此人亦在宣城。萬孚的弟弟朱[3]亦有信給你，問你可曾看見他在晨報上對你文章的批評。家中可不必惦念，小龍瘦而精神，問及爸爸時，總說：「爸爸到上海替我買大汽車，買可可糖。」虎雛十分壯健，馴白愛人。「遙憐小兒女，未解憶長安」，他們哥兒倆你不必掛念了。有信望寄三叔家，搬不搬寄到那裡總收得到。望你保重。

三妹
九月九日
整整四年了

張兆和致沈從文　一九三七年九月廿四日　北平

寄武昌第三信

二哥：

生日同秋節都過去了。已經是兩個小孩的母親，每到這種節日，還不免像小孩樣有所感觸。今年這邊中秋節過得真熱鬧，大街小市，到處張燈結彩，盛況空前。我同九妹、龍朱到三叔家拜節，吃過飯回來，西單鼓樓人山人海。有如過年時廠甸情形。晚間在廊前賞月，楊起有一個很大很大的兔二爺也搬出來了。小龍本來早就嚷著要睡覺，後

3 朱即程朱溪，筆名朱溪。

來聽到月餅二字，忽然精神抖擻，唱歌，跳舞，親熱人，用小腳走路，樣樣都來，供完兔二爺，嘗了一點點月餅，也就心滿意足，臨去睡時，還對著剩下的月餅說：明天吃。我們在階前坐了很久，大家有一份惋惜的心情，光景太美，就愈叫人難捨。現在好了，楊小姐已於昨日搬去劉先生家同住，我們亦擬於一星期後搬回西城，庭院空寂，光景十分淒涼。

本來抱定決心在北平住下，最近聽聽大家你言我語，覺得也頗有考慮之必要。一來為物資來源斷絕擔著心，二來看北平熟人陸續走盡。徽因、錢太太、張太太已走，朱太太也有回川的意思，前天來問我們能同行否。我們三人情形不同，楊小姐能走而不願走，九妹願走而不能走，我呢，有著鄉下老太婆死守家園的固執，情願把孫兒媳婦一齊打發走了，獨自一個人看家。前兩天整理書信，覺得更不願意走了，我們有許多太美麗太可愛的信件，這時候帶著麻煩，棄之可惜，這還只是書信而言，另外還有你一大堆亂七八糟的書籍文稿，若我此時空身南下，此後這些東西無人清理，也就只有永遠丟棄了。北平十餘天不聞炮聲，真像是天下太平，住在這裡比什麼地方都安全，想著廣州南京正炸得不成樣子，上海、平綏、平漢、津浦各線一天不知有多少年輕人死亡，對於這種安全實在心有所愧。有人勸我們，在留下的錢夠南下路費時，應即南下，但我們若留此，至少有四個月安定，而四個月以後兩個小孩也就長大不少。若此時動身，無論到安徽、湖南，生活即刻就發生困難，我不願意南去成為你的累贅，到合肥住也許將來還是必經的階段。我不知道你餘款尚能支持多久，工作只你一個人如何進行，文章還寫不寫？我掂記著你那個中篇，這時候，接下去好呢，還是就任它停止了？你要什麼東西望來信時一一注明，乘這時津浦線還能通行盡可能多寄點給你，若戰事延長一年半載，則此唯一孔道，勢必亦將斷絕，到家書完全斷絕時，那真有點急人了。前次寄包裹內有被套、被單、襯絨袍各一，家製布襯衫兩件，你喜歡穿的也給寄來了。你寫字的宣紙同好圖章要不要？我還想寄一兩個瓷盤子給你。那塊花緞不日即寄，問郵局，說包裹雖寄，何日可到不得而知，路上一定耽擱極久，久一點不要緊，我真怕它丟掉了。

小孩你可全不用擔心，你走後數日，小龍即能自己吃飯，用銀勺坐著吃，吃時極認真，絕不東走西跑，吃的東西與我們相同，所多者牛奶、奶油、饅頭、毛豆每天必食而已。小弟弟尤其可喜，整日整夜的睡，自己的奶已足夠他吃，已有一個月不添奶粉了。現在小臉、兩腿、兩胳膊俱見豐滿圓潤，醒時有人招他玩便咯咯大笑，人走了便自言自語玩手，乖極了，一點也不麻煩人，我現在是真歡喜他。龍的相片是你帶他到公園照的。龍早已不吃桔子，北平今年白梨鴨梨都豐收，因無出路，特別便宜（二十枚一斤），現在就給龍吃梨子。小弟是什麼養生補品都不吃，長得胖得很。徐媽及廚子工錢加了甫及兩月，暫時不好減去，擬遲遲再說。家裡錢若省儉用，可以支持到舊曆年後，但若買煤，給小孩們添置點冬衣，就不行了，還有九妹沒有一件厚大衣（兩件皮大衣都不知去向），那怎麼行？若用錢不多，到時有富裕，打算為她做一件。

龍畫的毛三爺寄你看看。他告訴我，哪是手，哪是耳朵。眼睛、鼻子、嘴，甚而至於毛三爺的三根毛都畫出來了，小龍的進步真驚人。我在家裡閒著做點什麼事呢，又閒，又不定心，真的這場戰爭什麼時候才有結果！

問候叔華他們。

三

廿四日

廿六年九月

所要講義，汪和宗整理好後即寄來。

張兆和致沈從文 一九三七年十月五日 北平

武昌 六

二哥：

一星期未見你信，今天才得你寄西城兩信，廿二日平快和廿四日平信同時得到。這兩封信算是你九月十五以來第一次來信，我猜想還有許多信存在鼓樓郵局，不久就會轉來的。蕭乾、之琳、曹禺他們全都到武昌，武漢驟形熱鬧而成為朋友們聚會的中心，真是不可思議的。聽說徽因一家人已到長沙，不知你們見過否？為什麼你又得搬家？先住的房子是借住的嗎？現在同蕭乾夫婦同住外還有誰？為什麼這時候還租那麼大的房子？年內還有四個月，你想不想過怎麼支持下去？就算年內挨過，明年你們的事情還能繼續麼？我想著你那性格便十分擔憂，你是到赤手空拳的時候還是十分愛好要面子的，不到把最後一個銅子花掉後不肯安心做事。希望你現在生活能從簡，一切無謂應酬更可省略，你無妨告訴人家，你現在不名一文，為什麼還要打腫臉充胖子？我這三、四年來就為你裝胖子裝得夠苦了。你的面子糊好了，我的面子丟掉了，面子丟掉不要緊，反正裡外不討好，大家都難過。所要錢我已寫信給大姊，她當會如數寄二百元給你，這邊所剩無多不能寄你。在南邊朋友多熟人多，有的是辦法，我們這裡朋友都走空了，不走的自己都顧不全，一旦經濟斷絕，叫我們怎麼辦？——信寫至此，接到你十七、十八、十九、廿各信，全是由國祥胡同轉來，三嬸在院子裡嚷：「沈先生一天來六封信，真不得了！」朱乾乾[4]連連為你快信、平快信的郵票可惜。按道理說，快信平快全然毫無用處，不比平常，現在反而比平信慢，每次如此。你要的小學課本已在兩星期前分別包了三包用掛號寄去，封皮上寫的是陳通伯收，此時想已收到，收不到你去陳家問問。我現在專等你收到包裹的回信到北平，即刻為你寄絲棉袍厚呢褲，還有鋼筆尖、袖扣、窗紗、寫字的墨，不都是你要的？郵件全由陳小瑩家轉是不是太麻煩人家？可否直接寄三八三號，我怕你又搬了新住處，故此信仍由叔華轉。小龍仍然瘦，精神可好。魚肝油不是這非常時期的必需品，飲食間注意點就行了。小虎越發長得可愛，有小拜拜的樣子。小龍太懂事，像個小大人，聰明但不如小虎好玩。徐媽廚子工錢才加了兩個月，不便又減。你不在家，其實廚子此時可以不用，可是廚子人老實，徐媽主意多，然徐媽又最得用。將來到南邊住家絕對自己操作，少用人少煩些。

又接到你寄中和明片同九妹的信。

兆

張兆和致沈從文　一九三七年十月廿五日　北平

武昌　十三

二哥：

昨晚得你快信，今天上午接楊先生由石坦安轉來一信，仍有希望我們南來的話。梁先生梁太太已不打算南下，樊先生已到，今天楊小姐同我商量，是否應同他一起走。前幾天只聽到這裡炸那裡炸，好像隨便走到哪裡，隨時都會有炸彈從頭上掉來，因此大家已決定不走。這幾天彷彿情形又轉好一點，雖說樊先生是由廣東來的，但此去聽說擬由濟南走。我仍然不打算走。我好像算定這場戰事不久就會了結，非常樂觀，我希望到明年春暖以後，再從從容容的上路，或者歡迎你們北來。楊小姐也不想走，但要等楊起決定，因為他讀書問題在首要。他們若走，為時一定很匆忙，他們不走，汪也會把楊先生

4　乾乾，方言，指帶孩子而不餵奶的長者。下文「朱乾」為「朱乾乾」之略寫。

的衣物送到珞珈山來。我撿了一下箱子，也想請他為你帶點衣服來，撿來撿去，你實在沒有什麼衣服。一件襯絨，一件駝絨，一條厚呢褲，若不付郵，此時由他帶來，或者還可以趕得及穿。家裡只剩下一件絲棉袍、一件厚駝絨袍了，而且髒的髒，破的破，實在見不得人。我本想給你換過面料的，一來捨不得錢，二來時間來不及，送到時你自己換吧。汪同樊先生同行，大概是什麼書也帶不了的，你要的《小寨》與《神巫之愛》我怕遺失，暫時不寄。教科書已託正儀請人由天津寄出，不知能否收到。包裹第一次九月十五寄出，第二次十月八日，若不能得到，實在可惜，因裡面有你心愛的那塊緞子。聽卓先生說，他們寄上海的包裹，居然可以收到，但為時亦在兩月，也許你不久也就可以收到。大姊寄的錢既收到，應先還給之琳，我在這裡收了他百二十元。

另外由八姊處取五十，你置一點衣服吧。家裡錢連之琳、祖春等稿費足以支持到陰曆年後，煤已買了三噸，預備只生兩個爐子，九妹同朱乾對調，我房由煙筒通過去就行了。廚子我預備過了陰曆年再辭，可是看到他近來做事極負責，處處小心的樣子，心裡不忍，存了心要不用他，見了他總覺得有點抱歉；但若用下去實在是浪費。將來我們若不住北平，在別處安家，一定力求簡單，不多用人，什麼事自己動動手，頂多用兩個女工，一個看孩子，一個燒飯打雜足了。黃先生錢已還來，他一定要還我，我已把楊先生的錢一半交給楊小姐，我這一半暫存這裡，等她需用時再借給她，我知道她收到錢不多，一時又走不掉，將來仍然很窘的。我並沒有寫信家去要爸爸寄錢來。你曉得我家那位令堂的脾氣的，為什麼給爸爸找氣受？再說，自己能挨總想挨過去不求人好，我平常未雨綢繆原因即在此，我最怕開口求人，即或是自己的父親，但現在不似從前了。你平常總怪我太刻苦自己，因小失大，現在該知道我不錯了。家裡誰都不懂節儉，事情要我問，我不省怎麼辦？就以現在說，再省也遲了。你那邊能自己供應，能辦到不借錢更好，萬不得已也只能以極小度借貸，楊先生錢亦不多，而況他用處較廣，由他給楊小姐信可知。你萬萬不可再向他借了。我感到很奇怪，為什麼我們一分開，你就完全變了，由你信上看來，你是個愛清潔，講衛生，耐勞苦，能節儉的人，可是一到同我一起便全不同了，臉也不洗了，澡也不洗了，衣服上全是油污墨跡，但吃東西買東西講究愈貴愈好，就你這些習慣說來，完全不是我所喜愛的。我不喜歡打腫了臉裝胖子在外面光輝，你有你的本色，不是紳士而冒充紳士總不免勉強，就我們情形能過怎樣日子就過怎樣日子。我情願躬持井臼，自己操作不以為苦，只要我們能夠適應自己的環境就好了。這一戰以後，更不許可我們在不必要的上面有所奢求有所浪費。我們的精力，一面要節省，一面要對新中國盡量貢獻，應一掃以前的習慣，切實從內裡做起，不在表面上講求，不許你再逼我穿高跟鞋燙頭髮了，不許你用因怕我把一雙手弄粗糙為理由而不叫我洗東西做事了，吃的東西無所謂好壞，穿的用的無所謂講究不講究，能夠活下去已是造化，我們應該怎樣來使用這生命而不使他歸於無用才好。我希望我們能從這方面努力。一個寫作的人，浪費了精神在那些瑣瑣外表的事情上實在可惜，你有你本來面目，乾淨的、純樸的，罩任何種面具都不會合適。你本來是個好人，可惜的給各種不合適的花樣給Spoil[5]了，這只是就一點而言，以後我們還得談，還有許多浪費精神的事，是我所深知的，也是你所深知的，可是說過多少遍你不聽，我還得說，不管你嫌煩不嫌煩，還得說。你看，我一寫起信來，總是絮絮不休，你一定不喜歡這樣的信，為什麼我就那麼不會寫，我原想同你親親熱熱說點體己話的，不知不覺就來了這一套，像說教的老太婆，帶住了，下次談好一點的，原諒我。

三妹

十月廿五晚

致張兆和　一九三七年十一月六日　武昌

三姊：

今天你來的電說擬緩來，不知為什麼原因不上路。我猜想總有原因。若果這個信還可到你手邊，我希望你對來不來好好打算一番。我到長沙時和楊先生商量到你們來好還是不來好，結果覺得能來還是來好。因為來到這裡，大家即或過點困難日子，吃碗稀飯，也必比兩地分開牽牽掛掛為妙。就目前情形，通信動不動即得半月，若兩地交通一阻隔，我們心裡不安，你們生活也不安，這種情形你可以想像得出。天氣漸漸寒冷，十二月裡海河一封凍，想來就不能再由天津坐船，到時必須坐車到塘沽，其不方便處不用提也明白。若不動身，則至少就得等到明年四月方可希望南行，戰事到時如更惡化，如何走？走不動，信也難通，一年半載，說不定我還得向內地跑，這麼辦我恐怕你在北方日子過不了。縱生活無問題，精神上你受不了。你和孩子雖十分平安，還是不能安

5 Spoil，損壞、糟蹋、搞糟。

心，要做事總有所牽絆，而不便做。要寫文章，不能寫，要教書，心不安，教不下去。我自己知道你同時也知道，就是我離開你，便容易把生活轉入一種病態，終日像飄飄蕩蕩，大有不知所歸之慨。表面上生活即或還能保持常態，精神生活上實不大妥當。過日子不免露出萎靡不振神氣，腦子且有點亂。你同我在一處時，就什麼都好多了。可是如果你與我恰恰相反，在一處時為操心家事，為我種種麻煩，實在不大受用，離開我後，反而覺得一切簡單得多，生活也就快樂得多。如果事實的確如此，我們就從長計畫，你決定不即南行，依然和孩子留在北平不動，到得錢時，我即將錢寄來（如能照八月得千五，必寄一千來。恐怕只有一千左右，有一千我也寄六百來。你想讓九妹南行好，就讓她到上海的大姊處去）。不過這樣辦得先料到幾件事，一是南北間隔，也許有半年音訊不通。二是我因事故會走入內地，離你更遠。三是你在北方日子過得當真會好，且能安心過下去，又還對我放得下心，你自己又不會出什麼不快樂不開心的事。你算算看，什麼好就照你以為好的去做，我不強迫你做不樂意的行動。你不來事實上對我也未嘗無好處，因為這時節住什麼地方多久總難說定，要走動，一個人當然比一家人容易方便，有事變，一個人當然比一家人容易處置，要做事也還是獨自一人好。可是這是「原則」，與「事實」相去稍遠。事實是我們都得承認，如此時代，能在一處，不管過的是什麼日子，總比離開好！你儘管說我不好，我在你身邊時，麻煩你太多，共同過日子又毫無快樂可言，去你所理想太遠，說不定留在北平，凡我所能給你的好處，瑞菡或三孃就能代替，此外也正因為我不在你身邊，還有更多想像不到的人給你的尊敬和友誼，使你覺得愉快。不過由我看來，兩人的幸福，還是同在一處，方能得到。為孩子計，也是如此。為你計，也是如此。

你是不是僅僅為怕孩子上路不便，所以不能下決心動身？還是在北方，離我遠一點，你當真反而感覺快樂一點，所以不想來？不拘哪一種理由我都能了解而原諒，因為我愛孩子也願意讓你快樂。只是請告訴我一聲，說明白了，免得我在這邊發了電報寫了信老盼望著，總以為你已動身了，白著急，為你們路上經過而著急。我還得一本正經的同你說，不要以為我不明白你，或是埋怨你，疑心你，對你不肯南行就生氣。我不生氣。你即或是因為北平有個關心你，你也同情他的人，只因為這種事不來，故意留在北平，我也不妒忌，不生氣。我這些地方頂明白道理，頂明白個人的分際。我近來因為讀了些書，讀了些關於生理學和人生哲學的書籍，反省自己，忽然產生了些謙卑情緒，對於我們的關係，增加了些義務感覺，減少了些權利感覺。這謙卑到極端時且流於自卑，好像覺得自己一切已過去了，只有責任在身。至於你，人既年輕，還有許多權利可得，雖做了兩個孩子的母親，不為得是報復，只為得是享受，有些人對於你的特殊友誼，能引起你的興味時，還不妨去注意注意！我不是說笑話，不拘誰愛你或你愛誰，只要是使你得到幸福，我不濫用任何名分妨礙你的幸福。我覺得愛你，但不必須因此拘束你。正因為愛你，若不能夠在共同生活上給你幸福，別的方面我的犧牲能成全你幸福時，我準備犧牲。有痛苦，我忍受痛苦。

為什麼我說這些話？不是疑心你會如此如彼，只是我記起你某一時的感觸，以及你的年齡，以為人事不可料者甚多，一個好端端的人也會發瘧疾，害傷寒病，何況被人愛或愛人？我說真話，假若當真湊巧有這樣事情到你生活上時，你完全不用顧慮到我，不用可憐我，更不用怕我，儘管做你以為是的好了。我這個人也許命運裡注定要有那麼一次擔負的。我好像看到了這種幻景，而且儼然從這種痛苦幻景中，得到另外一種暮年孤寂生活的啟示。我這人原來就是悲劇性格的人物，近人情時極近人情，天真時透底天真，糊塗時無可救藥的糊塗，悲觀時莫名其妙的悲觀。想到的事情，所有的觀念，有時實在不可解。分析起來大致有數點原因：一是遺傳上或許有瘋狂的因子；二是年紀小時就過度生活在幻想裡；三是看書太雜，生活變動太大；四是鼻破血出，失血過多，用腦太過。綜合結果，似乎竟成了一種周期的鬱結，到某一時自己振作不起來，就好像什麼也不成功，你同我分裂是必然的，同別人要好是自然的。我到頭還是我，一無所能，一無所得，與社會一切都離得遠遠的，與你也離得遠遠的。真糟糕。救濟它只有一法，在你面前就什麼都轉好了，一切顏色、氣味、聲音，都感覺很滿意，人彷彿就站住了。你一時不來呢，我活該受罪，受自卑到無以復加的罪。

這種周期性的自加懲罰，也許還是體力的缺陷，睡眠不足，營養不足的影響，也許竟只是寫這種長信的影響。一次好好的睡眠和一頓好好的飲食，少寫點信，多曬曬太陽，就會減輕許多，不過要它斷根，可真不容易。你一定記得，就是我們在一起時，有時也會發生這種症狀，情形怪糟的。

你放心，我說雖說得那麼可憐，總還是想法自救，正如同溺水的人，雖然沉溺了，兩手總還是撈著草根樹枝，不讓他下沉。日常生活照樣打起精神幹下去，而且極力找尋自己的優點，壯自己的氣，想像世界明日的光明，以為個人值得努力生存。

給孩子和你自己照相寄來，並來信告訴我，是不是當真覺得留在大城住下，對孩子好些，對你也覺得好些？不要為我設想，正因為只要你們過日子覺得好，我就受點苦也不礙事的。我極希望用我的痛苦換給你一點幸福快樂（我應當如此，必須如此）。幾年來由於我的粗心，我的糊塗，給你太多不愉快，我願意照你意思安排，得到我能得的種種。

二弟
十一月六晚

張兆和致沈從文　一九三七年十一月九日　北平

晚

你寫的字已分大小兩卷掛號寄出。

碧[6]：

把蔚、起[7]送上火車，回來心裡輕鬆不少。其實誰住在這裡也不要我負什麼責任，因為北平與其不能久留，走一個我總覺得輕鬆許多。他們乘十三號的船，本來打算走青島，臨上車忽然又聽樊太太說走廣東，也許還要坐一段飛機，這一來可麻煩了，路上的耽擱一定不少，什麼時候到長沙就不得而知了。這次我的堅留不走，真可算不錯，不然路上二十來天的顛簸，大大小小六口人，就說路費他們借給我，孩子們同我到地後一定都得生一場大病。他們的走我覺得很對，因為這件事遲早得辦，解決了總比懸著的好。他們走了同時也解決了我不走的決心。他們不走我雖也打算不走，但總有一個走的機會，現在是非到明年才能打走的主意了。不能與他們同行我覺得對楊先生很抱歉，因楊先生曾叫他們借路費給我們同行，種種情形望你寫信同楊先生說說。蔚走時留下一百元給我，這個錢她本來預備九妹與她同行做路費的，九妹不走，這錢她一定要留下給我，她說路上不敢多帶，我就收下了。下午關先生又送來健吾百元，健吾怕我們在此受窘，雖然我寫信去說你暫時不能有款還他，不敢收用，他仍然要關先生送來給我。我還沒有收到李先生給我的覆信，此款暫時代收，如若他要，隨時可以匯給他。我不知道明年你的工作是否還可以繼續，即能繼續，除維持生活外，是否還有力量還債，所以各方面雖然都願意接濟我，我卻不敢收受。關於李先生的錢事為什麼你總沒有回我？我好像在幾封信中都提過了。楊小姐來，我託她帶一部楷帖，一個枕套（枕瓤由汪帶來），一條皮

6 沈從文曾用「上官碧」作為筆名。

7 指楊蔚、楊起姊弟，楊振聲的兒女。

帶，另外還有兩個盤子，一個是你今年花二元在廠甸買的那個五彩鴛鴦戲荷大盤子，一個是西番蓮邊有小孔眼的小盤子，兩個都很厚實，塞在他們行李囊內絕不會碰壞。只是他們走粵漢路，這東西不知要到什麼時候才能帶到了。我們住這裡你可以放心又放心，不要看到他們到後又著急。九妹先雖願意南去，後來也覺得單獨南去不妥，大家都安分的過日子，總不做到使你難過的地步。願你也特別謹慎小心，這年頭誰也不忍對自己將來懷多大奢望，慢慢刻苦的過著說罷。午後我為你抄了幾節晨報副刊上的小詩小文，三本副刊是松坡圖書館的，抄完了我打算送給蹇先生。對你文章中所記以前餓肚子的情況我很難過，碧是受過這樣苦日子來著嗎？

三三

張兆和致沈從文　一九三七年十二月十一日　北平

晨

二哥：

接到你廿三日的信，得知三哥病了的消息[8]，我們真非常難過，九妹流了許多眼淚，不過這也沒有法子，幸而生的是這種病，我們除難過而外，對三哥卻有無限敬意，寫信時請告訴他，住在北方的我們，連同兩個孩子在內，對他致上深切的慰問和無上的敬禮。現在我們極於要知道的是，他的症狀礙不礙事，有無完全復原的希望，希望上天同一切的神靈保佑他，使他得歸於平安。

信寫至此，報來了，看到報紙上鮮明的幾行紅字，南京完了！真快，這使我們不解。這裡預備南京陷落，早已籌備慶祝大會，今天九時將放炮慶祝，明天將張燈結彩，吹吹打打，大舉遊行，熱鬧盛況，較之保定太原陷落時當更過之，無不及也。

算算日子，楊小姐等早該到了，我這裡已接得她廿三號由香港來的信，由香港到長沙，有樊先生等同行，途中安危當早顧慮到，只是我卅號拍一電至長沙，至今未得覆，不知何故。

來信說錢又完了，楊先生也窘。幸而我們未冒險上路，這一大家人到了武漢，路費還不夠，你說怎麼辦！難道全累倒楊先生嗎？說不過去。完全仰仗爸爸寄錢，你那位丈

---

8 三哥即沈從文的弟弟沈荃（字疊餘），陸軍團長。三哥病了的消息，指沈荃在浙江嘉善狙擊日軍血戰中負傷的消息。

母娘大人的脾氣你難道還不知道，人情冷暖，我們非至萬不得已時，勿遭人白眼才是。現在健吾既三番四次把錢給我們用，暫時日子有得過，只要大家苦苦的把難關度過，精神好，身體好，一切都好辦。希望你懂事一點，勿以暫時別離為意，我的堅持不動原早顧慮及此，留在這裡也硬著頭皮捏一把汗，因為責任太大，一家人的擔子全在我身上，我為什麼不把這擔子卸到你身上，你到這時自可以明白，你當時來信責備得我好凶，你完全憑著一時的衝動，殊不知我的不合作到後來反而是同你合作了。

今天禮拜六也許可以見到王正儀，他不來，我擬去找他。錢擬付給他一百元。接到電報後即可去八姊處取錢。望**省儉著**用！

餘不贅，頌安。

三妹

十二月十一

張兆和致沈從文

一九三七年十二月十四日　北平
晨一時三十五分

碧：

這幾天天氣太好，太陽照人溫暖如小春時分，天氣好得簡直叫人生氣。夜來一片月色，照在西窗上清輝適人。十二點，我起來給小弟弟吃一遍奶，吃完奶又把他身底下濕尿布換了。小東西像是懂得舒服似的，睜大了一雙黑眼憨憨的笑，過後又把一隻大拇指插進口中，囈囈唔唔入於半眠狀態中了。小龍現在白天不睡，身上既不癢，晚間睡得熟，開燈不會輕易醒來。睡得紅紅的小臉，體態較你在時豐腴得多，頭髮三個月未剪，已過耳齊眉，閉著眼，蜷著身子，兩隻膀子總是放在被外邊，身上放散著孩子特有的溫香。我捏熄了燈，可是想到你白天來的兩封掛號信，想這樣，想那樣，許久不能成寐。這幾天我想的可太多了。種種不容人只圖眼前安逸，不把眼光放得遠一點。我覺得我們以前的生活方式是一種錯誤，太舒服了，不是中國人的境遇所許可的。一次戰爭，一回淘汰，一種實驗，人整千整萬的死去，活著的卻與災難和厄運同在，你所說的「怎樣才配活下去」，正是我想了又想的。我腦筋十分清晰，可是心難免有點亂。我不知道你此時是否在武昌，抑或已同那一群不同姓氏卻同患難的親友，經過若干風濤險灘，到了你故鄉那個小鄉城了。我覺得故鄉雖好，卻不能久待，暫時避難則可，欲圖謀個人事業發展，故鄉往往是最能陷人的。楊先生事情多，恐怕也不能隱身到內地去。楊家姊弟若無處可住，你把他們安插到辰州倒好。小五弟若能回家，最好是讓他同家裡人在一起；家鄉不能去，你就帶著他跑吧。至於我這裡，你可以完全放心，不論你走多遠，我同孩子總貼著你極近。前一禮拜掛號寄出多張孩子相片，不知你是否可以得到。希望你常常想念著我們。蘇州家屋毀於炮火，正是千萬人同遭命運，無話可說。我可惜的是爸爸祖傳下的許多書籍，此後購置齊備不可能了。至於我們的東西，衣物瓷器不足惜，有兩件東西毀了是叫我非常難過的。一是大大的相片，一是婚前你給我的信札，包括第一封你親手交給我的信到住在北京公寓為止的全部，即所謂的情書也者，那些信是我倆生活最有意義的記載，也是將來數百年後人家研究你最好的史料，多美麗、多精采、多淒涼、多豐富的情感生活記錄，一下子全完了，全淪為灰燼！多麼無可挽救的損失啊！我唯一的希望是大姊回鄉時會收拾一下我的東西，看是否有重要的應當帶走，因而我們的信件由此得救，可是你來信卻說大姊他們走時連衣物都未及帶，我的東西當然更顧不到了。我現在的唯一希望是我們的房子能倖免於難，即或房子毀了，東西不至於全部燒毀，如有好事的竊賊，在破磚碎瓦中發現這些寶貝，馬上保存起來，將來庶幾可以同它們見面，我希望如此。為這些東西的毀去我非常難過，因為這是不可再得的，我們的青春，哀樂，統統在裡面，不能第二次再來的！我懊悔前年不該無緣無故跑蘇州那麼一趟，當時以為可以帶了它們到蘇州避難，臨回北方來時又以為蘇州比北京安全，又不曾帶來，又不曾交把大姊或一個別人，就只一包一包紮好放在那個大鐵箱子裡，鐵箱既無鎖匙留下，她們絕不會打開看看，真是命運！

楊家姊弟到底到了沒有？我掛念得很！

你那邊來的信件十有九被檢查，此去信件不知也被檢否？請你注意一下，我的信是否按次能收到？覆我。

信得後，無論你在哪裡，可寫信請八姊寄一百元給你，因前天已付王正儀百元。如已得，就不必提了。

祝安好

叔文[9]

9 叔文，張兆和之筆名。

張兆和致沈從文

一九三七年十二月十七日　北平

九月十九日信，抄出未見寄來。

從文：

幾件事情使我連日心亂如麻，不如如何是好：第一，不知道你行止如何，是向家鄉走，還是上成都，還是留下不動？每一條路都似有問題；第二，楊小姐姊弟至今不得消息，發電至長沙，不見作覆，昨又寄去一快信；第三，我們此後的生活問題。來信說，等楊小姐等到時，就同他們到沅陵家中住下，這在減輕楊先生擔負上講，自是合理的，但你是否顧慮到兩點：一、歷次據大姊來信談，沅陵宅中居住外客頗多，前此九妹欲還鄉，你們猶言不可，此次你帶大批人馬前去，是否應先寫信通知一下大哥同三哥，勿給他們太多不便，不致事到臨頭，你把這一批人無處安插！二、你現經濟來源完全枯絕，雖然楊家眾人日常食用不需你籌辦，但你手頭無一錢，做主人實非易事，難道回去累著哥哥、兄弟麼？這也許是我的顧慮，你也許全已想過，但我看你平時計畫什麼，往往所見不遠，往往顧此失彼，因此常會輕諾寡信，不但事無結果，往往招致罪尤，這在你過去生活，正不乏這樣的例，我不能不為你擔憂。只是你那邊如何決定，如何行事，應早已有定規，我信到時，殆已事過境遷，本屬無用，不過我所見如此，不能不略向你一述罷了。楊小姐一行人至今不到，即令中途無險厄，久住香港，進退兩難，也是非常討厭的事。起弟南來，原為楊先生來信有「就父讀書」之言，若到了武漢又得逃難，倒不如留此不動，在這裡至少讀書不會有妨礙，在生活方面也可減輕楊先生許多負擔，若在香港久留，耗費必多，何時能到，猶不可言。總之他們此次走得太不湊巧，你也不必責這個怪那個，前些信你擔心他們走膠濟遇險，怪我單讓他們上路，以為走香港較好，此來既得他們到港電報，又知道走膠濟的人已安到，而他們仍無到達的消息，又怪樊先生人大膽小，不該走粵漢，其實身歷其境的人，每一舉一動，都是經過考慮的，正不同你高踞山中，單只運用腦子，以為這樣好，那樣不好，翻來覆去，覆去又翻來，別人把事情辦好了，你無話可說，一遇彆扭，就有你責難的了。我是同你在一起受你責難最多的一個人，我希望你凡看一件事情，也應替人想想，用一張口，開闔之間多容易啊，這是說你對日常事物而言，惟其你有這樣缺點，你不適宜於寫評論文章，想得細，但不周密，見到別人之短，卻看不到一己之病，說得多，做得少，所以你寫的短評雜論，就以我這不通之人看來，都覺不妥之處太多。以前你還聽我的建議，略加修改，近一、二年你寫小文章簡直不叫我看了，你覺得我是「不可與談」的人，我還有什麼可說！不過我覺得你的長處，不在這方面，你放棄了你可以寫美麗動人小說的精力，用來寫這種一撅一撅不痛不癢諷世譏人的短文，未免太可惜。本來可以成功無縫天衣的材料，把來撕得一絲絲一縷縷，看了叫人心疼。我說得太直了，希望你不要見怪。說到我們此後生活問題，你所見較大較遠方面，我都一一同意，但就較近較切身的眼前生活而言，雖然暫時可無問題，但若果真你的工作明年不能繼續，我希望你要早一點想辦法才好。固然，凌宴池答應你可以有你一年的飯吃，我這要合肥家裡接濟總也不會遭拒絕，但我們就能安於此麼？我希望的是能不求人最好，即或是自家爸，你應該知道我的苦衷，假如我自己母親活著，想想看，現在還待我開口求助嗎？你懂得我這點心情，你寫信到合肥時，無論是給大姊或宗弟，請不要提到要爸爸幫助我的話，到不得已時，等我自己寫信，這話由你口中說出去，我不願意。這不大妥當，你知道的。

曾到郵局問過，所寄包裹，據云不致遺失，因車皮缺乏，包裹至少要三個月始能到。我第一次寄包裹的日期是九月十五號，寄交陳通伯；第二次十月八號，交淩叔華；一大包書亦交通伯，為十一月五日寄，如你稍緩時日再他適，包裹當可收到。如必得他去，請一名妥當人代收或請郵局一一為你轉去。寫信時應該把你所有的名字都寫給郵局，因為我的信不一定寫哪個名字。

葡萄架旁那一方地，夏天種茄子的，冬天潑水成冰，便成了家中大小孩子的溜冰場，你的冰鞋原給大妹妹穿得，四妹的小二妹穿正好，小龍穿著雙棉鞋也到冰上去溜冰，大家常被三嬸媽大嚷大罵叫回來。

三
十二月十七

張兆和致沈從文　一九三七年十二月廿九日　北平

二哥：

接到你七日來信，一禮拜過去，昨天又才收到你十日的信，我也許久不曾給你寫信，這期間我曾病了幾天，發一天燒，睡了一天，現在已全好了，孩子們都好，你可以放心。

楊家姊弟平安到了，真是謝天謝地！我真為他們捏一把汗。

十日信言月底以後你的住址應有變動，此信到時，你人應已不在山中，這個信不知什麼時候才可以得到。我希望不久可以得到你信，告訴我一定行止，也好叫我定心一點。

來信說那種廢話，什麼自由不自由的，我不愛聽，以後不許你講。你又不同得餘[10]，腦筋裡想那些，完全由於太優裕的緣故，此後再寫那樣話我不回你信了。

我現在焦灼的是我們以後的生活問題，我們已經負下了債，再下去還要負得更多，你好像有人能夠給錢給我們用就很好了，我想起來卻非常著急。「假如平時每月可以留下五十元，在這時候不會不無小補吧。」這樣的話，你以前聽著會嗤之以鼻的，現在也是，將來也還是。本來嘛，誰知道將來是個什麼世界，這正是給大家一個反省的機會。我還恨我們的生活不夠窘迫，不能身經目擊那許多變亂，徹底改造我們的生活，掃除一切虛偽的紳士小姐習性！我們都自己覺得太聰明一點，覺得比人超過一等，因此平時總覺得這件事別人能做，我不能做，不屑做。這以後，不做，看大家怎麼辦！我希望戰事不久可以告一段落，容我有機會用我自己的手來養我自己，養我孩子。我希望有這樣訓練的機會。你說譯書，現在還說譯書，完全是夢話。一來我自己無時間無閒情，再說譯那東西給誰看？誰還看那個？文學也者，尤其是經過一道翻譯的別人家的東西，這時候還是收斂了吧。

三

十二月廿九

張兆和致沈從文　一九三八年一月廿日　北平

飄零第一　下午三時

甲辰[11]：

前昨兩日接連收到紫一、紫八、紫九及卅日信四件，紫二、紫三則在月初即得。初以為濟南發生變化，此後信由香港繞道北來，必在一月左右，不想最近一信，二十日即到，雖則次序排列顛倒得太厲害，有的還不曾送到，雖然如此，消息還不致完全斷絕，亦云幸矣。此後你作萬里雲南之行，書信每一往復，逾一月二月就不可知了。雲南號稱蠻夷之邦，地多瘴癘，不知你可能服那方的水土？現在公路既通，一切應當不同一點。

10 沈疊餘常簡寫為得餘。

11 甲辰，沈從文筆名之一。

那邊熟人除徽因一家外還有誰？同行還有何人？到那地方想仍繼續以前編書工作，汪和宗當亦同行，如此，楊小姐一家人做何打算？盼一一見告。你說夏雲行將北來，聽了真叫我高興，這邊熟朋友全走了，住下來實在乏味，夏雲來我們多個熟人熱鬧熱鬧，況且他是從你身邊來的，是半年來第一個從你身邊走來的人，我是多麼熱切的盼望他快來啊。我盼望他能告訴我你的近況以及你未來的打算，還有你對於我們的種種，我願意聽聽你的意見。前天黃先生來此，他半月內即南下，由香港返湘。他勸我們最好能早行，因戰事擴大，這地方難免不被波及，且長此下去，生活無著，愈陷愈深，更不可拔。我因種種問題，仍未斷然決定，一因路費不足，二因天氣尚寒，三則你的居處無定，跑到長沙，還得往你身邊跑，這麼長的路程是不是孩子們所能受得了的，種種都待考慮。我想遲一兩月再看情形，也許先到上海，到上海雖不是好辦法，但總算走了幾分之幾的路程，離你們近一點，有落腳的地方，休息一月半月再往南走。我這計畫能否實現，要看彼時局勢及自己經濟情形如何決定。來信說已得了錢，如果可以寄來，我們有了路費，隨時可以上路，我也膽壯多了。不知道你領的是不是如以前的數目？這邊已領過健吾三個月的錢，計三百元，希望你從那邊寄還他，此後他的錢就請基金會逕寄上海，我不再領了。之琳款項寄不去，我為代收，每月八十，自二月份起由我取用（十月百二十元交我手，十一月寄川，十二月、一月由念生太太取去），他若需用你寄點給他。此外你借用楊先生二姊的錢，希望你盡可能的還清他。我們個人生活清苦一點無妨，現在談不到享受，能以不饑不寒就很好了，舉債過多不還，將來愈積愈多，添增累贅，希望這一點你能聽我的話。上月十四日王正儀曾拍一電給八姊，請她由家裡付你百元，現在知道電報在路上也得走個十天半月，所以你離武漢若在廿日前後，此款必不能得，究竟如何，來信盼能提及。如已不需，告訴我，我將仍從正儀處把錢取回。一星期前曾寄一信至沅陵，當時因多日不得你信，不知詳情，頗覺納悶，信寄家中由你大哥轉，當可送到你手邊，在那信中我曾說到想謀一小事做做，現在則似不必須了，我們在此既不能久留，一切不談。

來信說，不管我們離得多遠，你將為我好好的做人，將為孩子做個好父親，使他們將來以有你這樣一個父親為榮，聽這個話，我心裡熨貼極了，我希望你真能做到，我希望這不是一句空話，不是一時拿來安慰我的空話。我現在身體很好，精神有時振作，有時又十分萎靡。我不知道你現在置身何所，想到你有那樣一個艱苦的旅途，想到你愈走愈遠，我們不知要經過若干時日若干困難始能會面，心中自不免難過。孩子在我身邊，身體不會壞（不亂吃東西），習慣不會壞，只是媽媽是個性情太收斂的人，只擔心孩子們個性不發揚，怯弱、無能，如同媽媽一樣。不過小龍就比我潑辣，嘴也比媽媽強。小龍常常想念你，要到爸爸家去。我說：「我們一同回合肥，爸爸在湖南，不帶爸爸去。」他就哭，眼淚真擠出來了。已認識不少字，吃飯時，必在墊桌子的報紙上找他認得的字，一面吃一面看，那種對吃飯無興味漫不在乎的神氣，活像小從文。公公婆婆最疼他，每天除吃飯睡覺外，多半時間跟著婆婆，談這樣，問那樣，瑣瑣碎碎的，但卻清清楚楚，頗為三嬸解悶不少。公公境況不好，常常發大脾氣罵人，見到龍總是喜笑顏開，認為奇貨，讚不絕口。小龍要常同他在一起，聽他言說，窺他行動，才看得出他的趣處。小虎則第一面就給人好印象，瑞菡、鄧三小姐、王家姨父，一來便抱不釋手，連醫學生的姨父都說這樣健康的孩子是他見所未見，由此你可以知他的壯實。其實這孩子自生以後就不大採用最新科學衛生的養育方法，現在更甚。桔子水、魚肝油、奶粉，種種高貴的滋補食品，向來與彼無緣，連做母親的也不特別餵他喝什麼湯湯水水，卻長得那麼好。不見得美，卻自有他蠻憨可愛處，第一在頭髮，愈長愈黑，愈曲；第二在眼睛，大而亮，睫毛長，藍芬芬的顏色。我總疑心種因於某一次青島海天的清明美妙，一定是有一次那海上的天空太美了，給我們印象過深，無意中就移植於孩子的眼睛裡。孩子們累我，卻也消散去我心上漫漫的迷霧，孩子們究竟是好的。

又得你紫六、紫七兩信，寫的是由武漢至長沙情形。你現在在哪裡？我有許多話要說，那說不出的，我用眼睛輕輕的全寫在這紙上了，你看得出的，我要你保重自己，愛我們，愛一切的人！

兆

一月廿日夜

張兆和致沈從文　一九三八年一月卅一日　北平

清晨五時

我本來想守夜通宵不睡的，因為爆竹聲音繁複震耳，同另一時槍炮聲音相彷彿，不易入眠。信寫至十二時許，有打門聲甚急，聽是送快信的。後門已被三爺從裡門加上一把鎖，我從門縫裡接了快信條子，蓋了戳子，再從門縫中遞出去，換來你十一日發的紫十四。我歡喜聽你說到芸廬的種種，廬內主客的種種，以及廬外雲山的種種。我又欣喜你有愛寫信的習慣，在這種家書抵萬金的時代，我應是全北京城最富有的人了。我因你行止無定，半月來只寫過兩次信，一次寄辰州由你大哥轉，一次寄聖經學校裝在楊小姐信中，兩封都是掛號，應該可以得到。

此時我獨坐燈下為你寫信，市內通宵不斷的爆竹聲至天明更烈，以致我不時停下筆來諦聽。在亂世之下，人如驚弓之鳥，況且外面謠諑眾多，令人將信將疑，不知所之。遠處有擂鼓聲音，如電影中土人跳舞時的音樂，聲音短促而粗礪，咚咚咚，咚咚咚，咚咚，沉重的敲在人心上，很不舒服。

小虎醒了，吃奶以後我就接連忙不開交了，等等再寫。

晚十時

今天新年，亂哄哄的一天，兩家的孩子各穿了新衣，忙出忙進，景況仍然十分熱鬧。中午我們在三叔家吃的飯，下午卓君庸、王正儀來，晚飯王正儀三叔嬸在我家吃的。晚間舅舅大姨翻出許多舊衣大帽子，圍巾，腰帶，六個孩子，連同小龍小拴在內，打扮得怪模怪樣，跑到我房裡來演戲，小龍頭包紅圍巾，擦得一臉白粉，身上莫名其妙的捆了一些繩子帶子，解開扣子，兩隻手掀起大襟，同帶著黑鬍子的舅舅亂蹦亂嚷一氣，這是他們的戲。最能欣賞他們這一套的彷彿還是小虎。婆婆抱著他，你能想像他的眼睛睜得有多大，簡直看愣了，一動也不動。小孩子是仍然有他們的世界的，可憐是生在這種時代，一切只有從簡了。你要他們的相片，天氣還冷，小虎不敢抱到院子裡去，緩日照了寄去，此次只得舊照寄來三張。

夏雲說來，至今未見到，想是不來了。

我不記得你那內外都是綠色蘭花的大盤子給你帶了沒有，已不在這裡了。家裡盤子多半是殘破的，已沒有什麼完好的了。你要我送王正儀，他歡喜那淺黃色內有蘭菊的大盤子，我已送了他。你說什麼都不要了，不會捨不得吧。舊錦同衣服收不到不能怪我，是你叫我寄的，等到你再來信叫我莫寄時，早已付郵了。我們若一離北平，丟的東西就更多了，算了吧，你說有什麼法子。

楊小姐已訂婚，我真為她歡喜。但是我更願意知道張先生是個怎樣的人，因為我歡喜楊小姐，也就十分關心她的事。

三嫂在不在家？你們一行人不宜太累大嫂。

兩個孩子身體都好。小龍自你走後，又乖又好，沒有「下床氣」了。夜間被小弟吵醒，翹起頭來望望，我說「龍龍乖，你睡，你睡」，便避開燈光把臉轉向床裡睡去。成天不要人帶，有伴玩也會鬧，無伴玩一個人也能靜，要不就同公公婆婆聊天，一去就是半天。公公婆婆給他迷得心花怒放，一有客來，公公必在飯桌上誇獎小龍的智慧，且細述他的所說所為。大姨同舅舅常說：「小龍又來迷婆婆了。」小龍迷人用一張嘴，小虎迷人則用一雙眼，外來客人一眼就歡喜小虎，家中熟人則多疼小龍。其實兩個孩子各有長處，都極惹疼。三嬸常說：「三姊的兩個孩子真是沒得褒貶的了。」這不應當是假話。小虎長得胖，但不癡肥，楊小姐走時比你在家時好玩，現在比楊小姐走時更好玩了。

關於我們起程的事，希望你考慮一下，是不是應等你到了昆明或重慶後再定？據卓先生同王正儀說，上海一般狀況比北平壞，但我又怕愈遲下去愈不容易走。我所謂「遲」，是指兩月以後還不走的話。老伯伯若二、三月准移九龍，我們索性等她搬定後再去，到香港上下可以有人照料，但不知彼時情形何似。據一班人推測，三、四月間必更糟，那時候粵漢路能不能走還說不定。也許到後來仍然是留此不動，事情真難說。

問你們一批難民的好，特別向大嫂問候。

三哥無恙？

一件事值得報告，小虎在昨天（除夕）忽然發現他能坐得住了。小五弟應該還記得，大前年在蘇州，小龍在除夕那天忽然會走路的，兩兄弟不約都挑上這個日子。

張兆和致沈從文　一九三八年三月廿二日　北平

沅陵　十五

二哥：

這張紙在桌上擺了一整天了，早上就預備寫——不，前天就預備寫的信，這時候才來動筆，兩孩子已睡定，鼾聲停勻，神態舒適，今晚這封信大概可以完成，可是信寄到時，你應已作萬里雲南之行了。

兩孩子都種了痘，小的情形好，痘已發，連第一次種痘例有的燒熱都未見有，身體算好。大的可糟，又像去年一樣，凍病了。本來可以不用脫衣的，因為我已特地為他換了一件袖子寬大的毛線衣，討厭的人人醫院的護士，一定要脫，把衣服脫掉露出光膀子種，種完了又得等乾，乾了以後才包紮穿衣，這樣就凍著了，燒熱兩日，情形可憐，瞧著怪難過。幸而現在已好，成天喊肚子餓，淘氣得很。小虎的毛衣同內衣因我已預先改製過，故未著涼，他身體原來好，也經事些。

連日接上月廿二、廿四、廿五、廿九及三月一日各信，知蕭乾已行，你們不出十天也得上路。我寄至沅陵的信你才收到兩信，不明白這邊情形，難怪你著急。家裡大小，除了小龍種痘出了上述的毛病外，其餘人個個身體不錯。九妹一切都好，只是處在目前情形下，日子似過得更無聊。有一天晚上，我們正吃飯，談著別人家的閒話，她忽然哭了，我不知道什麼緣故，第二天飯也不吃了，只吃了些麵。那天她曾有一封信寄給你，我猜她一定是太寂寞，遇事便不如意。那兩天正趕著小龍發燒，小虎第一次種痘，我也傷風，又得餵奶。我不會說話，不能像你在家那樣哄哄說說，罵罵又笑笑，心裡揪作一團，一點辦法沒有。她又像是不高興我，又說全然不干我事，只是她自己想著難過罷了。所幸過了兩日，暗雲即過，臉上又見了笑容，現在到躲姊家去了，今天已住了第三日。以前她老說要走，說就是做叫花子到自己的地方總高興些。前一陣，那個一見飛機來就嚇得臉色發白兩腿直打哆嗦的鄧小姐來，商量同九妹去南方，她們覺得住在這裡無聊，閒著又慚愧，要走，要找工作做，說是任什麼苦都得忍受。對這意見我不敢贊同，因為我知道她們倆都不是能吃苦的人，無非唱唱高調罷了。可是若當真有一天她不願住到這裡，一定要走，你又不在這裡，我想到我身上的責任，我極煩惱。我自己呢，日夜為兩個孩子絆著，用的人，一個太老，一個太嬌，自己又不能幹，因此就顯得更忙更累。你屢次來信說要我譯書，是你不明白我的情形。說起來心痛，這樣下去，我也完了。我現在唯一的願望，是儉儉省省的過，大家能相安，幫助我把這難關度過，因為要儉省，就不得不自己多添忙累，因為要儉省，就使得家裡人心裡不愉快，這是必然的結果。可是這個家在我手裡，我不省怎麼辦？你向來是大來大去慣了的，你常常怪我太省，白費精神，平日不如節儉，這時候卻老寫信要我儉省，你不是把惡人同難題都給我做嗎？事情看來容易，說來容易，臨到自己做來就全然不同了。我不會說話，不願說話，我心裡種種，你明白，你明白的。你們難民團有人不守秩序，給你的煩惱，你覺得難受，又說不出，而我，一向就是過得你那樣生活的。

前兩天又得楊先生自長沙金城銀行匯來二百元，打算全部還給健吾，就同他清帳了。另寄一百五十也交健吾，一百是之琳預備寄回家的，五十給之琳還蘆焚，這一還，我這邊就不欠什麼帳了（只用過之琳一百六十，二月三月的錢）。

今天小龍收到大伯的信，我念給他聽，聽後他抿著嘴笑，他有一張放大的相片，王家姨父放的，將送給大伯與大媽。

「其」字你常用錯，如「王樹藏還好，蕭乾每日逼其寫字讀英文」，這就錯了，因為「其」字一向作「他的」解，如「楊大少爺與其新婦」就對了。我怕你寫信給別人也會寫錯，故而相告，你莫又譏笑我是文法大家啊！

接之琳信，合肥我們一家人已上行到了漢口，一部分人且已人川，四妹尚擬留漢口找事做。你們若得知他們確實地址，見告為要。

這邊又有了謠言，都說四月裡不妥當。瑞菡一家人勸我們去上海，我想同夏老表、常風、正儀諸人商量商量。夏雲到北平後只來過一次，至今未來。若不走，在下月中旬就得搬進那小而破的房子去。

九妹回來了，她說想去上海，又想回沅陵。回家太危險，無伴怎能去？到上海又將累大姊，奈何！

致張兆和

一九三八年四月三日　沅陵

十一時

三姊：

十二、十三、十四號信都收到，孩子大小相片見到五張。放大的相片很美，神氣可愛。有同鄉老前輩見到，說小虎簡直與其祖父幼小時完全一樣。祖父成人時壯美少見，小虎長大一定也極好看。小龍樣子聰明，只是缺少男子雄猛氣氛。

家中紫荊已開花。鐵腳海棠已開花。筍子蕨菜全都上市，蒜苗也上市。河魚上浮，漁船開始活動，吃魚極便利。

院前老樹吐芽，嫩綠而細碎。常有不知名雀鳥，成群結隊來樹上跳跳鬧鬧。雀鳥聲音顏色都很美麗。小園角的芭蕉樹葉如一面新展開的旗子，明綠照眼。雖細雨連日，橘樹中畫眉鳥猶整日歌唱不休。楊柳葉已如人眉毛。全個調子夠得上「清疏」兩字。人不到南方，對於這兩個字的意義不易明白。家中房子是土黃色，屋瓦是黑色，欄杆新近油漆成朱紅色，在廊下望去，美秀少見。耳中只聞許多鳥雀聲音，令人感動異常。黃鳥聲尤其動人。

今天星期日，這時節剛吃過飯。我坐在寫字桌邊，收音機中正播送最好聽音樂，一個女子的獨唱。聲音清而婉，單純中見出生命洋溢。如一灣溪水，極明瑩透澈，涓涓而流，流過草地，綠草上開遍白花。且有杏花李花，壓枝欲折。接著是個啞喉嚨夏里亞賓式短歌，與廊前遠望長河，河水微濁，大小木筏乘流而下，弄筏人舉橈激水情境正相合。接著是蕭邦的曲子，清怨如不可及，有一丘一壑之美，與當地風景倒有相似處。只是派頭不足，比當地風景似乎還不如。尤其是不及現前這種情景。

你十三號信上說寫了個長信，不曾發出，又似乎想起什麼事十分難受。我覺得不要這樣子為一些感覺苦惱自己。這是什麼時代？這時代人應當有點改變，在空想上受苦不十分相宜。我知道你一定極累，我知道孩子累你，親人、傭人都累你，得你操心。遠人也累你，累你擔心一切，尤其是擔心到一些永遠不會發生的事情。我看你信上說的「你是不是真對我好」，我真不能不笑，同時也不能不……你又說似乎什麼都無興味了，人老了。什麼都無興味，這種胡思亂想卻有興味。人老了，人若真已衰老，哪裡還會想到不真對你好。我知道，這些信一定都是你煩極累極時寫的。說不定還是遇到什麼特別不如意時寫的。更說不定，還是遇到什麼「老朋友」來信或看過你後使你受了點刺激而寫的。總而言之便是你心不安定。我住定後你能早來也許會好一點。你說想回合肥真是做夢，你竟似乎全不知道這半年來產生了些什麼事，不知道多少逃難者過的是什麼日子，經歷的是什麼人生。我希望你注意一下自己，不要累倒，也不要為想像所苦惱。

希望你譯書，不拘譯本什麼書都好，就因為我比你還更知道你，過去你讀書用心，養成一種細緻頭腦，孩子只能消磨你的精力，卻無從消磨你的幻想或思想。這個不曾消耗，積堆過久，就不免轉入變態。或鬱結成病，或喜怒無常。事後救濟和事先預防，別無東西，只有工作。工作本身即無意義，無結果，可是最大好處卻……[12]

致張兆和

一九三八年四月十二日　第一信　沅陵

午

三姊：

小院子已綠成一片。老樹也綠了，終日有八哥在樹上叫，黃昏前尚叫個不止。居常天明以前落雨，白天不落雨。便在雨中，也有雀鳥叫。我們定明天上路，看情形，在這裡恐不容易得到你來信了。這時節你一定以為我們業已上路，殊不知還是坐在廊下聽鳥聲。

路上至少得十天。試想想，上西山只是一點鐘汽車，這裡卻得整整十天！爬的山至少比西山高二十倍，有些地方百里內無住戶人家，無避雨處，無燒火處。路上情形，可以想見。可是一切有數，不用擔心。這信到得你手邊時，我或者已到昆明和熟人全見面了。也許半路出了意外（這是亂世極平常的），你記著一件事，不必難受，好好的做個人就是。國家需要你這樣，孩子需要你這樣，尤其是二哥，盼望你這樣。死者完事，生

12　現存原信缺尾。

者好好的活。使孩子健康長大，受良好的教育，不墮落，有父親之刻苦做事，厚道待人，有母親之明大體、愛清潔、守秩序，這就是成功，也就是做人。忘了我的小毛病，數年來對你的許多麻煩，且忘了我的弱點。應當忘掉的都得忘掉，莫為徒然痛苦所壓倒。正因為未來日子甚長，可做事還多。你還年紀很輕，我知道說到這點會使你難過起來，可是不能不說說。我倒什麼都不怕，遇什麼都受得了，只是念及你和孩子，好像膽量也小了，心也弱了。本來定今天上路，就因為擔心心弱，腰部不大舒服，便休息了一天。小五哥已於前天上路，他的通信可由晏池先生轉。

很想念小虎，半年來不見他，已想不出是個什麼樣子。頭髮眼睛想不出，神氣也想不出。九妹若想過上海，有伴上路，讓她上路。大姊三嫂同住，到了那裡，日子也許可以變變。不想走，即需好好過日子。這世界，萬千人都欲活不能活，我們能吃、喝、住，毫無困難，應當知道已不容易。再不好好過日子，等等不知自重，自己向自己搗亂。回沅陵住是妄想，房子雖好，生活如何支持？大哥因三哥困難，不寄錢來，生活並不從容，性情認真而天真，九妹來恐過不慣。將來也許可望你們都來住，你們一同來住。這地是為小虎小龍準備的。在我住樓房右手，現在只有一匹馬，三五株竹子，兩堆芭蕉，一片草。房子約四、五百元可以成就。花錢極少，弄得極好看合用。我希望到八、九月你們當真便可來這裡住。小虎到這裡來，必十分快樂，因為鳥雀之多，不可形容。小龍來時一定只想上城，屋後不遠即可上城，在城上可看的很多。魚很新鮮，美觀之至，在河邊可看人打魚。河邊雖不如青島海邊好看，並且不如海邊乾淨，可是船隻極多，木筏也好，顏色氣味都令人感動。負柴擔草的婦人過渡時，尤其好看。半渡時兩岸如畫，四圍是山，房子儼然全在山上。房子顏色很美，對河即可看到。走近北門時，高石牆如城，藤蘿繚繞，上不少階石才到大門，進門青翠撲人。如你當時同楊小姐一路，這時住這裡，必覺得比上昆明好。在廊下看山，新綠照眼，無法形容。鳥聲之多而巧，也無可形容。近日來常有一八哥，老老實實穩當當坐在新發葉子的老樹枝上，叫了一會又休息休息，聽別的鳥叫，休息過後又接著叫。

杜鵑還不曾開口。

四弟煥頓首[13]

四月十二

13 沈從文在沈家男性中行二，故給張兆和的信中常自稱「二哥」或「二弟」。若包括已夭亡的姊姊，他在沈家又行四。「煥」是原名岳煥的簡寫。此處自稱「四弟煥」，可能是在家鄉勾起種種記憶之故，是一種即興抒情。

致張兆和

一九三八年四月十二日　第二信　沅陵

黃昏

三姊：

昨天黃昏感覺疲倦，腰部大不舒服，因此上了床，決定停一天再走，因此今天不走。白天寫信時覺得很好，到下午有點不妥，尚以為信寫得太多了的原因。吃過飯，便覺得又有點和昨天差不多情形，肚子咕嚕嚕作響，人很疲倦，又想睡。骨節作痛。情形與昨天一樣，與小五哥楊小姐數日前所患也一樣。應當休息再說。可是行李已打了包，什麼都準備好了。還是決定明天上路，一切交之於天：不上路我也不成。錢已快用光了。不上路什麼都得重新想法。也許在邊境上我可休息兩天，因等車而休息。

這時節已將近黃昏，尚可聽到八哥和畫眉叫聲。城頭上有人吹號角。我有點痛苦，——不，我有的是憂愁，——不，我只是疲倦而已。我應當休息，需要休息。

想起你每日為孩子累倒的情形，我心中充滿同情。若兩人在一處，這疲倦便抵消了，會很平靜的坐在廊下，看黃昏中小山城炊煙如何慢慢上浮，拉成一片白霧，一切鳥聲市聲猶如浮在白霧裡。

×小姐同劉家父女同大哥正在樓下小房中玩牌，大家都歡喜大哥。過一會兒我也許還可聽聽音樂，想它會能恢復我一點力量，一點生氣。如明天可以上車，明天這時節，我一定住在一個小小旅館裡，地方比這裡小得多，可是風景卻美麗得多。住的地方是黔湘邊境，說不定入夜即可聽狼嗥，聽豹子吼。頭有點悶重，應當休息。又似乎吃錯了冷茶，我記起了我不宜吃冷茶，一吃即出毛病。多久以來即注意到這件事。不湊巧今天又這麼來了一下。

這裡黃昏實在令人心地柔弱。對河一帶，半山一條白煙，太美麗了也就十分愁人。家中大廚子病霍亂一天，即在醫院去世，今天其父親趕來，人已葬了，父親即住在那廚子住的門房裡，吃晚飯時看到那老頭子畏怯怯的從廊子下邊走到廚房去，那種畏怯可憐印象，使我異常悲憫。那麼一個父親，遠遠的跑來，收拾兒子一點遺物，心中淒涼可知。尤其是悲哀痛苦不能用痛哭表現，只是沉默默的坐在那門房裡，到吃飯時始下廚房去吃飯。同住的是個馬夫，也一句話不說，終日把他的煙管剝剝剝敲房枋。小五哥一走，天又下雨，馬像是不大習慣，只聽到在園中槽口上打噴嚏。園中草地已綠成一片。

小虎小龍和你若這時在我身邊，我一定強多了。窗間還亮，想睡又覺太早。

孩子使你累得很，到累倒時，想想我的情形，會好一點。我不會忘記你們的。黃昏，半夜時聽隔屋孩子哭聲，心裡也很動念，彷彿哭的是小虎。

小龍一定不常哭了。天氣轉暖，孩子一定已可穿薄夾衣看花了，這裡我又穿上了棉袍，也許還得一直穿上昆明。被蓋留下大絲棉被，換了一床藍色綢紗的，比較小，比較輕。箱子只帶兩個小的，大的不帶。將來要帶也方便，郵局寄運行李較公路自帶還稍賤。

黃昏已來，只聽到遠遠的有鳥雀喚侶回巢，聲音特別。有孩子笑嚷。我想給你們寄點印花布，做孩子被單，這裡印花布太美，來不及了，將來或要大哥寄來，當信寄可收到。

手邊有一本選集，一本《湘行散記》，一本《邊城》，一本《新與舊》，一本《廢郵存底》，象徵卅年生命之沉澱。我預備寫一本大書，到昆明必可著手。

健吾有信來，奇怪……據說是愛國女學的學生。想來很有意思，因料不到有那麼一個人同看電影，同過日子的。

大姊無信來，想已回上海，又以為我們上了路。若彼尚在漢口，必可見小五哥。

聽到杜鵑叫了，第一次聽它，似在隔河。聲音悲得很。無怪乎古人說杜鵑悲啼，神話中有杜鵑泣血故事。幾個北來朋友還是一生第一次聽到它。聲音單純而反覆，常在黃昏夜半啼，也怪。

吻你和孩子。

四弟
四月十二下七時

致張兆和

一九三八年四月十三日　沅陵
早四點

三姊：

天尚未亮，隱約中可見到一些山樹的輪廓，和一片白霧。不知何處人家經營喪事，敲打了一整夜鑼鼓，聲音單調而疲乏。一定當真疲乏了。和尚同孝子，守夜客人和打雜幫工，在搖搖欲墜的燭光中，用鼓聲唱唄聲振奮自己，耳朵中也聽到雞聲，且估計在廚房中八寶飯早點蓮子羹，熱騰騰的在蒸籠裡等待著。這鼓聲大約一千年前就那麼響著，千年來一成不變。

杜鵑各處叫得很急促，很悲，清而悲。這鳥也古怪，必半夜黃昏方呼朋喚侶。就其聲音之大，可知同伴相距之遠，與數量之稀。北方也有，不過叫聲不同罷了。形體顏色都不怎麼好看，麻麻的，飛時急而亂，如逃亡，姿勢頂不雅觀。就只聲音清遠悲酸。

我們準備五點半就過江，還得叫城門，叫渡船，叫……所謂內地旅行便如此。「雞聲茅店月，人跡板橋霜。」寫的就正是這種早發見聞。渡江時水上光景異常動人。竹雀八哥尚在睡夢中——在睡夢中聞城裡鼓角，說不定還做夢，夢到被大鳥所逐，惡犬所捕，或和黃鳥要好！一切鳥都成雙，就只黃鳥常常單身從林端飛出。叫聲也表示它的孤單。啄木鳥也孤單，這孤單卻正說明立場在各自工作求食，與黃鳥孤芳自賞性格不同。

大家都起床了，只待上路。得下山，從一個出窯子的街（尤家巷）過身，說不得過路時還有狗叫，那些無顧客的姑娘們，尚以為是別的主顧出門！出了尤家巷到大街，門照例是掩上的。城門邊有個賣豆腐的人，照例已在推磨打豆腐了。出城時即可見到一片江水，流了多久的江水！稍遲一點過渡，還可看到由對河回來的年輕女子，陪了過往客人睡了一晚，客人準備上路，女人準備回家。好幾次在渡船上見到這種女子，默默的站在船中，不知想些什麼，生活是不是在行為以外還有感想，有夢想。誰待得她最好？誰負了心？誰欺她騙她？過去是什麼？未來是什麼？唉，人生。每個女子就是一個大海，深度寬泛，無邊無岸。這小地方據說就有五百個正規女子，經營這種事業。這些人倘若能寫，會有多少可寫的！

雞叫得較促，夫役來了，過廿分鐘我就在渡船邊了。小虎這時節也許已經醒了，你小房中燈已亮，小龍也許正在叫姆媽，翻了個身。這紙上應當有杜鵑聲，鼓角聲，雞聲，以及樓下大哥大嫂安排物件話語聲。同時且應當有另外一種聲音，寶貝。

吻兩個孩子。

四弟

五時過十分

致張兆和

一九三八年七月卅日　昆明

廿九晚十一點

三姊：

已夜十一點，我寫了《長河》五個頁子，寫一個鄉村秋天的種種。彷彿有各色的樹葉落在桌上紙上，有秋天陽光射在紙上。夜已靜，然而並不沉靜。雨很大，打在瓦上和院中竹子上。電閃極白，接著是一個比一個強的炸雷聲，在左邊右邊，各處響著。房子微微震動著。稍微有點疲倦，有點冷，有點原始的恐怖。我想起數千年前人住在洞穴裡，睡在洞中一隅聽雷聲轟響所引起的情緒。同時也想起現代人在另外一種人為的巨雷響聲中所引起的情緒。我覺得很感動。唉，人生。這洪大聲音，令人對歷史感到悲哀，因為它正在重造歷史。

我很想念小虎小龍，更想念起他們的叔叔[14]，因為叔叔是很愛他們，把他們小相片放在衣袋中的。一年來大家所過的日子，是什麼一種情形！我們隔得那麼遠，然而又好像那麼近。這一年來孩子固然會說話了，可是試想想，另外一個地方，有多少同樣為父母所疼愛的小孩子，為了某種原因，已不再會說話，有多少孩子，再也無人來注意他！

我看了許多書，正好像一切書都不能使一個人在這時節更有用一點，因為所有書差不多都是人在平時寫的。我想寫雷雨後的邊城，接著寫翠翠如何離開她的家，到——我讓她到沅陵還是洪江？桃源還是芷江？等你來決定她的去處吧。

近來極力管理自己的結果，每日睡六小時，中時還不必睡，精神極好。吃飯時照書上說的細嚼，尤有好處，吃後即做事，亦不覺累。已能固定吃兩碗飯。坐在桌邊，早到晚，不打哈欠。

孩子應多睡一點，因為正在發育，大人應當少睡，方能做出一點事情！

卅早七點

一家人都上西山玩去了，只剩下我一個人坐在桌邊。白天天氣極好，已可換簿夾衣。但依然還不至於到要喝汽水程度。所以這裡汽水從不用冰冰過。看看大家都能夠安心樂意的玩，發展手足四肢之力，也羨慕，也稀奇。羨慕興致甚好，稀奇生活毫無建樹，哪有心情能玩！據我個人意思，不管又學什麼，一天到晚都不會夠，永遠不離開工作，也不會倦。可是我倒反而成為病態了，正因為大家不覺得必須如此，我就成為反常行為。翟明德視為有神經病，你有時也覺得麻煩，尤其是在做事時不想吃飯，不想洗臉，不想換衣，這一類瑣事真夠麻煩。你可忘了生命若缺少這點東西，萬千一律，有什麼趣味可言。世界就是這種「發狂」的人造成的，一切最高的紀錄，沒有它都不會產

14 作者的弟弟沈荃，自一九三七年在浙江嘉善保衛戰負傷後，一九三八年在九江沽塘與日軍血戰中又一次負傷。

生。你覺得這是在「忍受」，我需要的卻是「了解」。你近來似乎稍稍了解得多一點了，再多一點就更好了。再多一點，你對於我就不至於覺得凡事要忍受了。

近來看一本變態心理學，明白凡筆下能在自己以外寫出另一人另一社會種種，就必然得把神經系統效率重造重安排，做到適於那個人那個社會的反應，——自己呢，完全是「神經病」。是笑話也是真話，有時也應當為這種人為的神經病狀態自悼，因為人不能永遠寫作，總還得有平常人與人往來生活等等，可是我必須把這一套方式也改變了。表面上我還不至於為人稱為「怪物」，事實上我卻從不能在泛泛往來上得到快樂。也不能在榮譽、衣物或社會地位上得到快樂。愛情呢，得到一種命運，寫信的命運。你倒像是極樂於延長我這種命運。

四弟上

致張兆和

一九三八年八月二日　昆明

下午

三姊，得孩子們相片，並七月十六日信。小兒簡直太像洋娃娃了，大家都覺得好看得可笑，都願意他早來受眾人歡迎。他不來很耽擱我事務，因為望著他那睜得極大對一切儼然驚奇的眼睛，我就好笑，什麼也不用做了。文件已辦，日內寄港。

真一來信說你想由上海轉船。我看還是香港好，因為那裡有蕭三哥和你二弟照料一切，省事而方便。來時記著，為你和九妹和孩子，到港「白塔」那麼一個外國名鋪子，各買膠底麻麻的織成材料的鞋子一雙，徐植婉說大人的只一元八一雙，這裡可買不著。但鞋子到這裡穿它可頂合用。我也需要，只是不便帶，就不帶。

樹藏款算來應已撥到。各書各物不必吝惜，丟的丟，不要緊。我那些寶盤子盡可能帶來存老伯伯處好，帶來也好，全寄存瑞菡處更好。這裡不需要它，因為走動時磕磕撞撞不便。這裡有四個。最可惜的是在家打破那個小的，旁邊有小眼的，只剩下些碎片，非常可惜。我們若當真在北方住上十年，我的收藏倒真可成一格，能印出書來必成為一本很有價值的書。現在已不可能了。我擬在無事時寫一本憶盤錄，用新的方法來寫它，每個盤子成為一個故事。

但願路上平安。

熟人統問好。

四弟

張兆和與龍朱、虎雛攝於一九三八年夏，北平。此照後用於去昆明路經香港、越南的護照，故上面仍有護照圖章戳記。

致張兆和

一九三八年八月十九日　昆明

三姊：

這信是託一個人帶來的。我為給你寫信，腦子全攪亂了，不知要如何寫下去好。我很希望依然能夠從從容容同你談點人事天氣，我寫來快樂點，你看來也舒服點，但是辦不到。一寫總像同你生氣似的。我為你前一來信工作又擱了一禮拜。心裡很亂，頭很亂，信寫來寫去老是換紙。寫到後來總不知不覺要問到你究竟是什麼意思，是打算來，打算不來？是要我，是不要我？因為到了應當上路時節還不上路，你不能不使人惑疑有點別的原因。你從前說的對我已「無所謂」，即或是一句「牢騷」，但事實上你對於上路的態度，卻證明真有點無所謂。我所有來信說的話，在你看來都無所謂。

你的遷延游移，對我這裡所有的影響是什麼事也不能做，縱做也不會好。這樣下去自然受不了。

所以我現在同你來商量，你想來，就上路，不願意來，就說「不來」（不必說什麼理由，我明白理由）。從你信上說準了不來，我心定了，不必老擔著一份心，我就要他們把護照寄回繳銷，了一件事，如此一來，你不會再接我這種無理催促的信，過日子或安靜一點，我不會巴巴白盼望，腦子會好一點。

決定不來後，這半年還要多少錢，可來信告訴我一聲，當為籌措撥來。我這裡一切情形，你無興味，我將不至於再來連篇累牘煩你了（你只說是為孩子，愛他，怕他們上路受苦所以不來，不以為是變相分離，這一切都由你）。我這裡得到你決定不來的信後，心一定，將重新起始好好的過日子下去。再不做等待的夢，會從實際上另外找出點工作去做。

我們這裡事務年底結束一部分，明年從新另作。你們來，我自然留下不動，若不來，或到那時我就換個地方。有好些地方我都可去，同小龍三叔一處，就是種很好的生活。雖危險點，意義也好點。

給我來信時說老實話，不要用什麼不必要的理由，表示你「預備來，只是得等等」，如此等下去。這麼等下去是毫無意義的，費錢、費事、費精神的。時移世變，人壽幾何？共同過日子，若不能令你滿意，感到麻煩和委屈，我為愛你，自然不應當迫促你來受麻煩受委屈。只要你住下來心安理得，我為懺悔數年來共同生活種種對不起你處，應盡的責任必盡。為了種種不得已原因，我此後的信或者不能照往常那麼多了，還望你明白這時是戰爭，話不好說，也無什麼可說，加以原諒。你只好好照料孩子，不必以遠人為念。我自己會保重，因為物質上接濟，對孩子們責任，我不至於因你的任何情形，我就不肯負責。凡是我對你們應盡的責任，永遠不會推辭。

我心亂也只是很短期間的事，痛苦也不長久，過不多久就會為「職務」或「責任」上的各種工作，來代替轉移了。我很願意你和孩子幸福而快樂。很願意你覺得所有的打算，的確使你少些麻煩，忘掉委屈。單獨住下來比同我在一處，有意思些，安靜些，合乎理想些。

我寫到這裡時心很平靜，不生氣，不失望。我依然愛你和孩子，雖然你們對於我即或可有可無，我也不在意。這裡天氣熱時，可以穿夾衣，今天天氣又冷一點，我的厚駝絨袍又上身了。桌上有兩個孩子的相片，很乖很可愛。我看了許多書，看書的結果，使我好像明白了些過去不明白的事情。看蘇格拉底，那種做人的派頭，很有意思。看……寫這個信時，竟似乎把六、七年寫信的情緒完全恢復過來了。你還年輕，不大明白我，我也不需要你明白。你儘管照你打算去生活吧。

我很想用最公平的態度，最溫和的態度，向你說，倘若你真認為我們的共同生活，很委屈了你，對你毫無好處，同在一處只麻煩，無趣味，你無妨住下不動。倘若你認為過去生活是一種錯誤，要改正，你有你的前途，同我在一處毀了你的前途，要重造生活，要離開我重新取得另外一份生活，只為的是恐社會不諒，社會將事實顛倒，不責備我卻反而責備你，因此兩難，那麼，我們來想方設法，造成我一種過失（故意造成我一種過失），好讓你得到一個理由取得你的自由，你的幸福。總之在共同生活上若不能給你幸福，就用一別的方法換你所需要幸福，凡事好辦。我在小問題上也許好像是個難說話的人，在這些大處卻從無損人利己企圖，還知所以成人之美，還能忍受，還會做人。我很希望你處置這類事，能用理智，不用情感。不必為我設想，我到底是一個男子，如果受點打擊是因不善待你而起，這打擊是應當忍受的。我已經是個從世界上各種生活裡生活過來的人，過去的生活上變動太大，使我的精神在某方面總好像有點未老先衰的神氣，在某方面又不大合乎常態，在某方面總不會使近在身邊的人感到滿意，都是很自然的，不足為奇的。我也可以說已經老了。你呢，幾年來同我在一處過日子，雖事事委屈你受挫折麻煩，一言難盡。孩子更牽絆身邊，拘束累贅消磨了少年飛揚之氣不少。但終究還年輕得很，前途無限。在情感上我不絆著你，在行為上孩子不絆住你，你的生活還可以同許多女孩子一樣，正可在社會上享受各種的殷勤，自由選擇未來的生活。要變更生活，重造生活，只要你願意，大致是非常便利的！不用為我設想，去做你所要做的事情罷。倘若我們生活在委屈你外一無所得，我絕不用過去拘束你的未來行為。你即或同我在一處，你還有權利去選擇你認為是好的生活。你永遠是一個自由人。

我把住處已整理得很好了，窄而小，可是來個客坐下時很舒適。兩個長篇已開始載出，一個八月十三號起始，一個八月七號起始。我想想，我這個人在生活上恐怕得永遠失敗了，弄不出什麼好成績了，對家人，朋友，都不容易令人如何滿意（即或我對此十分努力也是徒然），我的唯一成就，或者還是一些篇幅不大的小冊子。我的理想，我的友誼，我的熱情，我的智慧，也只能用在這一堆小冊子上。即如這些作品，所謂最好的讀者，也不會對之有多少認識，不過見著它在社會上存在，儼然特殊的存在，就發生一點興味罷了。真正說來倒是孑然孤立存在到這個世界上，倏然而來悠然而去，對這個流俗趣味支配一切的世界是不生多大影響的。想到這裡，我毫無悲傷情緒。我正在學習古來所謂哲人，活在世界上如何將精神加以培養，將愛憎與世俗分離，獨立閱世處世的態度。學認識自己，控制自己，為的是便於觀察人生，了解人生。自己做到不憂，不樂，不懼，不私地步，看一切就清楚許多。目前還不免常有所蔽，學養不到家，因此易為物囿。在作品上能表現「明察」，還不能表現「偉大」，再經過一些試煉——一些痛苦的教訓，一種努力，會不同點。間或也不免為一些人事上的幻念所苦，似乎忍受不來，駕馭不住，可是一切慢慢的都會弄好的。譬如你即或要離我而他去，我也會用理性管制自己，依然好好的做事做人，且繼續我對孩子應負的責任。在任何情緒下我將學習「不責人」的生活觀。不輕於責人，卻嚴以律己，將自己生活情感合理化，如此活在這個社會中，對於個人雖很容易吃虧，對於人類說不定可望有一點不大不小的貢獻。

不要以為我說的是氣話，我無理由生你的氣，我告訴你的是你應當明白的。至於你自己呢，你似乎還不大明白你自己，因此對我竟好像僅僅為遷就事實，所以支吾游移。對共同過日子似乎並無多大興味，因此正當兵荒馬亂年頭，他人求在一處生活還不可得，你卻在能夠聚首機會中，輕輕的放過許多機會。說老實話，你愛我，與其說愛我為人，還不如說愛我寫信。總樂於離得遠遠的，寧讓我著急，生氣，不受用，可不大願意同來過一點平靜的生活。你認為平靜是對你的疏忽，全不料到平靜等於我的休息，可以準備精力做一點永久事業。你有時說不定真也會感到對我「無所謂」，以為許多遠近生熟他人，對你的尊敬與愛重，都比我高過許多，而你假若同其中一個生活，全會比同我在一處更合宜，更容易發展所長。換言之，就是假若和這些人過日子，一定不至於有遇人不淑之感。可是你卻無勇氣去試驗、去改造。這有感想難實現的種種，很顯然只能更增加你對事實上的我感到日覺得平凡，而對於抽象中的他人感到完美。我很盼望你有機會證實一下你的想像，不必為我設想，去試驗另一種人生。如果能得到幸福，那是你應當得到的幸福，如果結果失望，那你還不妨回頭，去掉那點遇人不淑之感，我們還可把生活過得上好！你既不能如此，也不肯如此，所以弄成現在情形。你要怎麼辦（愛我或不愛我），我就不大明白，你自己也彷彿不十分明白（正因為如果自己很明白，就不至於對行止游移，且在游移中遷延時日了）。不相信試去想想，分析一下自己，追究一下自己，看看這種游移是不是恰恰表現你主意不定的情狀（表示你不願來，不能去，以如此分開權為得計的情狀）。這麼分開兩地，原來只是不得已而如此，你卻轉以為好，有辦法和機會帶孩子來，尚不自覺見出你樂於分居的態度。我說的不自知，正即謂此。你還不大知道這麼辦對目前為得計，對長久如何失計。因為如此下去，在你感覺中對我的遇人不淑之感，即或因「眼不見心不煩」可以減少一些，對人的證實幻想機會卻極多，又永不去完全證實一下，情形就很容易成為忽略對我的好意，繼續對自己無決斷無判斷力，你想想，這於你有什麼好處？孩子有什麼好處？你對南行的態度就恰恰看出你對生活的態度。你若自己如道的多一點時，行或止都會有更確定的主張，拿得出這種主張。

在來信上我老愛問你：「究竟意思是怎麼樣？」因為你處處見出模糊。我還要說「一切由你」，免得你覺得我對你有所拘束，行動不能自由，無從自主。我很需要你在一切自由情形下說明你的意思。要甘苦與共的同過患難日子？要生活重造不再受我的委屈？要不即不離維持當前形勢？不妨在來信中說個明白。我可以告訴你的是：我絕不利用我的地位，我的別的拘束你，限制你，纏縛你。你過去當前未來永遠是個自由人。你倘若有什麼理想，我樂於受點損害完成你的理想。你要飛，盡可飛。你如果一面要遷就事實，一面又要違反事實，只想兩人生活照常分得遠遠的，用讀讀來信打發日子，我只怕在短期中你會失望，這種信寫得來也寄不來，因為這時代是「戰爭時代」！看看這一天又過去了，什麼事也不能做，寫了那麼多「老話」。斜陽在窗間劃出一條長線，想起自己的命運，轉覺好笑。我自己原來處處還是一個「鄉下人」，所有意見與計算，說來都充滿呆氣，行不通的。家庭生活不能令你感興趣，如此時代，還認為在一處只有麻煩，離得遠遠的反而受用，你自然是有理由的。我的生活表面上好像已經很安定了，精神上總是老江湖飄飄蕩蕩。情緒上充滿了悲劇性，都是我自己編排成的，他人無須負責也不必給予同情的。我覺得好笑，為什麼當時不做警察，倒使我現在還願意做一警察。

四弟兆頓首

八月十九

張兆和致沈從文

一九三八年八月廿五日　北平

昆雲卅七

二哥：

得蕭三哥轉來你八月五日的信，知道文件已辦好寄香港，你一定日日盼望我們來，在車站接我們，一定有許多信寄過香港了。可是我們還安然不動，要在下月底動身，為時尚有一月，我知道你得到這消息一定很生氣，責怪我不要緊，希望你自己莫生氣，我要你不生氣。

寫信託小陸買船票那天（十九日），正是我們指定要坐的「德生」輪離開天津的日子，就是鄧先生不叫我們等他，這趟「德生」也是趕不及的。我們一定要坐這個船，聽八姊說只有這隻船完備而有房艙。我們坐房艙，讓孩子可以有個較舒服的房艙。鄧先生又說七、八月間正是海上風浪大的時候，秋涼時當較好，我們不一定要葉先生帶我們走，可是鄧先生卻希望我們等他。鄧先生身體又壞，又小心，是個老人家，同他一塊走也好，本來我們已注射了霍亂針，現在又注射傷寒。聽說葉先生已到天津，現在當已到北平。我們不想同他一塊，他的太太又說要走，不知道究竟怎樣。張子高九月底也走，可是他有個多病的太太，我們也不想麻煩人家。倒是瑞菡的大姊，也許能同我們打伴走，她已經有信去問姊夫，姊夫在蒙自，若他贊成他們南來，她會把相片寄給你，請你為他們辦一辦護照，她自己的大女孩不帶，丟在外婆家，只帶一個同小虎同歲的小男孩和前頭太太的三個男女孩子，若他們請你辦照，詳細情形會有信給你。照辦好也請寄香港。鄧先生照託揚先生辦，也望早寄。

我很想從從容容寫封信給你，無奈總沒有那種悠閒。昨天我到前門郵局寄了兩個包裹，裡面裝的是書，每個五公斤。一個是《太平廣記》一部（也許你又要說我不該寄這種書），一個是西文書同《湘行散記》、《邊城》各一冊。寄過書我到協和教授住宅去看八姊，她瀉肚子，我在她住處玩了三小時，算是我的休息，一到家，任何人都不容我有五分鐘的休息的。昨晚替楊先生整理日記（被我弄濕了），抹平後重新換一個封面，小虎睡眠中尿了一泡尿，後來我去看看，因為睡得好，我不曾驚動他，只拿一塊尿片把濕褲子襯著，夜裡天熱，又未蓋被，不想今天就發燒，真是命運！前一封信我還正說他太胖我快抱不動了，糟糕得很。

很對不起你，我不能趕來幫忙你抄文章。

三

霽清軒書簡

霽清軒，頤和園東北偏僻處的園中之園，曾劃歸當時北平市長何思源做消夏別墅。何無暇，讓他的老友楊振聲去，楊先生又邀請幾位北京大學文學院教授和幾位年輕朋友，充分利用園內各處空房，自帶簡單行李，共度暑假。因此有作者一家霽清軒之行。張兆和為照料其弟媳的病而返城，便有霽清軒書簡一束。原信似不止五封。

作者在此期間寫了〈霽清軒雜記〉長文，稍後為悼念朱自清先生，在這裡又寫了〈不毀滅的背影〉一文。

致張兆和

一九四八年七月廿九日　頤和園

三姊：

回來好累，睡了大半天才回復。事情都照吩咐辦好，只是把小鑰匙也帶回來了，一面龍龍又想來看看學校，所以派他回城送鑰匙。更重要的還是將以瑞[1]信送上，看看你就知道，這一月恐怕是重頭戲！是不是我進城看卷子時，就聽他來和孩子們住，反而省錢省事？這待你斟酌，或許那麼也好。他信是今天晚上才得到的，信上說一號來，你還得事先過中老胡同安排一番！如果他一來金隄不肯再住，還得將住下一切事傳授以瑞。尤其是有關門禁事，得記住。

今天上午孟實在我們這裡吃飯……晚上他們都在魏晉[2]處吃包子……我不能說厭，可是卻有點「倦」，你懂得這個「倦」是什麼。不知為什麼總不滿意，似乎是一個象徵！我想，如果你還要在城中住半月，我又要看卷子半月，如果這麼著，似乎還以提前返回城中（聽龍龍住清華瑞芝或王忠處），省事，省費，省精神。不然住下來有輕鬆也有擔負，尤以情緒上負重不受用，而這負重又只有我們自己明白。我近來竟感覺到，霽清軒是個「風雅」地方，我們生活都實際了點，我想不得已就「收兵回營」也好！若你不用在城住得太久，我又只看卷子一禮拜或三五天，可能只看五天，那我們一同在鄉下，氣概似乎也就壯了一點。這事已到應商討一下情形。如想回，即以經濟上有困難作為藉口要回，也無關係。今天晚上大家上山「魏晉」一番時，我本來已擬去，忽然煩心起來，竟抽回了。回了就和虎虎寫信，預備龍龍帶給你。可要希望不把倦和煩心也帶給你，因為這也只是說玩的意思，一會兒即過去。我和你有些天生相同弱點，性格無用，脾氣最怕使人不快，自己卻至多只一小會會不受用。這信到時，應當想到我腹中已不瀉，今天很好，早早即起身與孟實上青龍橋買菜，而寫這個信時，完全是像情書，高興中充滿了慈愛而瑣瑣碎碎的來寫的。你可不明白，我一定要單獨時，才會把你一切加以消化，成為一種信仰，一種人格，一種力量！至於在一處，你的命令可把我頭腦弄昏了，近來命令稍多，真的聖母可是沉默的。雖然我知道是一種愛，但在需要上，量似乎稍多了一點，結果反而把頭腦變鈍了許多（教育學上早提到這一點！）至於寫信呢，你

1 以瑞，張兆和堂兄張璋（張鼎和）之子，天津北洋大學學生。
2 魏晉，暗指風雅。下同。

向例卻太簡單。如果當面說的話能按數量改作信，在一處時，卻把寫信方法用作生活法則，你過不多久，一定會覺得更多幸福，也能給一家人分享。

我回到中老胡同，半夜睡不著，想起許多事情：第一是你太使我感動，一切都如此，我這一生怎麼來謝謝你呢？第二是我們工作得要重新安排一番，別的金錢名位我不會經營，可是兩人生命精力要在工作上有點計畫來處理處理了。我不僅要恢復在青島時工作能力和興趣，且必須為你而如此做，加倍做了。更重要還是我想要你的生命保留了更多優厚秉賦，比誰都多，都近於擱置不用，如一個未開發的礦一般，再不能繼續荒棄下去，要真正來計畫一下如何使用了。第三是孩子，龍龍的教育方法和虎虎的體力，需要用一較新觀點注意。龍龍要凡事從鼓勵引興趣，虎虎要從醫生問計。今天龍龍得小平信，說因心臟病得休養，還可能得停一年學。小平從表面看精力實極好，還有問題。虎虎的骨骼在發育上怕得多給一分注意。幾回大胖忽燒而瘦下，一面是病後疏忽，一面那個燒有問題，可能比瘧，比蛔蟲，比失調還稍微重一點。目下總不離貧血現象，而出汗又多，這事要在開學前去兒童醫院看看。最好是努力使他恢復「小胖子」名號。胖而聰明，比「瘦機伶」容易照料。關於龍龍，我認為不妨事，功課趕得上，他因為體力活動發展而像是不大讀書，不妨事。英文作文可能是我們教的方式有問題。他性格頭腦有些成熟處，從感化入手易見功。至於你那個最大的頑童呢？更容易有辦法，我下回勸你看三本書，即可完全見功。罰他有個穿黃褂褂的夫人，事情既辦不到，沉默的忍受和嘮叨的「洗臉！」「刮臉！」又都不見效，就換一個方式來看看。這最好方式是要好，不當他是頑童，即當他是一個很可愛的朋友。信託，不太繁瑣，一點兒謙退的客氣，卻不是媚疼，一種以道相勖的商酌，一點鼓勵，卻不做批評家。祕訣到此為止，再傳授下去，我的手腳會有三百處被蚊子叮住了。我還是擱下了這個情書的抒情，來敘敘事吧。

韓先生說一號發薪一部分（似乎有五、六千[3]）。你斟酌看，把應買的買買。照我想物價還要上去，比銀價快。糖油可以辦一些，煤也要些。此外筆我還要買些，孩子也要，這裡的很好。也許什麼都不宜買，因為要用錢多。要帶點款來。菜錢只夠一天用了。幸好這些日子魚不來，魚錢還可調動。

如果可能，我要好好配一副眼鏡，讓它像一副和「沈從文」相稱的眼鏡！不過數目

3 指五、六千萬元。

一定可觀，這也許要等等看。有特別減價皮鞋得準備一雙。

得餘處已去信，你也去個信問問三嫂[4]。

離你一遠，你似乎就更近在我身邊來了。因為慢慢的靠近來的，是一種混同在記憶裡品格上的粹美，倒不是別的。這才真是生命中最高的歡悅！簡直是神性。卻混和到一切人的行動與記憶上，我想什麼人傳說的「聖母」，一點都不差。但是一個「黃衫客」（我們就叫那一位作黃衫客好），即或是真正聖母，也不會有什麼神性，倒真是一片「人性」！讓我們把「聖母」的青春活力好好保護下去，在困難來時用幽默，在小小失望時用笑臉，在被他人所「倦」時用我們自己所習慣的解除方式，而更加上一點信心，對於工作前途的信心，來好好過一陣日子罷。我從鏡子中看去，頭髮愈來愈白得多了，可是從心情上看，只要想著你十五年來的一切好處，我的心可就愈來愈年輕了。且不止一顆心如此，精神體力也都如此。

我想這個信有大半段空白，讓你從這個補足我寫不完的嘮叨。

我正想起從中央飯店離開，坐了個洋車到了車站後，坐在那小箱子上為你寫信的情形，以及把時間再倒回去，你在學校樓梯口邊拿了個牙刷神氣。小媽媽，生命本身就是一種奇蹟，而你卻是奇蹟中的奇蹟。我滿意生命中擁有那麼多溫柔動人的畫像！更感動的是在雲南鄉下八年，你充滿勇氣和精力來接受生活的情形，世界上哪還有更動人的電影或小說，如此一場一景都是光彩鮮麗，而背景又如何樸素！小媽媽，我近來更幸福的是從你臉上看到了真正開心的笑，對我完全理解的一致。這是一種新的起始，讓我們把生命好好追究一下，來重新安排，一定要把這愛和人格擴大到工作上去，我要寫一本《主婦》來紀念這種更新的起始！

你試想想多有趣。捎這種信，按小說上習慣說來，必是什麼「綠衣人」，我們的卻是一條「紫豇豆」。你看看小龍，可不真是一條紫豇豆！不必揪他的耳朵，讓他多吃一個大饅頭吧。他們的消化力在家庭中真已成「問題」，我贊成回城以後恢復吃窩窩頭[5]。隔天半頓，可能把「天才女」胃病也醫好！

不必為我的「倦」擔心。我總能用幽默自解的！如可以和龍龍去西單辦辦家務，買點牛肉來也好，經得起上桌子。我想試試看在這種分別中來年輕年輕，每天為你寫個

4 三嫂，此處指作者的弟媳。下文的三嫂，指收信人的弟媳。

5 窩窩頭，一種中國北方的主食，由玉米粉或雜糧做成。

信……你好好陪三嫂住下，要她安心入醫院，這時大家都說坐不得飛機，莫這時還冒險坐飛機。你也不要為霽清軒一切事操心，能那麼辦，就可以每天得到那麼一個信。

我說是這信得有半頁空白，不想半行也不剩下！凡魏晉都已入黑甜鄉，大致已夜深了。

從文

七月卅[6] 霽清軒

致張兆和

一九四八年七月卅日　頤和園

晚八時

三姊：

今早龍龍來，想必八點前後即可到城。楊先生來時，因為忘記把虎虎信附入信中，所以託老胥又帶上。我早上即和孟實去青龍橋走走，看看鄉村早市。帶了點菜返回。雞蛋一枚已到八萬，半月中加了四倍。

好些日子都無魚吃，今天湊巧來了十一斤，如一小豬大，是公的。作價百九十萬。

馮楊二家既不在，我們就獨享了它。大家動手處理，計「天才女」割洗烹魚頭，「北大文學院長」伐髓洗腸（到後由天才女炒魚肺，魚油多而苦，放棄），我批鱗處理整段，切分成六份。這個報告若在歷史上倒還動人！午後小虎虎一個人把大磚大石砌了個地灶，拾了松球松枝數袋，我舉火燻魚，兩人一面談笑一面動手，計用二小時燻成魚約六斤。這回手續已弄對。香料不足不能單吃，如果味道好，將來即可照辦。因活動分子服務極敏捷，一會會即把松枝找來備用也。燻魚還待烹調，未上桌子。飯後他們上山「魏晉」。我和虎虎坐在水邊談天說地，儼然恢復桃源小院子生活。這種談天比上課好，因為從銀河談到地質。有一件新事可告，我已失去上山「魏晉」能力，腳被濕氣弄腫了，恐得有一、二天不便行動。已託人帶灰錳氧，你也可為便中買點捎來。腹瀉倒已止住，惟胃口未回復，不大想吃東西。這實小事，不足念。也不「倦」了，我早說過，只是一時一會兒事，不多久即過去的。我這時只為你有點兒發愁，以瑞這一月住下，我們暑假便算是完了。不得已時，也許還是我一人住城中「省」。精力費用都省。因為我會照料

6 根據前後信內容，此信實寫於七月廿九日夜。

自己，而你和孩子們還可玩玩。

這時已近十點，我和虎虎坐在桌上大紅燭下，他一面看《湘行散記》，一面喝檸檬水，間或哈哈一笑，為的是「水獺皮帽子」好笑！哪想到家裡也還有那麼一個小讀者！傅先生明天進城，所以託他捎這個信。有關於家中要什麼帶什麼，如果不能由龍龍辦時，望交他辦辦。這裡侉奶奶說要帶一塊鹼，還要半袋麵，一包鹽，你斟酌看，麵可由這裡買，或省事些！米還多，不用帶。鹽鹼都不妨在這裡買，免繁瑣。這裡貴不多的。

院子中除了少幾個人，其實凡事照常，可是不知為什麼，空氣竟像是不大一樣！我一面和虎虎討論《湘行散記》中人物故事，一面在燭光搖搖下寫這個信，耳朵邊聽著水聲秋蛩聲，水面間或有魚潑剌，小虎虎即唉喲一喊，好像是在他心上跳躍。又問《史記》是誰作的，且把從報紙上看到的羅馬史故事複述。因為日長無事，讀了許多報上問題。一切如此真實，一切又真像做夢！人生真是奇異。我接觸的尤其離奇。下面是我們對話，相當精采：

小虎虎說：「爸爸，人家說什麼你是中國托爾斯泰。世界上讀書人十個中就有一個知道托爾斯泰，你的名字可不知道，我想你不及他。」

我說：「是的，我不如這個人。我因為結了婚，有個好太太，接著你們又來了，接著戰爭也來了，這十多年我都為生活不曾寫什麼東西，成績不大好，比不上。」

「那要趕趕才行。」

「是的，一定要努力。我正和媽媽商量，要好好的來寫些，寫個一、二十本。」

「怎麼，一寫就寫那麼多？」（或者是因為禮貌關係，不像在你面前時說我吹牛。）

「肯寫就那麼多也不難。不過要寫得好，難。像安徒生，不容易。」

「我看他的看了七、八遍，人都熟了。還是他好。《愛的教育》也好。」

一分鐘後，於是，小小呼鼾從帳中傳出。一定睡得怪甜的，因為白天活動了一整天。先是上午玩自己釣來的魚，換水，在水中還加了些石卵，水藻，十分美觀的。隨即參加破魚工作，拿傢伙，研究內部組織。下午一個人做灶，拾松果枝子，參加燻魚，並從旁享受創造快樂。飯後談天，就聽我說小時竹林樹林溪邊種種，以及燻狗獾、獵野雞、捉鵪鶉諸事，不勝神馳之至！夜來拉了一泡大屎，回到坑上時說了許多笑話，聽我說到「為媽媽寫的信就成《湘行散記》底本」時，就插口說：「想不到我畫的也成書封面！」我說：「這書裡有些文章很年輕，到你成大人時，它還像很年輕！」他就說：「那當然的，當然的。」小媽媽，你想想小頑童和我交換意見時神氣，除了你習慣了他會相信，別的人一定都不會相信的！他單獨和我在一處時，似乎獨立得多，老成得多，既無機會可「嗲」，也不再說「爸爸可笑」。好像還宜於做我的觀眾。但一到和你和龍同在一處，就大大不同了。和龍龍的鬩牆戰是手口並用，永不疲倦的（照我想可能是從學校習慣養成的，也是生理年齡上不可免的），在你身邊呢，常常是把三、四歲情感與「老油子」精神混成一片。我覺得如果間或有一陣子讓他們如此分開三五天，一年中有那麼幾次，對他們都極好，可以糾正疏理他們情緒生活，也能補助人格教育甚多。我還想試試讓龍龍去清華小住一陣，將來且可至農學院掟和處去，從教育觀點上看，有好處。一切不同對於孩子都有意義，刺激耳目，並學習適應，對他們且不是目前有好處，將來還有作用！凡魏晉又都已酣眠了，只剩蚊子和我十分有精神。腳掌不大受用，我還是得休息了。

二哥從文

致張兆和

一九四八年七月卅一日　頤和園

早

三三：

我還是在燭光下來報告一下未盡事情，先敘事，後抒情。

腳已好，是照昨天不知誰說的擦白藥好，試用點點，果然一夜即好，走路已經輕鬆鬆不費事。不過如此一來，買菜事大致就派定我了。莊子文章中有才與不才之喻，正與眼前事合，若走不動，大致到午時還是可吃飯，不會無菜的。

晚上做了個夢，一家人在什麼一個小店半途中候車，每家大門都關得嚴嚴的，且不見一個人。到後許久才找到旅館、車站……比真實還煩心，就醒了。落了小雨，知了也剛醒，黃鸝還待醒，還像在做夢。記起廿三年末在湘水中游扁舟一葉，大清早在燭光下為你寫信的情形，如果有機會兩人同坐那麼一回小船，你一定也會終生不忘記，且保留下無數動人豁目印象，尤其是背景，有色有聲的背景，那才真是畫，是詩，是夢！我得重寫一本書。

花褲人上午進城，恐怕因落雨而延緩。果然落了雨，聲音逐漸加大，如打在船篷上。小媽媽，我真像是還只和你新婚不到三個月！城裡可落了雨？我擔心小龍是早早出城，會成小落水雞。從城中帶回的胡蘿蔔紅大頭都十分得用，糟豆腐更得用。佛手頭還不曾吃。

雨聲環境雖如畫如詩，我應當記數的，還是今天得辦煤油半斤，菜油一斤，醬油半斤或一斤……家裡的「小京油」可不得用做替代。從這裡我悟出一點真理，做魏晉人物得要個「經濟」條件，以及比經濟更重要的「不關心」條件。我不在竹林君子數內，極有理由，且必然完全放棄這個。還是讓我們從梁鴻孟光做起，比較合理。雨愈落愈大，這個信得結束，不然也會同樣延長下去。

從文

致張兆和

一九四八年八月一日　頤和園

三姊：

另一信是託「花褲人」帶城的，忽然大雨，至午猶未止，進城時已過，就打消了。我們因此吃了一頓好魚羹！

傍晚龍龍來，知一切，最好是三弟已返。我看你還是趕來一下，因為可享受二、三天靜。我要到三、四號才入城，至多看一星期卷子再回郊外。你因看照三嫂，月中有的是陸續上城機會，在此和我們同住，或同去看龍虎入水表演卻機會不多。既花那麼大筆錢下鄉，能來還是早來，我希望你今天下午四點鐘即來，我們到時在車站上迎接。能帶些你以為要帶的東西固然好，不能帶便不用帶，一切東西在此還可買！昨說要帶麵粉半袋，方便即帶好，不方便即在此買買！

我腳還不完全好，已得灰錳氧，不要帶了。我們都等待你來過三五天家庭的生活！我真是有一點遠憂，鬧客人又可能是肺上毛病。孩子太小了。我知道你有困難處。今天下來吧。我以為不問我進城如何過日子，你還是和孩子同住好（我可到孟實家吃飯的）。在此有些事你來比我住還好。我要做事，一做事，不拘什麼地方都可住下，在這園子裡反而等於白可惜山色湖光了。因為事一做得起勁，哪能從容上山於一木一石間、一雲一水間，魏晉下去！

我大致要發下財了，因為聽人說夢踹屎的得黃金，做夢還可以如此，若當真腳下有此，豈不是加倍恭喜？昨天上山陪他們魏晉時，走路不便，於是果然一腳。若不洗去，可能有財喜，不幸回來即已洗去，這一來，財喜也掉了。

今天來好。

從
一日早

致張兆和

一九四八年八月上旬　頤和園

三姊：

四妹來帶款已得到。幾天來素食主義，所以還不窘。我從那天起每天大稀瀉一次。似腸胃洗盡後現象，精神好，不妨事。孩子們還好。幾天來城中必相當熱，這裡正好，早晚都甚好，早晚都和孩子們去排雲殿前看人釣魚，從長廊前散步，不曾「雅」過。孩子們最怕從山上散雅步，因實在與年齡不合，若從水邊看看荷花魚水，爬爬排雲殿，有意思得多，所以我和他們同去。今天還將去游泳，帶饅頭、番茄去，好消化。以他們做主體，似乎還近理些。眼又一次花過，恐還是上次頭部問題，這兩天已知不妨事矣。

有謝冰昭稿費一筆，要他來去對於他對於我均極費事，所以託馮先生將款帶至家中，存金隄處，信附在你信中，若你以為要他來理路胡同取妥當些，即將致彼信付郵，他來時你即將款付付。若以為讓他到金隄處取，致彼信要改改，望改一下。

問候三嫂好。

二哥從文

囈語狂言

一九四九年，正準備「好好的來寫」一、二十本文學作品的沈從文，終止了文學事業，也走下了北大中文系講台。由於內外原因交互作用，一月起，陷人精神失常。消息傳到剛剛解放的清華園朋友中，梁思成夫婦、金岳霖等馬上請他去清華調養。朋友的真摯關懷未能緩解其病情……他病了很久，很久……

四十多年來，關注他命運的人們，對這一階段了解很少。《囈語狂言》匯集了目前尚存的作者病前，病中，直到病情逐步減輕過程所留下的各種文字材料，書信只是其中一部分內容。現選《囈語狂言》部分篇章，供本書讀者參閱。

題《綠魔》文旁* 一九四九年一月初

這個應低排二格，是當偈與贊，總攏全文而作結用的。讀者不明自，所以說古怪不通[1]。

這也是偈式總題用的。由於形式新，大家不懂。這是感想總括[2]。

我應當休息了，精神已發展到一個我能適應的最高點上。我不毀也會瘋去[3]。

張兆和和沈從文 一九四九年一月廿八日 北平

二哥：

你可知道你走以後家裡來了些什麼人？上午清華有一位胡先生，帶來〔梁〕思成和〔程〕應銓給你的信，下午來了王遜，談起南開解放以後的一片太平氣象，甚為興奮，已不復是上回那份疑慮神色了。他還替南開轉來之琳劃給我們的十五塊美元，當時我沒有留下，我想既然之琳快回來，他一定需要錢用，可是我覺得對南開方面面子有點難堪，不知道這麼辦是不是合理，王遜說，他們不懂道理也該讓他們難堪一次。

午飯後不多久搗和便來，一坐下便唉聲嘆氣，愁眉苦臉，怨天尤人，幾次提到劉××，想邀來吃年飯，我沒有搭碴兒，你想我哪有心情招待外人！後來中和來了，說起你一路情形，說起見到思成一家人，你們一同吃飯情形，我想到你在那樣朋友環境中精神興致都會比較好，我也高興了。這一陣我為你情緒不安寧心情也異常緊張，你能興致勃勃的回來，則對我也正是一種解放。接著小老爺[4]也到了，他一個人耐不住寂寞，趕來城中過年，最後來的你道是誰？原來是以瑞，於是十八號暫時喧賓奪主成了張氏天下了。以瑞還帶來一個可喜的消息，以瑛[5]已到天津，在天津戰事尚未完全結束以前即到

---

* 這三段文字，題於作者自存的《綠魔》校正文本中。一九四九年一月二日作者為《七色魔集》擬目中，還有《綠魔》等作品。上述文字題寫時間估計與《七色魔集》擬目時間相近。

1 題於第一節末段上方。

2 題於第二節末段上方。

3 題於文末。

4 小老爺，方言，小叔叔。

5 以瑛，張以瑞姊姊，參加革命後改名張小璋。

天津，現在《天津日報》（即前《民國日報》）資料室工作，忙得很，苦得很，但精神好，人也胖了，以瑞說她一禮拜以後要來北平看我們。你缺少什麼託便人帶信來，多休息，多同老金（岳霖）思成夫婦談話，多同從誡姊弟玩，學一學徐志摩永遠不老的青春氣息，太消沉了，不是求生之道，文章固不必寫，信也是少寫為是。

三　除夕

覆張兆和　一九四九年一月廿九日左右　清華園

小媽媽：

我用什麼來感謝你？我很累，實在想休息了，只是為了你在掙扎下去。我能掙扎到多久，自己也難知道！我需要一切從新學習，可等待機會。

張兆和致沈從文　一九四九年一月卅日　北平

暨　沈從文批語・覆張兆和　清華園

二哥：

清華園住下還不壞吧？毓棠、夢家、廣田想必都已見到，多聽人家談談也好，免得流於空想。

我頭腦已完全不用了，有什麼空想。

今天盛澄華先生來看你，知道你已在清華，問我可有什麼東西給你帶去，我一時卻來不及，雖然很想帶點奶油去。傍晚瑞芝來，信同奶油都託他帶了。朋友們都關切你的健康，為了不使人失望，你應該多照料一點你自己。

關切我好意有什麼用，我使人失望本來已太多了。我照料我自己，「我」在什麼地方？尋覓，也無處可以找到。

你值得為朋友，為更多的人活得更健康一些！這種身心兩方面健康的恢復，別人無能為力，只有你自己的意志力才能恢復它。這應該不太難，你試試看吧。

我「意志」是什麼？我寫的全是要不得的，這是人家說的。我寫了些什麼我也就不知道。

徽因這一陣身體還好罷？你們過年想必很熱鬧，這裡昨天照例人來人往拜一天年，今天平安了。昨天小老爺帶的信可曾收到？有什麼事你寫下來，等有便人便帶給我，臨時寫信怕來不及，家裡一切如常，有中弟以瑞陪伴我，你可以放心。天氣好，清華園住下來想極舒適。城裡略覺沉悶，孩子們都不讓出門。

給我不太痛若的休息，不用醒，就好了，我說的全無人明白。沒有一個朋友肯明白敢明白我並不瘋。大家都支吾離開，都怕參預。這算什麼，人總得休息，自己收拾自己有什麼不妥？學哲學的王遜也不理解，才真是把我當了瘋子。我看許多人都在參預謀害，有熱鬧看。

你應該理一次髮，洗一個澡，問問瑞芝看。

這有什麼用？

有信也可交瑞芝託便人帶城，我極希望能知道你這三天來的心情和對事事物物的看法。希望你能有一個樂觀的看法。

三

一月卅日

小媽媽，我有什麼悲觀？做完了事，能休息，自己就休息了，很自然！若勉強附和，奴顏苟安，這麼樂觀有什麼用？讓人樂觀去，我也不悲觀。

《蜘蛛蜘蛛網》是××的文章。

這也參加一個團體來諷刺，來罵，來誣毀，這就是你們的大工作。

棉毛內衣一件是你的，中和弟二、三日內回校，你換了衣服託他帶城來洗。

衣洗不洗有什麼關係？再清潔一點，對我就相宜了？我應當離婚了，免得累她和孩子。

小媽媽，你不用來信，我可有可無，凡事都這樣，因為明白生命不過如此，一切和我都已游離。這裡大家招待我，如活祭，各按情分領受，真應了佛家所謂因果緣法。其實真有人肯幫助我是給我足量的一點兒。我很需要休息，這對大家都不是壞事。一個柔和結尾，有什麼壞。

金隄曾祺王遜都完全如女性，不能商量大事，要他設法也不肯。一點不明白我是分分明明檢討一切的。我沒有前提，只是希望有個不太難堪的結尾。沒有人肯明白，都支吾開去。完全在孤立中。孤立而絕望，我本不具生存的幻望。我應當那麼休息了！

我十分累，十分累。聞狗吠聲不已。你還叫什麼？吃了我會沉默吧。我無所謂施捨了一身，飼的是狗或虎，原本一樣的。社會在發展進步中，一年半載後這些聲音會結束了嗎？

張兆和致沈從文

一九四九年二月一日　北平

二哥：

王遜來，帶來你的信和梁氏賢伉儷的信，我讀了信，心裡軟弱得很。難得人間還有這樣友情，我一直很強健，覺得無論如何要堅強地扶持你度過這個困難（過年時不惜勉強打起笑容去到處拜年），我想我什麼困難，什麼恥辱，都能夠忍受。可是人家對我們好，無所取償的對我們好，感動得我心裡好難過！後來王遜提起另一個人，你一向認為是朋友而不把你當朋友的，想到這正是叫你心傷的地方，說到你人太老實，我忍不住就淌下眼淚來了。我第一次在客人面前落了淚，過後想想很難為情。王遜走後我哭了一陣，但心裡很舒暢。

聽說徽因自己也犯氣喘，很希望你能夠振作起精神，別再去增加朋友的憂慮，你的身體同神經能在她們家裡恢復健康，歡喜的當不止她一人。想想有許多朋友為你的病擔一份心，多麼希望你忽然心胸開朗，如同經過一個夢魘，修正自己，調整自己，又復愉快地來好好使用你這副好頭腦子的！真正有許多朋友，擔心你會萎悴在自己幻想的困境中。如像老金、奚若先生、老楊、王遜，小朋友如金隄、曾祺、李瑛，怎麼才叫大家如釋重負啊，你信上給我說的話，你要兌現的。

小老爺坐了學校卡車來，吃一餐飯就要原車回校，我信也來不及寫，東西先交他帶去，明天中弟回校，再由他帶這個信和安眠藥。城內已安定勿念。

兆

二月一日

多散散步好。要中弟陪你理一次髮洗一個澡吧，換了衣服交中弟帶來。

覆張兆和

一九四九年二月二日　清華園

小媽媽：

已苦了你十五年，現在還要來度這個大關，我心中實在不安。這是我個人的事，與你無關！我們吃的虧是活該的，不是別人派的。我們既活在一個大城市裡，就不免有這麼一天，這麼一次，以及明天更大的災難。這就是「人生」！這也是「道」！一切齊齊全全，接受為必然。我在重造自己。

莫再提不把我們當朋友的人，我們應當明白城市中人的規矩，這有規矩的，由於不懂，才如此的。聞今天××還來看你，我想得到你無話可說情形。這個人走後，想起來看你恰恰是偵察你，可能又哭了。

「我們要在最困難中去過日子，也不求人幫助。即做點小買賣也無妨。」你說得是，可以活下去，為了你們，我終得掙扎！但是外面風雨必來，我們實無遮蔽。我能掙扎到什麼時候，精神不崩毀，只有天知道！我能和命運掙扎？

從　二日

小媽媽，你的愛，你的對我的一切善意，都無從挽救我不受損害。這是夙命，我終得犧牲。我不向南行，留下在這裡，本來即是為孩子在新環境中受教育，自己決心做犧牲的！應當放棄了對於一隻沉舟的希望，將愛給予下一代。

題《沈從文子集》書內

一九四九年三月

幻念結集，即成這種體制，能善用當然可結佳果，不能善用，即只做成一個真正悲劇結束，混亂而失章次，如一虹橋被新的陣雨擊毀，只留下幻光反映於荷珠間。雨後到處有蛙聲可聞。杜鵑正為翠翠而悲。

從[6]

我應當和這些人生命在同一處，移植入人事複雜之大都市，當然毀碎於一種病的發展中[7]。

這應當是舉例用最合長處一例。可惜不知善用所長，轉成下墜，終沉覆於世故圍困中。陰陽兵技儒法，同擊毀一別墨，即真正歷史也。

從[8]

這是十八年作，恰廿足年，也正是當時主人歲數。

燈熄了，罡風吹著，出自本身內部的旋風也吹著，於是熄了。一切如自然，也如夙命。

三月　從[9]

當時最熟悉的本是這些事，一入學校，即失方向，從另一方式發展，愈走愈離本，終於迷途，陷人泥淖。待返本，只能見彼岸遙遙燈火，船已慢慢沉了。無可停頓，在行進中逐漸下沉[10]。

6 題於〈龍朱〉篇後。
7 寫於〈丈夫〉題下。
8 題於〈丈夫〉篇後。
9 題於〈燈〉篇後。
10 題於〈建設〉篇後。

中國公學女子籃球隊合影　一九四九年三月廿六日

照片背面題記

「十八年兆和在吳淞學校球隊（執球）　從文三十八年北平」

「三十八年三月廿六[11]在北平重 彷彿有杜鵑在耳邊鳴喚[12]。　從文」

五月卅下十點北平宿舍

一九四九年五月卅日

很靜，不過十點鐘。忽然一切都靜下來了，十分奇怪。第一回聞窗下灶馬振翅聲。試從聽覺搜尋遠處，北平似乎全靜下來了，十分奇怪。不大和平時相近。遠處似聞有鼓聲連續。我難道又起始瘋狂？

兩邊房中孩子鼾聲清清楚楚。有種空洞游離感起於心中深處，我似乎完全孤立於人間，我似乎和一個群的哀樂完全隔絕了。綠色的燈光如舊，桌上稿件零亂如舊，靠身的寫字桌已跟隨了我十八年，桌上一個相片，十九年前照的，丁玲還像是極熟悉的樣子，那時是她丈夫死去二月，為送她遺孤回到湖南去，在武昌城頭上和

11 兩天後，作者在病中尋求解脫，獲救後，被送入精神病院。這是目前所存那次自殺前最後的文字。

12 作者一九三八年四月十三日致張兆和信，曾云：「杜鵑各處叫得很急促，很悲，清而悲……聲音清遠悲酸。」

（凌）叔華一家人照的。抱在叔華手中的小瑩，這時已入大學，還有那個遺孤韋護，可能已成為一個青年壯士，——我卻被一種不可解的情形，被自己的瘋狂，游離於人群外，而面對這個相片發呆。

十分鐘前從收音機中聽過《卡門》前奏曲，《蝴蝶夫人》曲，《茶花女》曲，一些音的漣漪與坡谷，把我生命帶到許多似熟悉又陌生過程中，我總想喊一聲，卻沒有作聲，想哭哭，沒有眼淚，想說一句話，不知向誰去說。

我的家表面上還是如過去一樣，完全一樣，兆和健康而正直，孩子們極知自重自愛，我依然守在書桌邊，可是，世界變了，一切失去了本來意義。我似乎完全回復到了許久遺忘了的過去情形中，和一切幸福隔絕，而又不悉悲哀為何事，只茫然和面前世界相對，世界在動，一切在動，我卻靜止而悲憫的望見一切，自己卻無份，凡事無份。我沒有瘋！可是，為什麼家庭還照舊，我卻如此孤立無援無助的存在。為什麼？究竟為什麼？你回答我。

我在毀滅自己。什麼是我？我在何處？我要什麼？我有什麼不愉快？我碰著了什麼事？想不清楚。

我希望繼續有音樂在耳邊迴旋，事實上只是一群小灶馬悉悉叫著。我似乎要嗚咽一番，我似乎已不必需。我活在一種可怕孤立中，什麼都極分明，只不明白我自己站在什麼據點上，在等待些什麼，在希望些什麼。

夜靜得離奇。端午快來了，家鄉中一定是還有龍船下河。翠翠，翠翠，你是在一〇四小房間中酣睡，還是在杜鵑聲中想起我，在我死去以後還想起我？翠翠，三三，我難道又瘋狂了？我覺得嚇怕，因為一切十分沉默，這不是平常情形。難道我應當休息了？難道我……

我在搜尋喪失了的我。

很奇怪，為什麼夜中那麼靜。我想喊一聲，想哭一哭，想不出我是誰，原來那個我在什麼地方去了呢？就是我手中的筆，為什麼一下子會光彩全失，每個字都若凍結到紙上，完全失去相互間關係，失去意義？

致張兆和　一九四九年九月廿日　北平

三妳：

你和巴金昨天說的話，在這時（半夜裡）從一片音樂聲中重新浸到我生命裡，它起了作用。你說：「你若能參軍，我這裡和孩子在一起，再困難也會支持下去。」我溫習到十六年來我們的過去，以及這半年中的自毀，與由瘋狂失常得來的一切，忽然像醒了的人一樣，也正是我一再向你預許的一樣，在把一隻大而且舊的船做調頭努力，扭過來了。音樂幫助了我。說這個，也只有你明白而且相信的！

我似乎明白了一點，也從那一切學習了更深的人生，要有個新的決定，待和你來商量了。我要照你所希望去為「人」做點事情。目下說來也許還近於一時興奮，但大體上已看出是正常的理性回復。正如久在高熱狂亂中的病人，要求過分的工作，和拒絕一切的善意提議，都因為是還在病中，才如此，這時節卻忽然心中十分柔和，十分柔和，看什麼都極柔和。這裡正有你一切過去印象的回復。三妳，我想我在逐漸改變了。你可不用擔心，我已通過了一種大困難，變得真正柔和得很，善良得很。

我看了看我寫的《湘西》，上面批評到家鄉人弱點，都恰恰如批評自己。想起昨天巴金蕭乾說的，我過去在他們痛苦時，勸他們的話語，怎麼自己倒不會自用？許多朋友都得到過我的鼓勵，怎麼自己反而不能自勵？我似乎第一次新發現了自己。寫了個分行小感想[13]，紀念這個生命回復的種種。我已覺得走了好一段路，得停停了。我常告訴你的話，你不相信，這麼一來，你會明白我說的意義了。一隻直航而前的船，太舊了，掉頭是相當吃力的！

有個十分離奇情形，即一切書本上的真理，和一切充滿明知和善意的語言，總不容易直接浸入我頭腦中。壓迫和冷漠，也不能完全征服我。我曾十分嚴格的自我檢討分析，有進有退，終難把自己忘掉，尤其是不能把自己意見或成見忘掉。可是真正弱點是一和好音樂面對，我即完全投降認輸。它是唯一用過程來說教，而不以是非說教的改造人的工程師。一到音樂中，我就十分善良，完全和孩子們一樣，整個變了。我似乎是從無數回無數種音樂中支持了自己，改造了自己，而又在當前從一個長長樂曲中新生了的。

13 指九月中旬所寫的抒情長詩〈從貝多芬樂曲所得〉，該詩未發表過。

我一定要使你愉快，如果是可能的，我要請求南下或向東北走走。

人不易知人，我從半年中身受即可見出。但我卻從這個現實教育中，知道了更多「人」。大家說向「人民靠攏」，從表面看，我似乎是個唯一游離分子，事實上倒像是唯一在從人那很深刻的取得教育，也即從「不同」點上深深理解了人的不同和相似。你若不信，大致到我筆能回復時，即可一一寫出來。我實在應當迎接現實，從群體的向前中而上前。因為認識他們，也即可在另一時保留下一些在發展中的人和社會，一一重現到文字中，保留到文字中。這工作必然比清理工藝史還對我更相宜，因為是目下活人所需，也是明天活人要知道的。就通泛看法說，或反而以為是自己已站立不住，方如此靠攏人群。我站得住，我曾清算了我自己，孤立下去，直至於僵仆，也還站得住。可是我已明白當前不是自己要做英雄或糊塗漢的時代。我樂意學一學人群，明白人群在如何變，如何改造自己，也如何改造社會，再來就個人理解的敘述出來。我在學做人，從在生長中的社會人群學習，要跑出午門灰撲撲的倉庫，向人多處走了。我已起始在動，一種完全自發的動。這第一步路自然還是並不容易邁步，因為我心實在受了傷，你不明白，導致我於此的社會因子也不會明白。我的動，是在成全一些人，成全一種久在誤解中存在和發展的情緒，而加以解除的努力。

我要從活動中將一切關係重造。人並不容易知人。十餘年來我即和你提到音樂教育對我施行的教育極離奇，你明白，你理解。明白和理解的還只是一小部分，可不知更深意義，即提示我的單純，統一我複雜矛盾而歸於單純，謐靜而回復本性。忘我而又得回一個更近於本來的我。或許它做成的，還是一種瘋狂，提高自大和自卑作成暫時的綜合或調和，得到的一種狀態。但是，它有用處，因為它是自我檢討與分析都永遠得不到的總結，而音樂卻為清理出了個頭緒。

三三，你理解到這一點時，我們就一同新生了。我需要有這種理解。它是支持我向上的梯子，椅子，以及一切力量的源泉。

二哥從文

卅八年九月廿午夜

川行書簡

《川行書簡》，是作者一九五一至一九五二年赴四川參加土改時期的通信。這裡僅選出部分給張兆和的信件。

走出塵封的歷史博物館庫房，置身土地制度劇變的鄉村一隅，作者對自然、對土地、對農人本質上的愛和理解，強烈觸發了他的創作慾望：「我的生命如有機會和這些印象結合起來，和這些肥沃美麗自然背景中的山村和人事變動結合起來，必然會生長一些新的莊稼，一些特別的莊稼。」

但是沈從文也擔心：「到明天是和風甘雨，有助於這個莊稼的成長，還是迅雷烈風，只作成摧殘和萎悴？沒有人可以前知。」

致張兆和　一九五一年十月廿五日　北京

三姊，孩子們上學了，燈還亮著。我在小房間桌子邊來寫個信給你，不免稍微有點兒感傷。我們今天下五時集中，七時上車。聞約有一禮拜方可到重慶。像是三十年前第一次出門，和十四年前離京上雲南一樣，心相當衰弱。到人群裡，會健康起來的，你放心。昨天二姊來坐了坐。常風、占元等來坐坐。我還為學校寫了點錦絹說明。等等還得去博物館看看。許多事還做不了，走得太急。這次之行，是我一生重要一回轉變，希望能好好的在領導下完成任務。並希望從這個歷史大變中學習靠攏人民，從工作上，得到一種新的勇氣，來謹謹慎慎、老老實實為國家做幾年事情，再學習，再用筆，寫一兩本新的時代新的人民作品，補一補廿年來關在書房中胡寫之失。你放心，我一定要凡事好好做去。和龍龍虎虎也做了保證，要來為國家做幾年事情，不至於使他們失望的。

你要稍微注意一下體力，莫拖倒，可以多為國家為人民做點事！

如過清華去，見到王遜，可以告他，午門辦事處存有甲一副，瑣子金錦——一個全份，相當好，約價五十萬，值得留下。我來不及告他了，他如去常家，可以看看，要即帶去，給西湖營同順利號曲子猷一信，告說已要即成，款項本月或下月付，不妨事。只要說明即成。

望你好好保重，不要為我擔心。我一定要在鄉村生活中使健康回復過來的。剛得宰平[1]先生電話，聲音中如同廿多年前和我說話一樣。我一定要為國家，為人民，為你們而健康起來，把事情好好做下去的！回來時，希望你和我一樣，都健康得多！

二哥
十月廿五
上午九時

1 宰平，指哲學教授林志均，字宰平。一九二五年五月，曾以唯剛筆名在《晨報副刊》五四專刊發表〈大學與學生〉，讚揚沈從文散文《遙夜》的文采，誤以為是某大學生反映「淒清，頹喪，無聊，失望，煩惱」之作。到明白作者是隻身離開土著軍隊，來到北京，求學求職無門，過著窮困聊倒生活後，立即邀請他去自己家，給了他極大同情和勉勵。林志均是作者以「師」相稱的極少數前輩之一。

致張兆和

一九五一年十一月一日　華源輪　巫山
下六時　巫山縣船上

三姊，船今天已入峽，一切使人應接不暇，動人之至。孩子們實在都應當來看看的，真是一種愛國教育！這時約二點鐘，過不多久即要到一個重要峽內。已過清冷峽，兵書寶劍峽，新灘，秭歸，巴東。昭君村和屈原宅也過了，屈廟可和歷史的應有情形不大相稱，不過如一個普通龍王廟矗立於半山岨而已。江水到此已不寬，前後統是山，水在山中轉，有些地方似乎不到廿丈。水急而深。船一面行進一面呼喚，聲音相當慘急。兩山多陡絕。特別好看是山城山村，高高吊腳樓，到處有橘柚掛枝，明黃照眼。小灣流停船無數，孩子們在船板上船棚上打鬧。一切都如此熟悉又嶄新陌生。因看峽景大家即停止學習一天。水窄處還不如沅水，兩山有些地方也不如沅水山之秀峭。特別是水流黃濁濁的，壯而獷悍，和沅水清絕透明不同。過神女峰，秀拔直上天際，陽光強烈，因之斑駁白赭相間，特別美觀。下五點左右泊巫山縣，小船賣橘柚的，多攏船邊，用小兜網攬生意。柚子一千兩個，橘子一千四個，柿子一千四個，大而紅。縣城沿江岸高坎上，有許多吊腳樓沿岸聯接，也有人抬貨物上船，船多在河邊，一排排的十分安定在那裡等待裝載，和一個做母親的神氣一樣。樹木還綠陰陰的。氣候恰和北京八月相近。川江這些地方，從河邊看來都極美觀。特別是小一些的村鎮，屋前後橘柚垂實，明黃照眼，動人之至。山頭都收拾得極乾淨整齊。上流一點有個山，山頭圓圓的，上面有個相當大的廟宇，可能是什麼楚王神女廟。下游一點一個尖山，相當高，上面也有個小廟，好看得很。

同行的大家都靠船邊玩，看江景。也有在甲板上說笑話的，吃東西的，寫信的。船上約定不許上岸，因此大家不上岸。其實能上岸看看，是有好處的，有教育意義的。照我理想說來，沿江各地，特別是一些小到二百或不過三十戶的村鎮，能各住一、二月，對我能下筆時極有用，因為背景中的雄秀和人事對照，使人事在這個背景中進行，一定會完全成功的。寫土改也得要有一個自然背景！可惜不易得那麼一個機會。四川人自己呢，又日日生活在此山中，卻從不料想到、理解到這是了不得的好背景。不知道一切人事的發展，都得有個自然背景相襯，而自然景物也即是作品一部分！

過三天可以到重慶，聞將分發瀘州附近，也是長江邊，我希望可以到那麼一個江邊小村中去工作。但是也希望不要因為自然景物太好，即忘了工作的重要性。

在船上學習文件，愈學愈感個人渺小而無知。必須要十分謹慎的從領導上學習處理柿子一斤四个，大而红。縣城沿江岸高坎上，有许多吊脚楼沿岸排接，也有人抬货物上下船，船泊在河边，一排排的十分安定在那里等待装载，和一个作母亲的神气一样。树木还绿阴阴的。气候恰和北京八月相近。川江这些地方，从风也看来都极美观。特别是小一些的村镇，屋前后橘柚垂实，黄黄照眼，动人之至。山头都收拾得极乾净整齐。上流一些有个山，山头圆圆的，上面有个相当大的庙宇，可能是什么娘娘神庙。下游一些一个尖山，相当高，上面也有个小庙，好看得很。

一九五一年十一月一日信附圖

工作，方可少犯錯誤。一面從工作的方式中，也看出國家必然在此謹嚴步驟中逐漸推進，異常迅速地進步，三五年後社會將完全改觀的。川江給人印象極生動處是可以和歷史上種種結合起來，這裡有杜甫，有屈原，有其他種種。特別使我感動是那些保存太古風的山村，和在江面上下的帆船，三三五五縴夫在岩石間的走動，一切都是二千年前或一千年前的形式，生活方式變化之少是可以想像的。但是卻存在於這個動的世界中。世界正在有計畫的改變，而這一切卻和水上魚鳥山上樹木，自然相契合如一個整體，存在於這個動的世界中，十分安靜，兩相對照，如何不使人感動。

江上在這時已起了薄霧，動人得很。可是船上學畫的，作曲子的，似乎對這一切都視若無睹，都似乎無從和他待進行的工作有個聯繫，很奇怪。其實這個江城的全面這個時節，一和歷史感興聯繫，即是一非常感人的曲子。我如會作曲，在心中氾濫的情感，即必然在不甚費事組織中，可以完成一支曲子。

這裡也有另外一種曲子在進行，即甲板上的種種談話，玩樂笑語，和江面小船上的人聲嘈雜，江邊貨船上的裝貨呼喚，弄船人的槳櫓咿呀聲，船板撞磕聲。另外還有黑蒼蒼的大鷹就江面捕魚。一切都綜合成為一個整體，融合於迫近薄暮的空氣中。

我似乎十分單獨卻並不單獨，因為這一切都在我生命中形成一種知識，一種啟示，

——另一時，將反映到文字中，成為一種歷史。

這時節船尾有上煤小船挨過，船上水手雜亂歌呼，簡直是一片音樂，雄與秀併，而與環境又如此調和，偉大之至，感人之至。

天漸入暮，山一一轉成淺黛藍，有些部分又如透明，有些部分卻紫白相互映照，如有生命，離奇得很。更離奇處即活在這個環境中人都如自然一部分，毫不驚訝，毫不離奇，各自在本分上盡其性命之理。

船又來了，蓬蓬蓬蓬的由遠而近。

二哥

致張兆和

一九五一年十一月八日　內江
下午四時　內江縣

三：

今天下午二時半到了內江縣，是川南大地方，出糖和橘子，有文化，多知識分子。大地主可能也格外多。地方有文化，也有文物。為了文物，我可能要在土改後看些東東西西！水名沱江，大如沅水，清而急，兩岸肥沃無可比擬，蔗園橘子園都一山一山連接。這幾天橘子還未摘下，一片一片金星。土地之厚，除山東膠東所見，實在無可比擬。工作大致即在此縣或鄰縣。一出來，心中即只有一件事，放下包袱，去掉感傷，要好好的來為國家拚命做事下去，來真正做一個毛澤東小學生！因為國家實在太偉大了，人民在解放後表現的潛力，無一處不可以見出。共產黨在為人民做事工作上，也實在是無所不至。許多地方在減租反霸中已把封建武力和土豪特權打垮。許多地方人民都站起來做了主人。年輕人更加可愛。到路上，有些窮人聽說我們從北京來，都說是「毛主席關心窮人，天下窮人是一家」。這句話不僅表示人民信賴，實在還是無可比擬的力量！我們活在北京圈子裡的人，見聞實在太小了，對於愛國主義的愛字，如不到這裡地方來看看，也是不會深深明白國家人民如何可愛的！三三，要努力工作，你定要努力拚命工作，更重要還是要改造，你還要改造，把一切力量用出來，才對得起國家！要對工農幹部更虛心的學習，對學生特別熱心，國家實在要所有工作幹部，都如此來進步！

從永昌隆昌過身，聽小買賣老太太說，大戶地主都看管起來不能動，孩子們在外討吃，壞的都槍斃了。有田到三千畝的地主，而窮人卻十分正直，勤勞，而極端窮困。這一來，窮的都翻了身，不同了。一個快七十歲的老太太，到永昌時來賣鹹蛋，一天賺二千。是村長的妻子，家中十一口人。翻了身，分地主房子六間住，種棉八十斤稱模範，和我說了二點鐘，一面揩眼捩一面說，毛主席關心她們，天下窮人是一家。我也試做宣傳一番，我們說話彼此都懂，昨晚談得她把生意也忘做了，今早又來談，還一定要知道我名姓。我歡喜她得很，因為說到許多話都極動人，特別是身子小小的，瘦瘦的，和我外祖母神氣一樣。頭上戴的絨帽是從地主家買來的，衣也是得來的。她還說：「我把四個孩子養大，兩個做幹部，做什麼都成。過去送東西到地主家時，地主說，『你臭，站遠點！趕快走！』我就趕快走！這一來，毛主席關心我們窮人，我們不怕那些地主了，官司也不用打了。不久要分地，我讓兒子媳婦種，我在家煮飯養豬。」一可愛得很，因為說話神氣同意見，都是我挺熟的。三三，只要我支持得下去，我一定會要為這些苦難人民再用幾年筆的。我還不下鄉，只一點滴已教育了我，再不能不改變自己，來為這個新時代拚命努力了。

我們住處名什麼大廈，住二樓，兩人一房間，很靜。過三天，可能即得遷到一個貧農家去住的。我如到一個老太太家住，一定極容易合得來。我試了試用她們能理解的意思語言和她們談話，還有辦法。在中站又和幾個年輕的鐵路服務員談天，其中還有些女的十六、七歲的，還帶得有《工農兒子》小說，談得也滿好。換句話說，我在人群中很可以做個宣傳人員，或文化教員。我一定要努力做去，把工作做好。

體力支持得住，心情卻有時不易回復支持。五天來天氣都陰沉沉的，到了內江忽然晴朗起來，心情也開朗多了。但是我知道，一定要到村子裡去工作，才算是工作起始。要從鄉村工作鍛鍊，自己也才能夠在思想上真正提高。目下說來，處處還是小資產階級的自私自利思想，個人打算，而且是幻想多而不切實際，受不住考驗的，我要從工作實際中改造自己。能將工作完成，所得必然多。因為可以眼見一個階級的抬頭翻身，和隨之而來的社會的變化！

這地方出糖，所以蜜餞甜得少見。一來招待即是這種甜蜜餞。

這裡正有幾千解放軍在建新房子，一所所極好看的房子在平地生長，動人之至。成渝鐵路也是他們修的，已到內江，每天有工程車，也附帶賣票，三、四個月後，可能即已可全程通車。服務生多年輕人，精神很好。汽車路大部分是和火車路平行的。這裡是重慶和成都之間一個大縣，去自流井也極近，只四十里，我想如分到自流井工作也好，因為背景都是有文學性的。自然景物很美，特別是土地生產力之厚，實在感動人。如此一個好地方，四十年來都被官僚地主支持的軍閥弄得亂糟糟的，這一來自然什麼都不同了。汽車多用酒精，這裡酒精是造糖副產物，所以沿路汽車也多得很。

我離開北京十五天了，看到的人事和景物都是一生未見也未能想像的。一定要離開北京，才能夠明白我們國家，是在一個如何空前變化中！是一個如何偉大發展中！

孩子們和石媽好。大家好。

從文　十一月八日下五時

這麼學習下去，三個月結果，大致可以寫一厚本五十個川行散記故事。有好幾個已在印象中有了輪廓。特別是語言，我理解意思也理解語氣中的情感，這對我實在極大的方便。

我一定要來做個鼓動人員，在鄉村中是這樣向人民學習，寫出來也只是交還人民。

這裡竹椅子都是宋代款式，低坐高後靠，如明清版畫常見的，這裡還一律保存。到處都有竹子，都用竹子，惟將來有可能還會把它的效果提高些，致用也更廣大些。這是一種天生比任何材料還經濟而輕便結實的東西！回來如方便，我可能想辦法為石媽和革大那個老同志各帶一張竹椅來。這幾天總想起革大那個老同志，手似乎在解凍，有個半天空，也許就可以把他用三千字寫出來了。我許了過承諾，要為他寫個短篇的。一寫頗還生動，因我看了他十個月，且每天都和他在一塊蹲蹲或站站的。他的速寫相在大廚房和斯大林畫同列在牆上，合適得很。素樸的偉大，性格很動人的。但是也正是中國農民最常見的！

致張兆和

一九五一年十一月十九日　內江

川南內江縣四區烈士鄉寄

三姊：

寄的信應當可以收到，但是總得廿來天日子了。昨託寄〈老同志〉[2]一小文，抄過了五次，不怎麼完整，還落實而已。在事的行進中，言語中，還要多一點，解釋還要刪節點，就對了。這是我的工作學習的起始，也測驗得出，素樸深入，我能寫；粗獷潑辣，還待學習。寫土地人事關聯，配上景物畫，使人事在有背景中動，我有些些特長，也即是如加里寧說的，從土地環境中引起人對祖國深厚情感。至於處理人事複雜心機種

2　這篇作品在作者生前未發表過。

種，我無可為力。今天已十九，我離開北京三個星期天了。這三星期和新事物的接觸教育，只有一種感想，即終身來為人民的種種在生長的方面而服務。少拿點錢，多做點事，用作多久以來和人民脫節的自贖。看看這裡幹部的生活儉樸和工作勤苦，三姊，我們在都市中生活，實在有愧，實在罪過！要學習靠攏人民，抽象的話說來無用，能具體的少吃少花些，把國家給的退還一半，實有必要。如北大不即要我們搬[3]，務必去和張文教同志商量商量，拿一半薪已很多。餘捐獻給抗美援朝去好，還公家好。我相信你是能理解，能做到的。比起來，我實無資格用國家這個錢！我們不配用國家那麼多錢的。不配用，你來看看即明白了。

這裡工作照一定程序進行。過幾天秋徵場面必可展開。也是最後一次秋徵，因為土地公私關係一變，方式即大不同了。對於當地社會，我們能接觸到的，還只是點點滴滴，但即點點滴滴，對於我教育意義，都是終生有影響的。特別是日日同在一起的村中幹部，在本質上，心情狀態上，言語派頭上，工作方式上，都給了我極深而好印象。特別是在這麼一個有點突出的自然環境背景中，我的綜合學習，得到的東西，已多過雲南數年的。一定要反映到新的工作中去的。筆如還有機會能用，還有點時間可以自由支配來用，會生長一點東西的。這正和我們過嶗山那時一樣，我給你一種期許，保證有些東西已在孕育中，生長中，看不見，摸不著，可是理解得到。因為生命中有了一種印象，一種在生長發展的，雖如朦朦朧朧，經驗上卻極具體的東西。我要的只是一樣，即自由處理的時間。沒有它，什麼都完事，一切空話。有時間，這一切在我生命中的東西，恰和糧食種子撒到這地方的土地中情形一樣，生長成熟是常態，而抑鬱萎悴倒是變質！同時也希望體力能支持得下去。特別是腦子和心臟，待回復本來，不能再惡化下去。我得支持。因為我明白，有些工作，對於人民還有益。對人民革命和社會向前，特別是保留歷史過程中最生動一個環節。我還要好好工作幾年，能夠做點事情。我愛這個國家！要努力把生命和歷史發展好好結合起來。絕不違反人民、不孤立、不自大。

昨天飯後，獨自出去走走，到屋後高處懸壁上去，四野丘陵連亙，到處是褐土和淡綠色甘蔗林相間相映，空氣透明，潮潤，真是一片錦繡河山！各處山坡上都有人在點豌豆種。遠處人小如米點，白布包頭藍長衫，還看得清清楚楚。每個山坳或懸崖間，照例都有幾戶人家在竹樹林間揚起炊煙，田埂間有許多小孩子和家中小狗在一齊走動。山凹

3 實際上正在催促搬家。

間都是水田，一層層的，返著明光。有些田面淡綠，有些淺紫。四望無際情景全相同。一切如童話中景象。一切卻十分實在。一切極靜，可是在這個自然的靜默中，卻正蘊藏歷史上沒有的人事的變動，土地還家，土地回到農人手中，而通過一系列變動過程，影響到每一個人，每一個人和另一個人的關係！一面是淡紫色卷耳蓮在山頂水壩中開得十分幽美，塘壩邊小小藍色雛菊和萬點星的黃菊相映成趣。一面是即只五歲，滴頭疥癩的小孩子，挑了小小竹箕去撿狗屎。從這個水壩邊走過時，見了我們也叫土改同志，知道是北京毛主席派來幫窮人翻身的，你想想看這意義多深刻。一面是一些位置在山頂絕崖上的砦子，還完全是中古時代的風格，另一面即在這些大莊子，和極偏僻窮苦的小小貧農人家，也有北京來的或本地村幹在為土地改革程序而工作。三姊，這對照太動人了，我不知為什麼，獨自在懸崖上站著，竟只想哭。這一來，雖不曾去過四哥[4]過去工作的地方，得不到大圩子印象，但是把四嫂敘述和這個景象一結合，有些東西在成熟了，在生長了，從朦朧中逐漸明確起來。我那個未完成的作品，有了完成的條件。大致回來如有半年時間可以自由使用，會寫一個新東西，也可能是我一生中僅有的成熟作品。即把這裡背景移到四哥故事上去。這也是米丘林的做法，在文學，如求典型效果，唯有這樣可得到特別成功的。你如記起《邊城》的寫作過程，一定會理解這個工作的必然性。我要的只是自由時間來完成。

我住處是個大糖房，在山頂上，屬於地主高百萬家產。門前即一片水田，一級一級下去。房子四周全是慈竹，本地人名王竹，不許動筍子，因為用處多，生長容易，一切編物都用得到。也即是四川民族神話中的象徵，竹王生於竹中，只有這種無所不用的竹子可以當之。這竹子其實即一般常見的洋竹，如呈貢李地主家門前的那個樣子，不過這裡普遍生長而已。

房子前的水田雜樹，特別是小竹林，都和電影或戲劇背景一樣，在透明潮潤空氣中蕭疏的。房子中側屋是糖房堆糖處，大方石柱，大門欄，還有祕室，牆中有孔藏金銀，特別是大容一、二百石的木糖桶，在戲劇布景中是天然的，非常突出顯眼，而又有極強烈的好效果。

就在這個院子中，黃昏前，來了些看病的女人（新設一醫療處），兩個老太太拄

4 四哥，張兆和的堂兄張璋，原名張鼎和，革命烈士。作者從一九四八年起收集材料，打算創作一部以張鼎和為主人公原型的長篇小說。

拐杖來，走得極慢，從大石板欄的後屋走進。一個女孩子，長得乾小小的，成年而不成熟，從前門進。醫生在吃飯，這女孩子即坐下來和我談話。姓徐，無父母，傍姑母為生：「大家做事大家吃，有什麼吃什麼。種了十二籮擔的地，今年挖紅薯六挑，只值八千文一挑。種了點牛皮菜。收糧食即拿去繳公糧。養了一隻雞，兩隻兔子，花二千五百文買來的（她用手比大小），小得很，養到了兩斤重一個，抗美援朝捐獻了一隻，選大的捐。」說到這時笑了許久，很快樂。「要打倒美國鬼子才有好日子過。毛主席知道我們，要我們好好生產，選勞動模範。大家好好生產，吃一樣飯，做一樣事，過幾年國家就好了。現在不同以往，往天鄉保欺壓人，不許講道理。現在大家一樣，講道理，眉眼清楚，人好都說好。我過三天就要到甘蔗地做事，八斤米一天，一個月二百四十斤。也累，人多做起來好。要乘這個月做，糖房已開工。那邊人多好熱鬧！……我住互助村，要來喔！我要走了。」

天已快夜，拿過藥，又說了一會，當真就走了。就是從那些梯田小徑，甘蔗林長在懸崖邊，和小房子依懸崖竹林邊……彎彎曲曲小路走去。到家有三里路，一定黑了。理應還拾了些萵苣葉去，因為兔子歡喜吃萵苣葉。

三，一切都那麼善良。生在那麼一個寂寞平凡環境中，活在那麼一種單純工作方式中，卻有一隻親手餵大的兔子，捐獻給朝鮮的戰士，為了打美國人！這是一種什麼情感！為了國家！你想想看，我們應不應當自愧。這個人已活在我生命中，還要活在文字中。我一定要為她們來工作的，為她們終生工作，我的存在才有意義！天當真夜了下來，側屋裡有幾個農幹圍著一盞燈唱小本詞。一切極靜，可是凡有人家處，都在動中，為土改進行程序而動，少年會、婦女會、老年會、知分會、富農會、地主訓話會、自新坦白會……沒有一個人閒著，一切腦子都在動——這就是歷史，真的歷史。一切在孕育，在生長。現實的人和抽象的原則，都從這個動中而發展，而進展。我的學習和其他同行似乎稍微不同，在工作上可能是個不及格的附員，但是把這個歷史的點和面重現到文字中時，我可能是一個相當好的工作者。為的是這一切都教育我、感動我，並支配了我。不過，這一點我無從向誰去說的，沒有人理會的。大家一定以為我是個對事不關心的人，可不知一切事在如何空氣下在動和變，我都一律關心，而且傾心。和我對面的一個村幹，我和他話說得極少，他的報告內容，報告神氣，報告中的特別長處和小小弱點，在戲劇中和在小說中是種什麼情形、效果，我都熟悉之至，但是，我什麼都不說。我好像一點不親熱。

什麼事都是生動的、新鮮的，而又可以用各種方式反映到文字繪畫和音樂中的。是一切創造的源泉。只要有時間，什麼都可以重現出來，而必然得到極好效果。這個事只有你明白，生一點人不會懂的。

同行中也有作曲的，住在約三里路遠的一個小村子裡。和我談起，以為來到的地方沒有音樂。如指歌唱，本地人真是奇怪，統不會唱歌，凡是雲南湖南江西及華北人民開口有腔有調的長處，這裡都如被歷史傳統壓力束縛，無生長機會。言語多清越可聽，只是不會唱。可是一個習樂曲的，如一般美術、哲學、文學、繪畫文化興致高，廣泛有個理解，則在這裡卻必然由轉移方式，得到極多的啟發。特別是丘陵起伏中的自然背景，任何時候看來都是大樂章的源泉，是樂章本身！任何時都近於音樂轉成定型後的現象，只差作曲者來用樂章符號重新翻譯！很奇怪，一個習作曲的對於這一切反而視若無睹。這也可見中國更新的作曲家的訓練，得換換方式，必從一般文化提高，方能從自然中啟發那個創造的心。這是一種艱難工作，但也是唯一工作。不知從萬象取法，從自然脈搏中取得節奏，不會有偉大樂章可得的！

早上鳥聲也教育人極深，唐人詩說山鳥悟禪機，大有道理。從早上極靜中聞鳥聲，令人不敢墮落，只覺生命和時代脈搏一致時的單純和謐靜。人事的動和自然的靜相互映照，人在其間實在離奇。尤其是創造心的逐漸回復，十分離奇。黨說為工作而忘我，稍稍有些理會。

附近糖房工作已開始，我估想得到，只要住上兩天，即可從人事中得到一種極有價值印象，不甚費力轉移到文字篇章上，也可給人一種非常動人印象的。本地人以為極平凡。這裡包含了音樂、繪畫、雕塑、戲劇各種元素的挹取綜合，特別是工作者多為村幹，工作的進展且聯繫到下一月的土改工作思想教育，生產和愛國教育，日夜分班動工，碾子日夜轉動，糖鍋日夜沸騰，原料如山堆積，成品如山堆積，……而其中貫串著階級鬥爭，太動人了！我知道一切感動並不即是一切作品，但它卻必然是一切作品的觸媒劑。一切成長都得通過了它，才有可能鮮明而具體的成為文學和藝術的作品。文藝座談的重要性，唯有從這個環境裡能探入一層體會，能印證為正確而切實。一切理論都只有從這種現實環境中，才可能深入理解。

我們在這裡，有三個人帶毛選來，在一張桌子一盞清油燈下同讀，也是一件極動人的事情，或極意外事情。各有所得，各有所體會，但又有某一點完全相同，即對於這個重要歷史文件的深一層理解。三個人中一個是鄭昕，北大哲學系，我們的團長。一個查汝強，北京市黨部，我們的祕書長。和周小平一樣，才廿六歲，十五歲即工作。一個是我，一點不懂政治，卻探探懂文學如何和歷史結合，和人民結合，和某一階層結合，用何種方式來表現，即可得到極高政治效果的土改隊中無固定職務的工作員。正和過去與思聰、宗岱[5]三人同聽貝多芬等全套樂曲一樣，各有所得。思聰從作曲者和指揮者和器樂獨奏者，都可得到一些東西。宗岱得到的是音樂史中的某種東西。我呢，在直接方面似乎毫無所得，但間接轉化卻影響到好幾本書，特別是幾個給人有印象的東西，其中即有樂曲中的過程節奏。也近於樂曲的轉譯成為形象的試驗。但能領會到這點的人是不多的。

這裡土地給人印象實在離奇。不見到，即不易想像。更離奇是許多同來的人，都視為平常自然，有些人且一生從未到過南方，而對於那麼好的土地竟若毫無感覺，毫不驚異，特別是土地如此肥沃但人民如此窮困，只感到這是過去剝削壓迫的結果，看不出更深一些東西，看不到在這個對照中的社會人事最生動活潑的種種，對這個區域土改後的景象，也即缺少真正深刻的愛和長遠關心，任務完畢，可能即一切完事。這種對於新事物的發展和變化少感情，也很是特別。似乎這些情感被滯塞住，被鬱積住。又似乎這些情感因過去適當年齡不曾好好培育過，即始終得不到好好發育的機會。又似乎這種情感本來即近於一種病的變質，僅為文學作者所獨具，而非一般人所應有，因此大家活在歷史中，對歷史卻了無興趣。活在比任何文學藝術更複雜生動過程中、背景中、節目中，卻人與境合，人境兩忘，然而閒暇時卻又去看土改小說，看他人寫的東西！真是不可說，不易說的一種現實。這現實也就動人之至！

天氣如好些，體力也好些，我一天總有點時間可到山頂上去看看，大家可能以為我是「自由主義」，遊山玩水的看風景，不會想到原來是在那個懸崖頂上，從每個遠近村子，每個丘陵的位置，每個在山地工作的人民，從過去，到當前，到未來，加以貫通，我生命即融化到這個現實萬千種歷史悲歡裡，行動發展裡，而有所綜合，有所取捨，有所孕育醞釀。這種教育的深刻意義，也可說實在怕人，因為在摧毀我又重造我，比任何外來力量都來得嚴重而深刻。我就在這個環境中思索，學習，而放棄了舊我，變得十分渺小。奇怪得很，一到那個懸崖上看到腳下山村，和更遠一點山頂懸崖砦子時，我眼睛總是濕濛濛的。因為我體會得到，我的生命如有機會和這些印象結合起來，和這些肥沃美麗自然背景中的山村人事變動結合起來，必然會生長一些新的莊稼，一些特別的莊稼，不必如其他作家那麼多，只要有三萬到八萬字，即可得到一種不易設想的離奇效

5 指音樂家馬思聰和詩人、文學翻譯家梁宗岱。

果。一面是彷彿看到這個莊稼的成長，另一面卻又看到體力上的真正衰老，自然的限制和人為的挫折，都若無可奈何的在默然中接受。這在個人的生命本身，也是一種奇異的存在。

我從一條很小很小的路走上山頂去，路即沿著崖邊，泥土和蘸了油一樣滋潤，新拔的苕藤沿路攤著。一到頂上，即有天地悠悠之感。表面上，我和同住的都如有點陌生，少接觸，事實上生命卻正和他們的行為在做緊密的契合，而尋覓那個觸機而發的創造機會。給我一點時間，在我生命中投一點資，這點天地悠悠感就會變成一份莊稼而成長，而成熟。但是這個看來似乎荒謬十分的設想，誰能理解，能相信？世界在動中，一切存在皆在動中，人的心和種種由於隔離、生分、相爭相左，得失積累，在長長時間中，在不同情感願望中而生長存在，彼此儼若無關而又彼此密切聯繫，相激相宕形成的不同發展，到明天是和風甘雨有助於這個莊稼的成長，還是迅雷烈風，只做成摧殘和萎悴？沒有人可以前知。我常說人生可憫處，也即在此。人太脆弱渺小。體力比較回復時，我理會得到，新的人事印象的復合，我還能組織起來，成為一些有歷史意義和時代價值的成品。因為文字的節奏感和時代的脈搏有個一致性，我意識得到。如果過去的工作，曾經得到一定的成就，這新的工作，必然還可望更加成熟，而具有一定深度，且不會失去普遍性。為的是生命因種種內外變遷，已達到了一個成熟點上。特別是一種哀憫感，從文學史上看過去的人成就，總是和它形成一種動人的結合。由屈原、司馬遷到杜甫、曹雪芹，到魯迅，情形相異而又同，同是對人生有了理會，對生存有了理會。但是到身心衰弱時，三姊，什麼都說不上了，只有一點，即脆弱。只不過如一個小火，一吹即熄。我已盡了極大努力來恢復工作能力和信心，要它和人民歷史發展結合。總要盡能力所及做去。我愛國家！我要把工作和國家明天結合起來！我已深深明白工作應當是什麼，而能做到什麼。也得承認自然的限制，體力用到某一程度下的必然結果。

我到這裡什麼都是學習。從看牛的學、村農會中學，從極瑣瑣生活生計裡學理解他們，也從他們新的覺醒意識理解，但是，從表面看，我只是一個不管部的屬員而已。

在這裡看到十一月某一天報紙，有陳波兒[6]追悼會消息。使我記起在吳淞時見她穿著一件長綢曳地袍子上課神氣，在北京從沒見到，廿多年了，印象還極新。可惜。

6 原名陳舜華，中國現代電影導演。

致張兆和

一九五一年十一月廿九日　內江下五時

天氣明朗了一會會，又被灰雲罩住，陰陰鬱鬱的，不怎麼冷。開了整天的會，吃過飯，從泥滑滑小路大夥兒都到了場上，從孤立村子轉到龍街子似的大村中。我一來即和三個同志坐在一個舊戲台上，村子裡陸續有人民代表來到，在下面集中，有背孩子的，挑燒柴的，挑紅苕的，還有扛了一個老柳樹根來的。三、四天大會中，多各自攜帶吃、喝、燒的來，有的還挾了一大捆稻草，當做臥具。我們住戲台上，一切如卅年前所見，也是在稻草裡睡。街上橘子八百一斤。小麵館照例有滷得黃黃的豬頭肉、豬耳朵和尾巴，等待主顧下酒。麵五百文一碗，一口氣可吃四到六碗，作料可相當多，麵特別細。點的是滿堂紅油燈。賣麵的娘子，在攤子旁包餃餌，頭包白布，小小的，十分善良，一切和四十年前所見一樣。

北來的人正在為明天會場做準備，點的還是油蠟燭。戲台建築還是穹窿頂，在建築術上是古典的，塗金雕花都相當講究，特別是設計，很像個樣子，比一般新式舞台合乎觀眾要求。天已黑，滿院子有人聲，都在參與歷史中一件大事，也創造新的歷史，但是談的卻是秋徵捐獻和大會種種。人都活在歷史中。我這時即在牛油蠟燭前，人人都為明日的大會而忙著。身邊是各個村子中的男女貧農代表走動。隨後即分組到貧農住處去（下用稻草，上用穀簟鋪好，縱橫住了兩百人），十六個大組，漫談生世，從八歲起說下去，各組完畢，已到十一點。再一匯報，已十二點，就蜷在戲台後樓上一角稻草堆中睡去。半夜中聽打更鑼，情境特別。到五更，各處有雞叫。天未明，樓下說話聲音喁喁咿咿，低而沉。天明後，聽到磨坊打篩聲音，可以知道這個小小村鎮已在動中。街口鐵匠鋪的爐火，也一定已有熊熊火光揚起，且有叮叮噹噹響聲。今天趕場，七百人口的場中忽然增加到三千人上下，可知日用物品的交換，必然相當熱鬧。八點左右街上場面已展開，官藥鋪櫃台抹得乾乾淨淨，賣肉的占了街上主要地位，一大塊大塊肉掛在黃銅鈎子上，打掃得白濛濛的，等待主顧。清油價到六千（有的竟要八千），肉價不過三千，有的賣二千八，所以肥豬肉是鄉下人主要興趣。但能吃的人還是比較少數人。這幾天正值下甘蔗熬糖時，有勞動力的收人都增加，且值秋收、秋徵，交換物資也比較頻繁。場子上也還有人用破羊瓷臉盆，裝了五寸長大鯽魚，上蓋菜葉，擱在街邊屋檐下出賣的。也有賣兔子滷肉的。有賣霉豆豉的。有抱了綠頭公鴨（和抱孩子一樣，用布包著）上場出售的。有挑了豆殼一大擔，在街上撞撞磕磕的。雜貨鋪的老闆，屠戶老闆，麵館老闊，大都如大匠琢輪，不慌不忙的，知道有生意待做。生意非常好，桌面案板尤其整齊豐富的，應是街頭街尾的飯鋪。白米飯已上蒸籠，雞魚肉菜都收拾得很好，葱蒜辣椒也準備得十分齊全。地下照例濕滑滑的，因為有卅里內外泥漿帶來。

天氣轉晴，一切都明明朗朗的。看看這裡街子，和呈貢街子，和卅年前各種各式街子，使我對中國農村的市集有種奇異的情感，因為極可能從這個情況中可以看出古代村市的情形。大都市在變，小村市如果生產物資交換方式不怎麼變，則千年前的村市和當前村市，大體是相同的。也由此可以體會到寫古代農村比古典都市容易把握問題。

頭總是不大好，心臟影響或由之而來。上坡不好受。吃的已夠好，蘿蔔、青菜還有油，但是終日把飯吞下去，加上辣子醬，已起始有些難於消化。有時一吃過即得上路，年輕少壯不在乎，我有些當不住。體力受了限制，無可如何。但是要支持下去。

樹葉還未盡落。山上各處是綠的。每個山坳上總有個水塘，水極清冽，有卷耳蓮生長得極好。竹子在山上生長，都似乎不是為致用而是為裝飾效果的。

農村在動中，自然景物那麼靜，我置身其間，由此動靜總似乎在孕育一種東西，只要有時間，即可生長成熟。

這次到鄉下來，最得用是棉衣和虎虎的一枝筆。衣服很合適。筆可以寫極細筆記，且不必為墨水擔心。同來的看到這枝針尖似的筆都發生興趣，因為沒有一個人的這麼細的。虎虎這枝筆真有用。我只擔心這種信如受水潮濕，會影響到信裡。

致張兆和　一九五一年十二月末　內江

叔文：

看十二月廿二報紙，說寒流到了華北，我正估想北京受它影響後的情形，不意這種寒潮也波及了這裡，手足已發木，人人都嚷冷。嚴重的是若干區域甘蔗尚未收穫，一上凍，梢端凍壞明年做種即不得用，影響到農產、糖業、稅收、經濟作物農貸，以至於國內若干區域的白糖分配量。不是小事！記得以瑛曾說：「參加過土改，此後一落雨必想到農村。」我們當時若理解，其實並非有較深理解。必到了農村，必熟悉雨量對於農作物關係，必更多些明白農作物對於農民生產如何有關，才會從天晴落雨中念念到農村！甘蔗生產最嚴重問題即冰雪和六月旱，所以這幾天的寒潮和明春荒旱，是領導憂心的。希望不要大凍，久凍。為的是生產忙不過來。土地改革正是全面展開，每個村子中，農民男女老幼都為鬥爭捲入一種不易描寫行動中，是土地革命最緊張一階段時，天氣要好一點，一切工作也便利得多！這裡已將北來信報日子測定，同是八天可以到達，是從西安過廣元轉成都的。成都離此二百里，信件得兩天，現時有汽車，明年可乘火車。

上次來信說請蕭離寄《光明日報》文章[7]，如不曾寄，望要龍龍（電告他一下）去買一份早日寄來，我有用處。你說「要全心全意為人民服務」，我在這裡只能說事事在學習，向每個工作同志，向本地幹部和村幹，充實了情感去理解，從工作進展中，並向在教育啟發中逐漸生長壯大的農民學習，學從本質上及變化上來理解認識，更主要還是從這種種來明白「從群眾來到群眾去」的工作方法。我不是說過在工作中給人印象，易如一個「自由主義」者對事的不關心嗎，事實上這裡接觸到的大小事情，我卻用得是一種嚴肅到極點的態度來理解，來認識。因為比任何文件書本對於我的教育意義都深遠得多！我且明白，這次工作，對於每個北來同志，都有終生影響，但一和農村離開時，即必然也和這裡的未來榮枯失去聯繫。我倒稍稍不同，至少有一年工作要和這片土地這些人民的發展分不開。

這幾天村子中正在鬥爭一個大地主，由全村農民從一、二十年前的一、二斤甘蔗或相似小事，到拉壯丁家小死亡大事，一個一個的申訴，特別是老婆婆對於鄉保長兼地主的申訴，事愈瑣碎愈使人起嚴肅感。因為這即是階級鬥爭和農民革命。封建的徹底消滅，新國家基礎的建立，都由之而來。也只有從這個嚴肅而殘酷的鬥爭發展中，來讀毛選之《實踐論》和日來北京方面文藝工作者檢討文件，才更深一層明白個人提高政治認識的重要，以及文藝服從國家的重要性。蕭離或其他說的，不要為收集材料而學，他人可能有這個打算，未免不大明白我學習的意義！因為從實踐學習中最重要收穫，是每一種現象都可證明領導上文件的重要性，特別是農民受階級性限制，易發生的傾向，處處可證明土改只是為工業化打下個基礎，即工業品市場基礎，國家政治基礎以外的經濟基礎。更重要還是工人階級的人生觀和無產階級的思想，來領導國家向前，中國才真正站得起來，向社會主義共產主義前進，對世界和平才會有更大貢獻！這些文件上常提及的話，你在城市中來讀，還是不如在鄉村工作實踐後讀來意味深長！

這次土改廢名也參加，是在中南區，可能到湘西。在中山公園音樂堂我見到他時，他說要寫小說，大致會實現計畫的。上四川的熟人中有楊起和王珉源、李一平，都過了川東。我們這裡一隊，文教中占百分之六、七十（中學語文教師比較多），人民藝術戲

---

7 指作者一九五一年十一月十一日發表於《光明日報》的檢討性文章〈我的學習〉。

院也來了不少人，布景、道具、燈光，無不有人，且有演員，有作曲家，只差一個寫戲的。也許這種人即在工作同志中，我們並不知道！也許得由我來寫，近一月來許許多多事情都比所見到戲文感動人，而且有幾多驚人場面，從這個背景中看來，才格外生動！一切太嚴肅了，正如臨來時柴才民在音樂堂報告說是「戰爭」，如一一說來，由虎虎記下，記到某些段落時，虎虎也會捏一把汗的。僅就一小小村子已有那麼多事件發生，那麼多問題待處分，想想同時在進行的，是萬萬人民廣大區域，用同一方式進行工作，有萬千種鬥爭，有萬千死亡與毀滅，也同時培養了萬千新生種子，你就明白，身臨其境的工作者，如不感到時代歷史的嚴肅，倒怕是不大可能的！即因此，我不是消極感傷，心臟卻有時不易支持。你說「為人民服務」是比較抽象的說，正如我過去和他們談寫作，真的如何教會一個人用筆，可並不簡單！在這裡，服務是多方的。如戰爭，集體分工，各有所司，號兵和機關槍手工作性質就全不相同！在這裡做我們小飯團炊事員的，是個村婦女部長，不識字，一天忙於做飯，從工作表面言，不如在鬥爭會中一婦女小組長，但如從服務另一意義言，可就作用大！在這裡工作中，服務也從各個不同需要上配合去理解。有些朋友在這裡完成任務的時間是和土改一致的，即是說土改一完任務也結束，我的任務完成，大致卻要在回到北京以後三個月或半年。它影響我的一切，卻是終生。

把這一回認識和過去卅年來從農村中得來的印象、知識（特別是老農和青年的）結合起來，實在有重要意義，如有機會能完成擬想的十城記中的幾個故事，會達到一個新水準的。

從文

致張兆和、沈龍朱、沈虎雛

一九五二年一月廿五日　內江

叔文、龍、虎：

這裡工作隊同仁都因事出去了，我成了個「留守」，半夜中一面板壁後是個老婦人在罵她的肺病痰咳丈夫，和廿多歲孩子，三句話中必夾入一句侯家兄弟常用話，聲音且十分高亢，愈罵愈有精神。板壁另一面，又是一個患痰喘的少壯，長夜哮喘。在兩夾攻情勢中，為了珍重這種難得的教育，我自然不用睡了。古人說挑燈夜讀，沒料到這裡我還有這種福氣。看了會新書，情調和目力可不濟事。正好月前在這裡糖房外垃圾堆中翻出一本《史記》列傳選本，就把它放老式油燈下反覆來看，度過這種長夜。看過了李廣、竇嬰、衛青、霍去病、司馬相如諸傳，不知不覺間，竟彷彿如同回到了二千年前社會氣氛中，和作者時代生活情況中，以及用筆情感中。記起三十三年、三十四年前，也是年底大雪時，到麻陽一個張姓地主家住時，也有過一回相同經驗。用桐油燈看列國志，那個人家主人早不存在了，房子也燒掉多年了，可是家中種種和那次做客的印象，竟異常清晰明朗的重現在記憶中，並鼠嚙木器聲也如回復到生命裡來。換言之，就是寂寞能生長東西，常是不可思議的！中國歷史一部分，屬於情緒的發展史，如從歷史人物作較深人分析，我們會明白，它的成長大多就是和寂寞分不開的。東方思想的唯心傾向和有情也分割不開！這種「有情」和「事功」有時合而為一，居多卻相對存在，形成一種矛盾的對峙。對人生「有情」，就常和在社會中的「事功」相背斥，易顧此失彼。管晏為事功，屈賈則為有情。因之有情也常是「無能」。現在說，且不免為「無知」！說來似奇怪，可並不奇怪！忽略了這個歷史現實，另有所解釋，解釋得即圓到周至，依然非本來。必肯定不同，再求所以同，才會有結果！過去我受《史記》影響深，先還是以為從文筆方面，從所敘人物方法方面，有啟發，現在才明白主要還是作者本身種種影響多。《史記》列傳中寫人，著筆不多，二千年來還如一幅幅肖像畫，個性鮮明，神情逼真。重要處且常是三言兩語即交代清楚毫不黏滯，而得到準確生動效果，所謂大手筆是也。《史記》這種長處，從來都以為近於奇蹟，不可學，不可解。試為分析一下，也還是可作分別看待，諸書諸表屬事功，諸傳諸記則近於有情。事功為可學，有情則難知！中國史官有一屬於事功條件，即作史原則下筆要有分寸，必胸有成竹方能取捨，且得有一忠於封建制度中心思想，方有準則。《史記》作者掌握材料多，六國以來雜傳記又特別重性格表現，西漢人行文習慣又不甚受文體文法拘束。特別重要，還是作者對於人、對於事、對於問題、對於社會所抱有態度，對於史所具態度，都是既有傳統史家抱負，又有時代作家見解的。這種態度的形成，卻本於這個人一生從各方面得來的教育總量有關。換言之，作者生命是有份量的，是成熟的。這份量或成熟，又都是和痛苦憂患相關，不僅僅是積學而來的！年表諸書說是事功，可因掌握材料而完成。列傳卻需要作者生命中一些特別東西。我們說得粗淺些，即必由痛苦方能成熟積聚的情——這個情即是深入的體會，深至的愛，以及透過事功以上的理解與認識。因之用三五百字寫一個人，反映的卻是作者和傳主兩種人格的契合與統一。不拘寫的是帝王將相還是愚夫愚婦，情形卻相同。近年來，常常有人說向優秀傳統學習，這種話有時是教授專家說的，有時又是政治上領導人說的。由政治人物說來，極容易轉成公式化。良好效果得不到，卻得到一個不求甚解的口頭禪。因為說的既不甚明白優秀偉大傳統為何事，應當如何學，則說來說去無結果，可想而知。到說的不過是說說即已了事，求將優秀傳統的有情部分和新社會的事功結合，自然就更不可能了。這也就是近年來初中三語文教科書不選淺明古典敘事寫人文章，倒只常常把無多用處文筆又極蕪雜的白話文充填課內原因。編書人只是主觀加上個繳卷意識成為中心思想，對於工作既少全面理解，對於文學更不甚樂意多學多知多注意。全中國的教師和學生，就只有如此學如此教下〔去〕了。真的補救應從何做起。即凡提出向優秀傳統學習的，肯切切實實的多學習學習，更深刻廣泛理解這個傳統的長處和弱點。必兩面（或全面）理解名詞的內容，和形成這種內容的本質是什麼，再來決定如何取捨，就不至於如當前情形了。近來人總不會寫人敘事，用許多文字，卻寫不出人的特點，寫不出性情，敘事事不清楚。如僅僅用一些時文做範本，近二、三年學生的文卷已可看出弱點，作議論，易頭頭是道，其實是抄襲教條少新意深知。作敘述，簡直看不出一點真正情感。筆都呆呆的，極不自然。有些文章竟如只是寫來專供有相似經驗的人看，完全不是為真正多數讀的。

致張兆和、沈龍朱、沈虎雛

一九五二年一月廿九日　內江

叔文，龍，虎：

在小鄉場上區公所裡，我和廿來位年輕工作幹部把年過了，真是一個離奇的年！今天已初三，各村子裡工作依舊進行，鬥爭的還是鬥爭下去，分別負責的自然都忙起來。這個年我本打算是到砦子上一個農家去過的，一定更有意義。因為這幾天喉痛咳嗽，砦子上用水極不方便，就只好放棄了。其實到砦子上去和那十幾戶農家住戶談幾天話，是極有好處的。我什麼都得學，學得愈多愈好。我住的是中隊部，也即如軍中的指揮部，不算是土改戰鬥前線，因之也可以說沒有和土改戰士一道，沒有和農幹一道，小組中種種是明白得不甚具體的。但三個月來，可把環境中人大都熟悉了，不同的人和靜止的土地背景，大都熟悉了，理解這個是有用處的，特別是我的工作，談理解，實離不了人和土地，更離不了兩者依存關係，以及許多人因情形不同而動的不同問題。這些事文件上說得不具體的，即說也對於另一人無多用處的。文件上雖大體已提到，但是因地方情況不同，也隨之而不盡相同的。熟悉了些還近乎在自然狀態下的老幼，可以用來和在變動中的人事比較。中隊部是獨家村，所以大夥人趕到區裡去過年，吃了頓有魚有肉的飯，兩頓麵，負責的人趕到縣裡作報告過年夜去了，天氣還老早，區中年輕幹部就在院子中下棋玩乒乓球。一切靜靜的。街上還有半天場，和龍街風俗一樣。鄉下人都趕來追辦年貨，這半場魚的買賣格外多。似乎還包含了漢代以來「樂有餘」意思。賣魚的卻換了些橘子、米糖回去。到了午後，百十戶鋪子都關上鋪門，大街上就已冷清清的了。我一個人跑到場頭場尾小茅棚去看看，和七、八戶貧家老太太談了好一陣，每家都在辦年夜飯，且有幾戶是軍屬，柴門邊貼得有毛主席和總司令像。有個賣熱豆腐的老太太，正在臨街炒雞雜，別家小女孩為一個破魚，高興得很。這些人家多照老規矩，大都還照顧了一下香燭鋪，燒了點香燭，盼望大小平安。鄉場上有三分一鋪子兼賣香燭，可知過去一時生意必相當好。試問問一個老闆，就說「這怕是最後一回生意，過了年，得想辦法改業了」。看看幾個夥計還在用小鐵月牙釘鑿紙錢，承塵閒架子上還掛了十來對半斤重大燭，可知主顧雖已不多，生意還像是有點欲罷不能。全場上只有三家茶館和獨家小理髮館生意，一直延長到晚上。

我到處坐坐談談，隨時隨地也就用「北京同志」身分宣傳了下國家當前和明天。如走方郎中，什麼都談，談得個不亦樂乎，最可惜是隨身不曾帶得幾十個照片。由輪船、火車、天安門，到內江縣便民場的甘蔗、白糖、蠶豆醬，一面教育一面學習，從這種談話中，最大的發現，是我倒像個宣傳人員，真做到了「永無匱乏」地步。特別是對他們本質上的愛和理解，在溝通人我情感上，比起一個小學教員，和一個年輕政工人員，似乎要得用得多。如果區裡能配上那麼一個聯絡人員，中央和人民之間，要舉辦點什麼新事情，一定便利得多。但是要訓練一批這種聯絡人員，可就不免有些困難，怕不大好找！

場子上中心小學，也正集合了八十個教師，正準備在土改進行中辦冬學，配合土改工作，不是件容易事。好些教師都只十七、八歲，有些人可能中學還未畢業，教的如果是史地，有許多問題都不易解決，又極少工具書可以參考。平時也少有機會看到大都市報紙，四川以外事情大都還模糊，國際情形，國家情形，大學情形，甚至於土改情形，和土改對於社會長遠意義，都還濛濛糊糊，理解得不深。字典、生物生理掛圖、合用地圖和歷史圖表，都感缺乏。但既在工作崗位上，一天就得忙下去。惟其準備如此簡陋，客觀條件如此困難，加之在這個時代過程中，或由於情緒思想，或由於實際情況，大都還不免有些無可適從的心情，更令人對他們目前工作任務，及對地方所負的責任，感到同情和異常莊嚴。因為不管如何，農村下一代的發展，還得通過這些人之師的教育而長成！也因此更覺得應當要想辦法為這些朋友打打氣！幫一點忙！有些學校在設備上言來，可以說什麼都沒有，而教的恰恰又是什麼都得知道的小學各科，想想看多困難！如何來提高他們知識、常識、興趣、熱情，實在是件大工作！政府雖在處理，但求滿足這麼多教師迫切需要，還是不容易，不好辦。有不少看過報紙上史瑞芬事蹟的，年輕的心中，未嘗不有「見賢思齊」的想望，可是個人單純的忍勞耐苦，還並未能解決問題的！

初一大早上，我又到街頭街尾各處走了一轉，看看這鄉鎮年景。好些人都換了乾淨衣服，老太太多坐在門前小凳子上。沒有賭博，沒有放炮，大小女孩子多在踢毽子、跳繩。這個場照過去習慣，正月初一滿場都是賭桌的，四鄉人也來賭，昨天在個小茶館，還聽到陌生茶客為說過去年時煙、酒、賭、娼，種種熱鬧情形，和鄉保地主在這種時候稱豪瀟闊氣風氣。由那個茶客口氣說來，大有開元天寶盛世難再逢感，可知過去也必然是豪客之一員。聽窮人說來，沒有賭可真少害死許多人！因為一賭輸，場子外四鄉半路搶人的事，也多起來了。懸樑跳堰塘的，也多起來了。毛主席共產黨來了，沒有賭博，清靜。

隨後即帶了抬土工具去掃墓，是去年有廿八個工作幹部在這區公所中被殘匪包圍後犧牲的人，掃了一整天。土改幹部、農會中幹部、教師、各村群眾到時都來了，大家壘土到墳上去，還紮了些白紙花。集合各色武器，十來枝槍向天鳴了兩排槍。小村子還來了個龍燈。大家繞著那一長列……墳轉圈子，有個洋鼓聲音啞啞的，鑼也破了……熱鬧得很，也寂寞之至！犧牲的人有北來解放軍區長，有學生幹部，有本地年輕男女幹部，有軍大畢業區幹部，一切和目前人員配備相差不多。

掃過墓，我們廿個人回到區所，一個副區長宣布再集合，把武器一集中，重新分配到幹部身上，即出發到一個村子裡去捉匪特[8]，趁新年去來個湊手不及。不多久，果然就甕中捉鱉，把個逃亡漏網二年的壞鄉長，從一個人家樓上衣櫃中清出來了。去捉人的有黨團員、北來的中學教師、本地小學女校長、統戰幹部、副區長、區文教、法官、師範學校出身的女幹部，和臉龐紅紅的勤務員。這麼一個隊伍，把五個犯人捉回時，走的道路全是和我們住呈貢由烏龍浦到龍街子一帶的田坎路，到處有油菜花黃成一片，有大青菜綠得出油，有穿換了毛藍布衫子、包白頭巾的農民，三三五五預備上場看戲。場上小街也正是許多人擁擠時，忽然看到一群工作人員捉了一串回來，實在是太戲劇性活潑熱鬧了。但是鄉村年景的靜，還是統治了一切。因此一來，似乎反而還格外顯得靜。特

8　匪特，意指國民黨特務。

別是把那些東西捉到子公所等待訊問時，院子中靜極。

大約三點左右，我獨自先回了村子。一路上都是各村子裡上鄉場看戲的人，一路上都有相識的農幹和孩子們打招呼。平時有些女武裝，送信上路總還佩了把刀，今天已不帶武器。老太太和孩子們對於看戲可格外興奮，老的一生實看不到幾回戲！沿路就有人拉我回去看戲！天氣晴朗朗的，猶如北京四月中，一上路，且覺得有點懊熱，還可看到下田耕土的人，趕初一破破土（為土改，許多人把生產全擱下了！），我就沿路拜年一路問莊稼，或蹲在田坎邊談胡蘿蔔甘蔗，當成新年課學到了家。土地正盼雨水，已一個多月不見雨，有莊稼的都不免有無可奈何感。因為山上地土薄，晚下種的豆麥都已不大濟事，田中雖貯有水，可不能救山旱。大家為春荒不免發愁。回到盧因寺腳下山村時，正有個老農扛了個長柄蝦撮下田撈魚，神氣和夏圭山水畫中的漁人一樣，腰彎彎的，一月來田中魚打得已差不多了，大致因閒在家中受不住，還是出來碰碰運氣。我們自然又是一番交換知識，由打魚到機器犁，事事不離明天好光景！還預猜二年後會有東北的豆餅肥料上到內江的甘蔗田中。回轉住處時，約四點半。大院子中空幽幽的，陽光照在院中幾個曬乾蘿蔔的大簸箕上，給人印象極離奇。完全和三十多年前在茶峒城裡一個人家門前情景差不多，幾隻雞的神氣，也還像是十分熟悉的。特別是一種靜靜寂寞的空氣，支配了全院。空氣極離奇，即在面前的一切都極真實具體，一切又若並非確有其事，一切在當前若和個人生命離得極遠，但以後卻反而十分貼近。最特別是天氣，日長如小年的沉靜，我太熟悉了。我就在如此天氣，如此空氣，如此地方，如此過了一個年！生命完全單獨又如和一切十分親切融和的同在。雖完全單獨，卻因為三個月的住下，這麼一個地方，這麼一些人的哀樂得失和永遠存在的農村寂寞，都一同浸透了我的生命。四月前，要理解這種種，幾乎是不可能的！到了這來後，即再過一年二年，要忘掉這一切也是不可能的！試從大門外小塘邊望望，盧因寺古城堡，和堡子那幾株大青樹，正浴沐在明朗溫和陽光下，屹然聳立，似乎是個有生命的事物。遠望成一片一線的黃色菜花田，和做成種種綠色行道的豆麥田，卻裝飾在堡子下一層一層山田間，和附近大片豆麥田做成的綠原相交錯。就在那麼一個錦繡原野下面竹林子中，一星期前即還有大小約六百地主，成串成堆的捆在那裡等待過關，竹林子盡頭處糖房背後，就進行過三千群眾大會，把一個在本村霸道十年的保長蕭四爺，當場結束了。這時節什麼都不見了，似乎事情已過去了多年，大家都忘記了，我曾經監過工的大戲台，已經不知在何時早撤去，只剩下幾個柱子空零零的撐在空中。竹林子有個婦女和三個小孩子在扒竹葉做燃料，按規矩，大致是地主家中人，才在這個時候出門找燃料。到處還可見到些人在動，反而格外顯得地方沉靜。正猶如過去熱鬧過光景統統成為過去了，什麼人都不想保留也不能保留，未來卻尚在半路尚未來到。這是歷史轉折點上一個唯一的元旦，到明年，就絕不會是這樣的了！小路邊青菜生長得十分茂盛，初來時卻不過如一簇簇豆苗。這一百天我真正讀了一冊現代史，雖然記敘的不過是一個小小村子中的一章，但是這一章可真是不平凡的一章！即零零散散敘寫出來，也是歷史！

一般農民心情，目下都等待落雨，分田，分果實，分住處。等待舊的時代結局和新的生活開始。從政治上看，對農村問題言，土改完成只是建政開始，有一大堆任務教育要準備，都得通過區裡那十幾個年輕幹部和每個村子中的農幹來推進，來完成的。土改工作同人一走，村子中是種什麼情形，有些方面是可以想得到的。許多老太太和小孩子恐都不大習慣，有好些日子不習慣。可是沒多久，也還是要成為過去了。年輕的人將必然為一切新的工作而忙，然而廣大地面卻是沉靜統治了白日，壯稼慢慢的成熟，「北京同志」漸漸成為一個名詞，流傳到大小本地人口中，孩子們長大了，……

今天已初三，如果諸事能如預計安排，或照〔朱〕昭觀報告說的，北京同人無論如何得在四個月內返京，那麼，這個信寄到北京時，我們可能正在忙著打包，辦交代，要和這個可愛地方和一大群可愛的農民朋友道別，準備要回返縣裡總結工作了。本說十五左右，現在估計可能遲到廿左右得到重慶。月底是否能趕到北京，要看領導決定！這四個月的工作學習，就知道的說來，似乎還少得很，也不深，不細，且不能作報告用。但是從人事的變動方面如何和土地的靜止相結合，我認識的似乎還有用。對人民革命和土地革命的歷史言，能記載下問題來，就有用。對個人言，則是一種真正教育！因任何時節都沒有和這次下鄉一樣，用的是一種極端嚴肅的心情來接近每一件事，和注意到每一個人！

盧因寺山上有面大鼓，有口大鐘，過去是為菩薩準備的。幾天來每到村中開大會召集群眾時，就鳴鐘號召。我已聽過多次鐘聲。這個鐘的致用意義，過去可說是唯心的，現在可純粹是唯物的了。

從文

致張兆和

一九五二年二月九日　內江

叔文：

一切都在計畫中而動。工作隊同仁，即從農民代表中種種矛盾裡，尋覓、發現，將田土數字提高，從各個分子和彼此之間的思想鬥爭發展中，進行第一步的自報公議查田辦法，準備下禮拜的分田工作基礎。工作已入高潮期，全個院子樓上樓下，各處是爭辯，各處是質問和責難。直實一點說來，即「個體利益」和「群眾平均思想」在戰鬥。和鬥爭地主有截然不同的情緒，而比之更見出不同「激烈」，因取捨間可充分看出農民性的特點，也形成農民型的意識形態。如沒有參加這個工作，單純從文件上學習，由農民調查報告到最近土改文章，可以說，全是看不懂，懂得也極不具體的！《實踐論》知識三步驟為：相信——情感的，承認——理性的，實證——身預其事。三者合一，方為對於某一問題具有知識或認識。關於土改的意義，和它在明天將來發展中，對於國家所做成的歷史重要意義，要理解它，的確是只有身預其事，才可說稍有理解的。這段工作一過，再過一禮拜左右，我們可能就得離開這個村子、這一群人民了。照一般工作同志說來，時間已不為不多，不為不深入。比蕭乾上次到湖南十倍多日子。若照我對於這工作和將來的意義說來，和一切人事還未免接觸得太粗淺。想就這回工作提出些問題，表現些問題，解釋些問題，處理些問題，都還不夠，需要更長些時間和更深入細緻些，和這個在發展在生長的群眾接近，才有可能把工作做好！我們住呈貢鄉下八年，雖在生活上和當地人近於完全打成一片，但是卻如在一種不相關的自然狀況下共同存在，彼此之間的榮枯哀樂，是不相通的，是在完全游離情形中過日子下去。雖前後將近八年，還不如這次三個月裡相互熟悉。在這裡三個月，差不多每一次集會，每一個段落的工作，影響到村子中人是什麼情形，都有反應，又都要從這個群眾意見反映中來準備下一回工作的。下小組的同志，且必須知道每一個人的問題，真不是簡單的事情！我還應當綜合知道許多人、許多事，可是時間還是太短了。真的說知識，還要從一些新的學習上來注意，來補充。這三個月時間，只能說是初一步學習把自己稍稍穩住罷了。也是從這種學習中，才深一層明白文藝座談所提「普及」和「面向工農兵」，「為工農兵」的重要性。我們有將近四萬萬人民，生活情況和知識水準，大致都還是和這裡村子中的各階層農民相差不多。特別是青年農民，都是從土改起始，在國家有計畫教育下生長培育的，他們的當前和明天，顯然是要影響到國家向前發展方式，和對於世界共同幸福的！一面是問題那麼重要，一面是如何產生有教育意義的文學作品，還如此少，領導教育還處處在摸索中，我倒覺得有義務待盡，即來寫幾年在各方面生長的東西，而在工作中，且永遠是從理解這個生長的東西，如何來重現的問題著手。實際上也是在工作過程中，我是個可有可無的工作人員，但如何認識問題，從一般性問題上抽出典型的人和事，好好的重現他，才真正對於國家有意義，而對於個人改造為必需！

今天已九號，得見一月廿八日去信。我信寫得稍長，因為除做工作筆錄，不另記日記，這些信正可以見出在工作過程中一些印象和一些影響。這次到鄉鎮上開會已四天，今天下午才從場上返回村子裡，這一禮拜是最多事的一階段，大致已不能再寫信。在這裡有四份報可看，重慶的《新華日報》和瀘州《川南日報》，都常先把北京三反消息和重大事件轉載，所以知道的大事件還多。回京時，大致還可在內江、重慶、武漢看到三反中一些重要舉動。這種事，是有極重要良好作用的，可說在歷史上也是偉大空前的，特別是知道國內各方面的情形時，更會覺得國家這種措施，值得永遠擁護。

南行通信

這裡選編了一九五六至一九五七年作者三次南行中的部分家書。一九五六年去上海方向，是以北京歷史博物館文物工作者身分的業務性出差。一九五七年去上海，以及一九五六年冬去湖南，是全國政協安排的視察活動。在相隔廿二年後，一九五六年作者有機會再度訪問了湘西的家鄉。

雖然身分早已變了，他往往不自覺地思考文學方面問題。

致張兆和

一九五六年十月八日　濟南

兆和三毛姊：

我們上車時幸有余庠同去，不至於為行李弄得拖拖沓沓。車廂黃黃的，一排共五人，分兩段。座位不怎麼擠，更難得的是沒有人吸煙，也少有人「放炮」。八日上午二時到德州，車停下來不再動，本應當上六點到濟南，挨到十一點左右才到。路上雖多挨了時間，可是由德州到濟南一路天清氣肅，可看到大清早莊稼地爬梳得整齊如畫，許多人在田間用牛耙土，實在動人。過黃河也看得十分清楚，真是幸運！十一點到山東博物館辦事處，住在一座小樓上，窗子外是一座教會樓房，院子中樹木蕭疏。我們很像兩個新來的修道士到了一個修道院，十分像！打量住五天再過南京。

中午到文管處拜訪一張老先生。後來到一第幾合作食堂吃飯，清清爽爽的。又到「人民公園」，雖然也有許多人圍在一些年輕猴子住的櫳子邊，彼此互看，也有人推小娃車在樹下，也有搞對象的在樹下默默的排隊散步，也有芍藥花壇，就只是地方太小，容納到三千人民時，大致就應當叫做餃子公園了。

濟南給從北京來人印象極深的是清靜。街道又乾淨，又清靜。人極少，公共汽車從不滿座，在街中心散步似的慢慢走著，十分從容。房子似乎都經過日本人改造過，低矬矬的看不出舊風味。小小的，一排排，都用紅磚砌成，許多房子都應當名之曰「小洋房」，住的大都卻是中國人。在這種房子堆堆裡，卻有幾座建築格外顯眼，一是電影院，似乎極力求人承認是「民族形式」，我們還是不承認。因為用紅磚，形狀和護國寺勞動劇場差不多，卻大

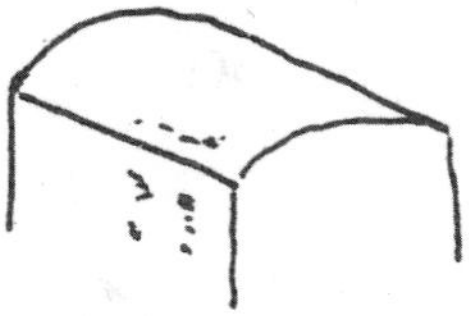

山東劇院

過一倍，前面有大紅柱子四根，大致連建築師也不大明白這柱子會紅到這種不調和程度是為什麼！其次是山東劇院，前面如一大牌樓，威嚴堂皇，後面卻如這麼一個大圓棚，作深灰色，大致也是出於建築師意外不好看！第三是一個綠琉璃瓦頂龐大建築群，有許多房子，前邊還有大照壁一，高桅二，後樓一座則彷彿宋人畫的仙山樓閣。四圍長牆又高又結實，路是石板路，這才真是民族形式！就是博物館現在地址。外表令人滿意。這房子誰也猜不出是誰做的，又是為誰做的。問才知原來是卍字總會機構，廿世紀道教回光返照的最後一座建築！照過去一個熟人說來，他們的祖師是專說笑話的濟公，信徒每日必默禱，默禱對象卻是熊希齡。真正是誰也意想不到的事情，和搞近代史的人說，人還不相信的。

濟南住家才真像住家，和蘇州差不多，靜得很。如這麼做事，大致一天可敵兩天。有些人家門裡邊花木青青的，乾淨得無一點塵土，牆邊都長了莓苔，可以從這裡知道許多人生活一定相當靜寂，不大受社會變化的風暴搖撼。但是一個能思索的人，極顯然這種環境是有助於思索的。它是能幫助人消化一切有益的精神營養，而使一個人生命更有光輝的。

現在已黃昏了，窗外樹影逐漸模糊，對窗那座灰洋樓靜靜的，只有二、三處小窗口燈光照亮，更加見得幽靜。照理這裡望到的應當是一些年輕白帽黑袍的女尼，或白衣白帽的女護士，總之，看到這些人從對面樓下走出，在院中幽幽的說點什麼，窗中的一位充滿了抑制不住的熱愛，卻抑制下來，是常情，是常態。如在此時此地，什麼也沒有見到，只能聽到遠處有不好聽刺耳音樂連續……你說怎麼辦？沒辦法，聽下去！不過最好還是聽聽別的音樂或女尼對話。天色雖黯下來，還有一片明藍。月影子從疏疏樹葉中透過，真是好情境。如有一點鐘聲代替音樂，我就更像修道士。

已經開始覺得累透一身了。我們只有如年輕修道士一樣，看夠了這一切時，躺下睡去。明天一早將去拜會幾個老先生請教。大致住四、五天就去南京。天氣真美。凡事放心！

從文

十月八日下七時

致張兆和

一九五六年十月十日 第二信 濟南

晚 第四

兆三姊：

今天在風雨中上了山，不知什麼山，只是慢慢的上到高台地罷了。到處是新建築工程在進行。我們到了新師範學院，四個助教陪我們看了文物室兩點鐘。在風雨中回到趵突泉吃中飯。飯後二點起始看「山東博物館」，在十來間大小房子中繞來繞去，經過三點半鐘，才離開。看了許多也聽了許多，還準備明天再看。如機會許可，後天再看庫房。直到如今，還不曾玩「大明湖」找白妞黑妞說書處拜訪一番！看情形，大明湖只修廟，不說書。還是得看看。其實帶點三秋衰落光景作詩本不妨說說，但不作興說，什麼好詩也沒有了，只有讓一塊紅布做標語牌展於碼頭邊，代替一切。回到住處時已六點，才知道累到一個程度。樓下正有音樂齊鳴。附近醫學校許多學生剛放學，許多著白衣的女孩子，快快樂樂的一隊一隊從我前面走過。記得但丁在什麼橋頭曾望見一個白衣女郎和她的同伴默默含情的走過，我估想在學校附近，也必然有這種未來詩人或第一流大醫生，等著那些年輕女孩子走過，而這些女孩子對於那一位也全不在意。還有另外一種情景。今天上午到師範學院時，正值午課散學，千百學生擠著出門上飯堂，我們在這些年輕人中間直擠來擠去，沒有一個人認識，也極有意思。因為即「報上名來」，也還是沒有人明白你沈某是誰，做什麼事，正和傳達門房差不多，望望不相識，一開口即問我是「幹什麼的」，我說「什麼也不幹」，他卻笑了。必須遇到好事的，才問問「客從何處來」，聽說從北京來，也只是懷著一點點好奇神情，望望上下。可能最引起注意的還是我腳下一雙學生鞋，證明和他們大夥「是同道」，因為許多人也穿著這麼一雙布鞋子。如果聽說是巴金，大致不到半小時，就傳遍了全校。我想還是在他們中擠來擠去好一些，沒有人知道我是幹什麼的，我自己倒知道。如到人都知道我，我大致就快到不知道自己究竟是幹什麼的了。在年輕學生叢中被推搡著時，我看看面前許多女孩子，都和你在中公時同學差不多，可沒有發現什麼「小黑貓」，但是倒發現了……或證實了另外一件事情，長頭髮同學當真相當多！無怪乎鄉下中學教員，總居多是頭髮長長的！有些人頭髮長而上豎，如戴勝一般，絕不是無心形成，還似乎有點時髦味道，大致平時必有什麼名教授也這樣，相當用功，所以弟子們不知不覺也受了點影響。這裡有一種淳樸之風流注，很可愛。我說的是包括了戴勝冠式的頭髮和其他一切。

我們今天看了《流浪者》，上下兩集，分別買票，看完了出門再買票，小孩子一定覺得有趣，因為剛從前門進去，旁門出來，又從前門進去。大人也有些因為反覆而感到趣味，不然不會常作冗長報告！院中座位和燈光都還好，比大華像樣一些。電影場面和末尾結果有點美國味，主要怕是向美國找主顧，要觀眾。毆打、跳舞、審判、結局都如美式。又是用刀！印度人相當聰敏，用到電影企業上，不走美國路線，將是奇蹟！但無疑會突破這個限制，做出真正印度民族形式電影的。

回來時已九點，約有二里路，一路上全是醫學院學生。只聽他們談文學，說小說作品技巧，說了許多，聽來真有意思。這些年輕人大致和我們小龍小虎差不多，他和他們同學也是這樣子。我好像是這些人的父親一樣聽下去，覺得很有意思，也是一種享受。我想起三十多年前在城頭上，穿了件新棉軍服看年輕女人情形，我那時多愛那些女人！這些人這時也許都做祖母了，我卻記得她們十五、六歲時影子，十分清楚。現在這些女學生，我看過幾回後，也常常好像對□□有興趣，只想看她們怎麼做愛，怎麼鬥氣，怎麼又和好。其中有肥嘟嘟如蕭╳太太的，有乾癟癟如姜什麼的，有長得極美麗，說廣東話，我猜想她一定是學牙醫，很願意將來在什麼牙醫院再見面時告她，什麼一天她們在瞎談文學，我卻一個人在瞎想。我一到寫什麼時，就似乎還和一個廿歲的人一樣，想起在青島小松林中時那一對小毛兔，好像還在等待著我們去看牠們。其實那地方或者早已成新住宅區了。儘管成住宅區，那林子中一切我還記得。人的記憶和想像真是一種奇怪的東西！試到什麼圖書館去看看，屬於文學部分的作品，汗牛充棟的作品，差不多全都是「記憶」和「瞎想」結合產生的東西！也許除文學外還能產生別的什麼，惟絕對不能產生睡眠，因為一「記憶」和「瞎想」，睡眠就被趕走了。

天氣已轉晴，相當冷，我的小棉襖已上身。

從文　下十點

致張兆和

一九五六年十月十二日　第二信　濟南

第七，十二晚　濟南廣智院小樓上

兆和三姊：

氣候晴朗，正是遊山玩水的季節，千佛山正值什麼廟會，我們還是在博物館工作。

今天我們又看了一天東西。從庫房看到陳列，聽庫房中一同志（上午）和說明組另一女孩子（下午）說明內容。學了許多事事物物，尤其是明白地志館當前問題，房子問題和文物鑑定問題，說明人員問題。明天這個時節，我們可能正坐在車上，沿著泰山山腳前進。明年如方便，再做登泰山打算。其實倒應當看看青島一切設施，特別是歷史國文教學和實物配備的設施，但是時間不敷用，也只好作為將來看去了。明天下午五點開車，後天上午可到南京，在南京大致得住五天左右。主要是看南博。擬在蘇州二、三天。上海或可多住幾天。正是秋高氣爽的季節，可是我們卻因為工作，每到一處至多可抽出一天半天看看社會光景。至於工廠等等根本不可能，因為沒有特別介紹信件，是不可能看到這些的。上海或許可從某些熟人介紹看看別的東西，真的要看還是待政協視察時方便。不過大夥兒走動，也有另外一種好處，可多看。單獨走則容易細看。我想明年如可過蒙古看看也有意義，名字似乎遠，交通其實近。這次受時間限制，不然向四川走，一定可知道許多！一出門就明白必須多看看各方面的成就，和在進行的工作，待進行的工作，才是道理！

夜已深，一切靜沉沉的，只遠遠的不知什麼地方有鼓聲遙遙傳來。這些鼓聲可能是從一些充滿高興的人手打出，可是在這小樓上聽來，卻總像是有點隔世之感。窗口恰恰是那一彎新月，鼓聲繁密充滿一種幼稚單純情感，很奇怪，愈響，我似乎愈和它離得極遠。我想起在四川土改時，曾有個小胖子背了一面鼓，跟著為我扛槍的農會主席身後，我就那麼單純的打著鼓，跟隨他們一道去沒收地主土地。走了一道又一道田坎，終於到了那個人家前面，才大擂一陣完事。現在鼓聲可能是另外一些人正在進行另外一些事情，就他個人說來，不過是打打鼓，就社會發展來說，也正不下於土地沒收，是歷史上一件大事情！

前幾天到一個民眾市場時，走了幾轉走到一些說書處，一共五、六處，有的全場子不過坐下十來人，有一部分可能還是相熟人來捧場面的。在台上有個中年婦女，憔悴面容，穿一件青布長袍，雙手舞著在那裡說故事，十來位聽眾就有打哈欠的，但是說書的因為見有外人在聽，還更加有精神的說下去。台上擱了個小笸籮，一定是到半場時斂錢的。今天又到個「大觀園」，和東安市場差不多，縱橫許多小街，還有四、五個戲院分布在周圍，好幾十家館子都乾乾淨淨。使我們發生興趣引起注意的，還是一排五家出租童書的小鋪子，有好幾十位大小讀者蹲到地下看童書，燈光黃黯黯的也不在意。還有母親帶孩子看的（圖書館主要讀者大致也是看這類書的，因此曾另設兒童閱覽部）。滿牆滿架子這種書，都翻得髒髒的，可知已過了多少人的手，許多人的文化知識，是從這些巴掌大連圖帶字的故事書中得來的！還有些軍人在看！才明白火車上為什麼每一座前都有一夾一夾的童書，供乘客隨意翻看，原來要它的還不止小孩，很多大人都要看看遣悶散心，很多人還從這書上受教育，取得做人勇氣和信心！

我曾試翻翻看這些書，有畫得極壞的。有各種不易設想的故事，也有許多舊小說故事。也有科學簡說，圖多亂亂的，畫得不怎麼好。英雄模範事情，也有畫得還好的。總之，這是最有讀者的著作，將來讀者還要加多，銷數如處置得法，銷數不止是一百萬，起碼應當是五百萬。不過寫它的人也需要大勇氣！因為會寫文章的人，如不遷就習慣寫法，是得不到成功的！

從文

致張兆和

一九五六年十月十三日　濟南

第八，十三早　濟南廣智院

三三：

早上鋼琴聲音極好，壯麗而纏綿，平時還少聽過。聲音從窗口邊送來，因此不免依舊帶我回到一種非現實的情境中去。總像是對某一些當前所見、所感……要向誰嚷叫：「不成，不成，這樣子下去可不成！」嚷的或許是面前具體事件，或許只是所見到的一種趨勢，或許是屬於目前業務部分，或許和業務不相干的一點什麼。琴聲愈來愈急促，我慢慢的和一九三三年冬天坐了小船到辰河中游時一樣，感染到一種不可言說的氣氛，或一種別的什麼東西。生命似乎在澄清。我真羨慕傅聰，在他手下生命裡有多少情感、願望，都可變成聲音，流注到全國年輕人心中，轉成另外一種向前的力量！這種轉移再也沒有比音樂來得更直接、純粹而便利了！定和不知為什麼學了廿年音樂，卻放下了使用這個工具的權利，來搞普通地方戲。這算是一種什麼打算！他不知一個人一生能作三五個小曲子，就比搞一生戲劇還有作用得多。我總覺得目前「戲」只是一種娛樂，人家注意的是故事，侷限性極大。而且一個十分成功的戲，也隨時都可為一個極平常的新作所替代，正和一個名演員隨時可被個後生小女孩所代替一樣。至於一支好曲子，卻從不聞因時地不同，而失去它的光彩。假若它真有光彩，就永遠不會失去。只有把它的光彩和歷代年輕生命結合起來成為一種力量，或者使一切年輕生命在遭受挫折抑壓時，還是能夠戰勝這些挫折抑壓，放出年輕生命應有的光輝。總之，它是力量和崇高願望、純潔熱情的一種混合物，它能把這一切混合或綜合，成為一種嶄新的東西，在青年生命中起良好作用，引起一切創造的衝動，或克服困難的雄心。在老年生命中也可喚回一切童年生命中所具有的新鮮清明。真是個了不起的東西！

記得一九三一年這麼一個天氣，我一個人走到青島那個（福山路？）高處教堂門前，坐在石階上看雲、看海、看教堂石牆上掛的薜蘿，耳聽到附近一個什麼人家一陣子鋼琴聲音。那曲子或許只是一個初學琴的女孩子所彈，或許又是個如「部長太太」那麼「嗲」的女人彈的，都無關係。重要的是它一和當前情景結合，和我生命結合，我簡直完全變了一個人。我只想為人、為國家、為別的什麼做點事，我生命中有一種十分「謙虛」，又十分「自信」的情緒在生長。它在當時雖若十分抽象，但反映到另外一時卻極具體。在學習中和寫作中，都會發生極大的影響。也許因此愈來愈不像現實，或生命中總被「不現實」那一部分支配，生活永遠陷於敗北狀態。可是不妨事，因為「謙虛」和「自信」還依舊存在。謙虛可以推進學習，產生不易設想的一種學習鑽研熱情，自信卻可從一切工作中通過困難，見出工作的成果。也許始終是敗北，可是敗北的是人事生活上的一面，應當還有另一面和好音樂一樣，永遠能有光輝的！

我們下午又到館中去看看。後來聽說千佛山有廟會，因此趕到那邊去，原來和趕街子一樣，有萬千人在登高！山路兩旁，是各種各樣的地攤，還有個馬戲團在平坡地進行表演，喇叭嘶嘶懶懶的吹著，聲音和卅年前一樣！還有玩戲法的，為一件小事磨時間，磨得上百小觀眾心癢癢的。賣酒的特別多。此外還有賣籃子籮籮等日用品的，可知必有主顧。真正最有主顧的是成串柿子。山路轉折處又還有好些大籃子的，籃中作撲鼻香，原來是賣燒雞的，等待主顧登高飲酒吃用，一定也有主顧。只是作詩的怕已極少。路旁還有好些茶座酒座。學生還排隊吹號擊鼓來玩，一般都有小龍高大，看樣子，還很興奮！馬路一直修到山腳邊懸崖處，崖上石佛其實都不怎麼好看，欣賞的還是萬萬千千。更多的是從小路爬上懸崖直到山頂，人在高處和小螞蟻一樣。我們因時間迫促，只在崖前下邊一點，看看遊人已夠了。只買回一件藝術品，最欣賞的大致只有小蠻父子，費錢五分。

致張兆和

一九五六年十月十八日　南京

白天大街上也靜靜的，給人印象相當奇怪，主要是街寬行人少。可是和濟南的靜大不相同。汽車上更容易看出，上車的多有些攜帶，或是三幾個孩子，或是籃子提包，全是家務人樣子。孩子坐車比北京不同，一般已成習慣，搖來搖去到了站，下車後大約還得走好一段路。保母作合肥、江北口音的不少。一般三、四十歲的婦人多瘦瘦的，眼小小的，見出血氣不足，血氣枯竭的樣子，手中必提個包包或籃子之類。廿到卅歲女子，面目也多呈營養不足或肺病特徵，總像是骨肉發育不平均，肉少骨多，顴骨突出，耳根枯焦，眼目無光，髮枯不潤。吃東西必有關係。早晚吃的份量雖不少，營養卻不多，這是主要原因。有些來自鄉下的，臉寬寬的江北型姑娘，到廿四、五歲後一生育孩子，即呈一種初期枯槁相。這現象在濟南看不出，南京卻明顯。我估想和飲食方法種類必有極大關係。婦女多參加重勞動，如拉大板車，惟還未見到拉三輪車。可見求生之不易。

初從北方來的人，最容易得到一種印象，是一般人說話聲音都極大，和吵架一樣。到處都可聽到相吵，其實是說話。不大習慣是在車上，說話聲音有時如彼此競賽。在博物院陳列室，也大小競賽，真正做到百家爭鳴的情形。但如此一來，想要靜靜的看才理解好處的東西（例如字畫），只有在百家爭鳴情形下看去。特別不習慣的是一些觀眾在院外大屋子吃菱角，滿地是菱殼！這些學生的教育，或有待改善，也能改善。只是大聲的帶著爭吵情形的說話風氣，怕不容易改善，因為似乎是一種風氣、習慣，積累多年而成，且十分普遍。

南京的道路十分寬闊平直，道旁樹多用法國梧桐，入秋葉子黃黃的，蕭蕭疏疏，相當好看。只是街道過闊，打掃成為問題。打掃不夠，不免灰塵撲撲。大電影〔院〕門前總是有些糖果紙張或其他殼殼蒂蒂之類。

我們因為忙於談話看材料，可來不及玩，特別是我，只是把去孫中山陵和明陵等放棄了。

衣洗得乾淨，託人洗，五分一件。這裡盥洗設備比北京大飯店還強，毛房是「洋」式，整整齊齊。只是乳白漆門上擰紐附近多積垢，約一寸左右，我悄悄的擦了兩次，就弄得乾乾淨淨，和其他部分差不多了。年輕人都熱心工作，可不甚明白愛護自己工作的各種東西。

這也是不可免的，因為也得教育。南京和濟南三輪車都很好，分段計價，上車即行，不必討價，到時一算付款。不過濟南似比南京貴些，計人算錢，不是計車。因為三輪有單雙座不同。南京只雙人座，計車論錢，坐一人或兩人不問。一般車身多相當新，行動敏捷。另外還有馬車，多載運雜貨。三輪貨車用竹板作架載運貨物，如北京式三輪貨車極少見。或許因為路有高低，竹板三輪不大相宜。或許好處還未為人發現，致未推廣。一般由江邊搬運人城貨物，多用三人拉大板車，前用縴帶，後作推式前進。還未見送小兒上學上托兒所之小兒車，還未見送牛奶之板車，還未見如北京一樣那麼多各種新式汽車。

街上除新搭過街牌樓，什麼大機關商店也搭紅彩牌樓，裝飾多不大美觀，只像是本單位事務人員照例辦公而做，因此有些略顯敝舊。到處都可見宮燈，以太平天國陳列室而言，上用淺綠麻布，下用國旗紅布，另吊些黃色鬚鬚，試想想，掛在堂屋中心，能不能叫做好看？

我想說它不大好看，比較切合事實。

致張兆和

一九五六年十月廿三日　蘇州
晚

看了一天陳列，在出土部分看到的東西，才知道不出門眼目之閉塞。許多東東西西過去都是看不見、想不到的。這裡的工作同志，即或已把東西挖出來，也還不知道它豐富的文物歷史知識，對南中國文化知識具有何等重大意義！有百十種東西，都是極重要的。

昨晚到五弟處和你媽媽高乾乾等談笑了一、二小時。東西已一一分送。你媽媽是紙一卷糕二盒。別針當時即佩上，兩女孩用蘇州話說，高興哉。提籃小五哥說「正想要」，真是來得合時候。不過我們到百貨鋪時可看到極好看的，只一元多點點！送小五哥糕二盒，另加蘋果四斤。高乾得到手巾時只是謝謝，最好禮物還是大家談笑，用你和龍虎等為題，用宗和及其他，說得一眾（或群眾）哈哈大笑。他們都說你最好來住住，我卻想住三五天或還有意思，住下去可當不住，地方小極了，見聞窄，報紙還和十六年前相似，一把園子看過，恐和小虎看電影一樣，「要回家了」。地方儘管從各方面在努力，繁榮已成故事。因為再不會是二百年前或四十年前情形！地方的文化程度相當高，儘管成千過萬小市民，在觀前各種小吃鋪糖果鋪吃、喝、嚼，有些人似乎每天那麼辦，名分上晚飯只吃稀粥，事實上卻到觀前來消化其他雜物，文化還是比北京小市民高。學什麼總是極快就會，只是無什麼可學，不免糟蹋。刺繡業大致還得大大發展。目前說來，食品消費業卻比國內一般省會都市大得多！上街去望望，老的、中年的、青年的、小的都有一面走路一面在進行工作事情。到處是小吃店和糖果鋪。觀前不遠另一條街，簡直是專賣吃的街道，可是在那裡的一切老幼官民人等，大致都長得瘦瘦的，好像飲食不足神氣，很怪。許多人是吃瘦了的。我還不能想像這是從什麼時候起始的一種歷史習慣，總之這習慣已不宜於繼續下去，食品業——尤其是副食品糖果點心類不必再做展覽宣傳，因為這對於本市市民健康營養有害無益。正常三餐的改善，倒值得負責方面和其他有心人加以注意。赫魯雪夫雖稱讚中國消夜小吃，認為在半夜會後還可得到一點生活上的享受。如果蘇州市的小吃是專為工廠下班的工人，和其他開會幹部而準備，保存和適當宣傳都無害於事。如今僅像是為市面消費繁榮而鼓勵消費，反映的只是市民好吃零食的習慣，從整體說也並沒有好處，而健康卻顯明得不到什麼好處。

這裡理髮，小街上的二毛，手藝之精而且細，約抵北京六、七毛以上的。鋪子多但主顧不多，有英雄無用武之嘆。照情形應當受鼓勵轉向其他地區，和支援各地工礦號召同時，即鼓勵這種有手藝人轉過西北東北，並加以物質幫助，可謂公私兩利。

這裡女人似乎也特別多，街上走路女人之多，在其他城市還少見。大多數都像是逛街而出門，充滿了興致看百貨公司陳設，並選購可供消化的小點心，食品店五花八門，真是少見！這些美味鑑賞家有些或者就一家一處的嘗去。必須參觀過這種種，才明白他們晚上那一頓普遍吃稀飯的原因。如晚上那一頓是乾飯，像我們一樣，再出門，看到窗子裡一切，就不易引起興趣了。

市面繁榮主要靠消費，消費者收入，卻不如過去那麼能從土地和上海半殖民地商業中謀取暴利，只不過是小部分有錢人和大部分低薪成分家庭，照正當職業計，一百五十元以上薪水不會多，平均幹部或只在八十元以下至五十元以上水準，伙食費每人雖用不到十元，零食消費好些成年人恐不止十元，但是數目還是有限。本市聞有五十萬人，消費數字在上漲中，主要是日常習慣所作成的消費繁榮，不是更正常的消費上升。街道上還是碎石塊鋪墊，電燈多黃黃的，很多小巷子和中等大街上都黑黢黢無燈可照，人家多呈破舊衰落景象，石灰剝落，門窗敝舊，過廳空落落的，不像廿年前所見。有些人家雖裝上燈管子，卻因廳子空落落的，映照著剝落白灰牆，反而顯得新的慘戚，不怎麼熱鬧。如果每家人把吃副食的消費轉到收拾房子、街道，也許有一年時間，東方威尼斯會給人面目一新的印象。想起「東方威尼斯」，我覺得蘇州的水也應當提提。這水到深秋還是灰綠綠的，最適於澆花肥田，因為有機生物實在太多。站在小橋頭看兩旁人家，和小船來去，雖充滿一種畫意，只是在鑑賞細部分時，會發現兩旁人家窗口多十分破舊，船隻最多的是糞船和從水中撈取肥料的船，不免有點掃興。

蘇州花園已修好了，到處還有工人在修補。事實上全個蘇州還可變成一座大花園，專供外來人玩賞，可是如果要給人住下三五天後還愛蘇州，大致還待把河水系統整個改善，說真話，河水實在太髒！其所以髒，又和一般市民生活習慣關係密切。蘇州待改變的不僅是幾座園子，更迫切需要是市民生活！

天氣正好，早晚都極好，和北方四、五月差不多，空氣潤而不潮，陽光強而不至於使人出汗，我們住的院子一樹金桂花開得十分茂盛，全院子是桂花香味。石板地縫中長了幾十株雞冠花，花頭如扇子，鮮紅奪目，像是好玩似的臨時插在石板縫中，給人印象極離奇。任何一種花草在小小缽頭中也開得十分熱鬧。惟洋草花多於中國菊。樹木葉子還未凋落，雲物妍媚，一早上總是可聽到鳥雀喧呼。

中學生來看展覽的多成群結隊，和南京學生一樣，多歡喜大聲叫嚷。有一、二十個到休息室即玩撲克，嚷得更凶，可知是一種待改正的習慣，且是一般習慣，問問學校名稱，是十二中學。如學校中先生也是一上街即注意吃什麼的，學生習慣自然一時也不會改善。

我們擬星期三過虎丘．第三、四頁是星期三早上寫的。

從文

致張兆和

一九五六年十月廿四日　蘇州

晚上

三三，夜已極靜。

今天小五哥已和我到一蘇州著名皮鞋店買一雙黑色皮鞋，價目是我有生以來所購最貴的一雙鞋子。計十六元五角，一隻已達八元二角五！又另買布毯二床，因選來挑去，還只此二種好看，是尊重他藝術眼光挑定的。已託他另寄北京。

我們約定今天看虎丘塔和園子。早上先到逸園，吃早上東西，再坐馬車到虎丘。虎丘可看的是大塔，已歪斜，聞文管會正籌備保護工作。照我們看來，下部裂痕明顯，基礎已不穩固，塔已斜，又過重，再經二、三雨季，恐怕會有問題，千年名蹟將成瓦礫一堆。命運將和雷峰塔相似。塔各處都已太舊，惟紅白斑駁聳立於藍天白雲背景中，非常美觀。上面飛鷹盤旋，八哥鳥成群鳴噪，這種景象恐不易再得！虎丘房子經加修整，已成蘇州新名勝區，小街上生意比呈貢還好得多，館子比北京一些館子還好。聞星期日熱鬧如趕街子，學生結隊到來總不易結隊回去，可想見遊人之多！虎丘附近五里全是花房，田地全是一盆盆木蘭、玳玳和茉莉，河碼頭運花船隻，可運數十大籮筐木蘭花，每

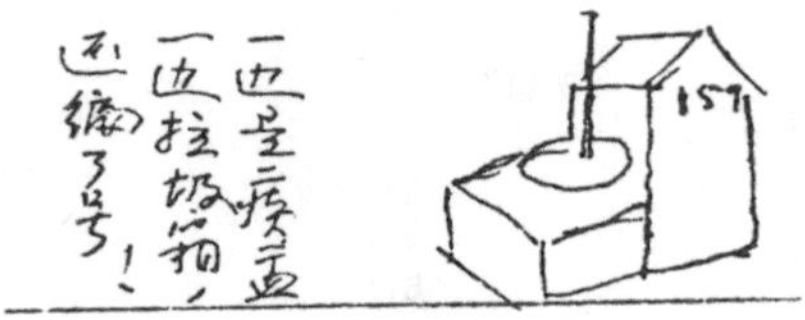

筐計四十斤，運到一茶廠去燻茶。我們就眼看到一大船木蘭花運去。聞小五哥說，花盛開時全碼頭邊都是花筐，等待運輸，船來時爭取時間以分秒計，來即過船，十分熱鬧。現在已是淡季，每天不過若干船而已。廟門邊賣花三分一扎，還用個小小稻心草籠籠裝定，極其有趣。到虎丘高處四望，只見一片平蕪，遠近十里全是一簇簇花房，白牆黑瓦，南向部分則滿是玻窗，目下各種花草還在秋陽下鬱鬱青青如圖案，入冬即遷人花房過冬。花農收入極好，從萬千座新房子就反映得十分清楚，從河街各種做生意鋪子的情況也可明白。這完全是一種新景致，可惜永玉[1]不來，來時必可用水彩或粉筆將景致收入畫中。

這是在一大片綠色平原上，加上各種黑白方塊拼嵌入各處空間而成的。三個顏色的對照和完全和諧，真是一種稀有的奇蹟！還有那條從太湖流出貫通綠原的河水，水中千百個風帆移動，真是奇蹟！一切都好得很！天氣又恰到好處，任何地方一點灰塵沒有。小五

1 永玉，沈從文的表侄、木刻家、畫家黃永玉。當時參加四清工作隊，正在邢台受災地區。

哥說：「三姊能來住一星期多好！」這個話，隨後到留園看竹林子時又說起，第三次是在西園新修理的水池旁說的。

就修整藝術說，留園最有匠心。同是用石頭隔成，留園用石不多，因此一切見得舒暢，花樹雖不如獅子林，卻比獅子林有氣魄。窗格子家具也比拙政園講究。獅子林、拙政園、逸園各個廳室都放滿了硬木家具，都是從近代新地主家弄來的，笨笨呆呆，和一般暴發戶樣子。並且到處有什麼亭、軒雅名，一個二丈見方盒子式房子，只因為外邊有一點竹子和梧桐，就名「鳳棲碧梧之軒」。一個水塘塘養了三五隻鴛鴦，就取名「三十六鴛鴦之館」。總之雅得極其俗氣，和《儒林外史》所諷的名士之流情形相差不多。門板上到處刻花鳥畫，到處題詩，也不怎麼高明。掛的字畫屏條，都平平常常，只能滿足作者本人，唬外人，可不能騙真正行家。好在行家也並不怎麼多，所以還是好！留園各處匾額已失去，即未再補，家具也比較好，畫也稍好，最好是一些玻璃宮燈，邊上流蘇以淺綠淡藍料珠做成，極其清雅。庭院中木石外總有點點空間，處理得有藝術。窗櫺格子疏疏朗朗，不過於堆砌，視線開展不受石頭限制。應當算是蘇州目前較好的園子，空間多，新的中國花草可補進空隙，因此也是最有前途的花園。不幸是每到一處，還依舊有那個漆成綠色，又不得用又不好看的藝術設計垃圾箱，總在最當眼處出現。大致設計的還很滿意，自己的有創造性藝術，卻不知那是最不藝術的創作！一邊是痰盂一邊垃圾箱，還編了號！西園大樹很好看，只不過氣候還未到降霜時，因此楓木銀杏葉子都還綠油油的，紅不過來。在虎丘河街上鋪子裡我們吃了中飯，從留園入城時已斷黑，因就觀前一個什麼經濟食堂吃晚飯。雖走了整整一天，行止支配得法，還不覺得怎麼累了。

你來信說的施蟄存處款，待我回來處理。再有三天我們將過上海，住處還未定。如有重要信件可寄至上海作協巴金收，我信附入內裡，請他收下我去取，外不必寫我姓名。這信寄到北京時，我們可能已到上海了。這次所學對編圖譜極有用，對整個陳列和工藝史研究都得用。很多東西還從未發現，這裡發現的人也還不明白它的重要性。有些新出土的……如方格漆盒且完全如過去我所推測，證實了有些陶器實為仿漆器而作。又有些新東西可以證實歷史文獻。又有些更為我們研究宋人繪畫、服裝等提供了嶄新而十分重要材料。還有一片稀見大錦緞。照初步估計，將來恐還得用二月時間來照相，因為有二百三百器物恐非得照相不可也。

這幾天氣候正是下半年最好的，我們走了不少的路，也不覺得怎麼熱，更不感到累。我們明天還得看陳列，後天看庫房，大後天看刺繡織絨，若一切能照時間安排，禮拜一大致即到上海了。蘇州郊外比城中好。特別是虎丘的萬千花農經營的綠原和花房，照曬在明朗朗秋陽下，真是一種稀有的好看景象！聽說用各花做成的香精，出國也得好評。一切還在發展中。虎丘山門山塘街到處有生熟菱角出賣，還和龍街子雲南鄉下人出售慈菇一樣，是蹲在路旁放在竹籃中出售的。買東西的人也得蹲下挑選。河中船隻多極。入城交通工具計四種：馬車、三輪、人力車、船。馬車最快，船最好玩，我們卻乘三輪，為了到西園方便。

致張兆和

一九五六年十月廿九日　第一信　上海

星期天下三時上海站上——星期一上午七點住處

我們總算到了上海，一切真是鄉下人，過馬路人多如飛奔。走到三輪上，江北車夫精強力壯，眼光四注，手足靈活，轉彎抹角都用李少春演《三岔口》手法，絲絲人扣，在汽車無軌電車間進退自如。一切卻極其自然，全無名演員驕氣，真了不得！他雖庖丁解牛，胸有成竹，從北京來坐在車上的客人，不免有點擔心，而且明白不是在台下看《三岔口》，事實上是在車上參加表演！

找上博，承他們用電話聯繫各處三小時，才得到一個住處。照說各處都住滿了人，到得住處時才知道一房七個床都空著，只有我一人住下。明天還可搬一房間。可知另外還有空處。我們住的是南京路中段最熱鬧處，但是七層樓上卻極清靜，沒有人玩牌唱曲子。走向上博不多遠。初到地一切生疏。打電話給陳蘊珍[2]。聽明白是我來時，還依舊在電話中嚷了起來。過兩天待把酸梅糕送去看孩子抽肩膀大笑。小巴金一定已長得相當大了。

晚上略走街，正值星期天，滿街是廿到四十的人，分不清多少。穿旗袍的究竟不多，一般是短大衣西服褲，頭髮短而蓬鬆，額前如嘉寶演什麼時留下的那麼一小撮毛毛。大學生還是和北京濟南相差不多，人高矮不一，卻有一個共通性，三五成群總有五分之一以上戴眼鏡。霞飛路許多大公司燈火煌煌，還有專為婦女用品而設的店鋪，比北京百貨大樓大得多。一切都近於資金積累而鼓勵消費。極不美觀的人也把頭髮燙成嘉寶式，在街上晃，不知道她自己以為如何，特別是望到電影廣告上什麼法國演員相同的

2 陳蘊珍，巴金夫人蕭珊的原名。

頭髮時，是否多少有一點興奮？車過某一處時，還看到一個新式庵堂，老少婦女擠著進門，裡邊鐘聲嘹亮，還裝了月光燈，屋梁上縱橫是那種燈光。還沒有人考慮到仿佛光五色來設計，一定更加吸引群眾！蘇州也還有好些香燭鋪，大小蠟燭倒懸空中，鋪櫃中坐定了兩位長衫掌櫃，可不知是否也是公私合營？這種純消費的迷信，事實上還是應當禁止節制，不然，一放手，城隍廟又成倒退中心！我們看到的還只是個小庵堂，南京路那個紅廟和城隍廟，可能還要熱鬧，或已熱鬧到如戲文一般！我對於穿洋服男士或燙髮西裝女士磕頭行為充滿好奇心，這種表面文明內中迷信也可代表許多人，這一階層占全市人口或並不少。不同的是有些見菩薩即磕頭，有些不磕，卻同樣只希望天保佑，不費什麼力也得到幸運好處！上海人已變了，生產者得到了一定合理待遇，只是這都市是由錢和物為主要支配的都市，還是一樣。飯館子必等待許久才可得一座位。小飯鋪為競爭營業，窗口都把各種應市菜飯擺成樣子，任人挑選，也並不貴。五毛一客的蝦腰燴飯，我已吃不完，大致我們兩人有一客也夠了。

還有一個特點，即天明以前到處已是大小汽笛唱和。不過還夾雜有公雞聲，里弄房子多，這種雞可能是籠養在小平台上的。早上從七層樓窗口望出去，一片煙霧中燈光點點，也是北方所沒有的景緻。今天禮拜一，博物館休息，擬和館方接洽，就往其他看看，天氣不冷。陳蘊珍一見到我，一定要問三姊和龍虎，其實如果小龍忽然站到她面前，會不認識，到明白是他時，或許還要如過去那麼團團轉高興。天不變，地不變，陳蘊珍可愛處也不會大變，可說是性格中的「陰丹士林」！正和形象中的陰丹士林，可愛處是一樣的。我應當上街看看街景和跑馬場（新公園）早上風光了，這時已七點多……也許還過了八點。

從

致張兆和

一九五六年十月廿九日　第二信　上海

三姊：

謝謝寄來的文章。讀過後我覺得雖通俗到家，卻沒有什麼意義。裡邊說的很多都是錯的，有些且近於胡扯。一涉及文物，更是蜻蜓點水，不著邊際！我在蘇州車站已買了一本看看，覺得幾個編輯都不大負責任。這種錯誤不下卅處的文章，是有趣還是有意教育讀者？作者什麼都不學，怎麼能教育人？這種百家爭鳴對作者有好處，即什麼不懂也可亂說，可是對讀者實在獲益不多！如這麼寫文章，我每天也可天上地下寫三五千字了。這種通信也可當成作品發表了。對讀者無益，編輯應負責任的。我的文章已寄出給畫報。畫報上要求是不大合的。所要求的張恨水或其他許多人都可滿足，因為隨便抄抄故宮說明，還不容易？但另外說點中肯的話，他們卻不大知道，以為多餘，刪去了。這也是我白熱心的必然結果。因為「習慣」是只要些不著邊際泛泛文字的。也無怪乎好些刊物都毫無有性格、有生氣的好文章，為的全是照例無一句錯話，同時也照例無一點精采的文章。聰明有遠見的編者得改進看稿作風，不要再錯下去，才是辦法！

今天這裡已冷了些，可是我卻總是出汗。大致有了點累。不知是喝茶作用，還是各種聲響怪，晚上易醒，醒即不能再睡，相當費事，因為白天還有事待做。如果存心做作家倒好，因為晚上一醒，起來寫點什麼極順利。可是現在是個半公務員半專家身分，一去參觀，就涉及物質文化史全部問題，也問人也要被人問。儘管是照老習慣，一見到罎罎罐罐即精神奮發，可是到末了總還是相當累！累而難睡，不免覺得有點點糟。白天也老是出虛汗。住處條件極好，比和平飯店強得多，出入還得拿個有號數的「臨時出入證」。有好幾百房間，住下三山五岳來人，有些或屬於什麼「拗令皮客」的什麼員，年輕力壯，有些或是觀光團，手上買東西一大堆可以知道。也有不少「代表」，具有各省科級幹部味，彷彿聞得出來，事實上是看得出一大半。上海地方我算算前後已住過幾年，大路還記得方向，可是不拘到大街小胡同，總像和那些住家走路人十分生疏。彷彿他們怎麼活下來永遠不易理解。特別是那些大大的房子中在進行的事情，以及極小的弄堂，擠滿了大小人，怎麼過日子，怎麼做夢，永遠不易理解！還有那種隨處可見的「摩登女」，進出商店帶了一大包東西，究竟是怎麼回事？那麼多東西用得了？王畸姑母老太太用長沙話說得好，「上海女郎所有全在身上」。過去這樣是可笑，現在卻是必然，這是有嚴肅意味的。聞競爭生活，競爭婚姻、出路，都無形而相當激烈。一般有四、五十元的公務員，都必須打扮得乾乾淨淨，才有辦法。到處有女職員，可能長得好的比較容易找職業。而許多人即或會打扮也還不容易有辦法的。又有些事找得用的人，卻不易找，博物院說明人員即是一例。女郎還是樂意嫁首長，首長年紀卻必然相當大，而且有了人。總之，有競爭，有悲劇，只是不成為新聞資料罷了。南京路紅廟燒香人相當多，可見發財幸運並未能一時從人頭腦中趕盡。但是走到任何一處，工作服務人員態度都極好，比北京好。這是真正社會教育和個人覺悟的結合，車上、船上、大街上，無處不可以讓人體會到這種新景象。特別是活過幾十年，從舊社會而來的人，看看這種種，真想不到。這其實也是一種競爭，人人爭好的表現。在工人則為真正有了覺悟，當家作主，對工作有了責任有了愛。北京好些合作社的售貨員，醫院的某一種人，服務態度不好的，其實都應當來學學。一切善得很，車子過橋時還有不相干的路人為推，你可想到是上海事情！我如多住一個月，會發現更多好事情，好現象。處處都說明中國人在共產黨教育下真是站了起來，誰也壓不下去！

可是也自然還有另一灰色面，大小弄堂萬千孩子成群看街，三幾年大致還不可能有像樣學校產生，能滿足都市需要。孩子們生長太快太多了，不能不說是一種擔負，因為再窮些總還是得從土地上取得營養，要吃的！邵力子勸人吃蝌蚪，解決不了這個問題，總得有辦法來適當節制。

今天將去見笑眯眯充滿好意的蘊珍女士了，聽到說起龍虎時，一定要伸伸舌頭，眼睛圓睜，頭略偏著的說：「三姊開心！」我如老派一點，將要請她作媒，如再新派一點，將要請她介紹對象，不老不新，於是只有笑笑，「女朋友，慢慢來，是他們的事，我們不著急！」也必然要問到樹藏和蕭乾，對蕭乾有鬥爭，這是歷來的態度！也可能問到鳳子，連類的說：「三姊可不老！」我也許會要她陪同去買襪子，到時卻先請她買一支拐杖，問用處時即說是「為龍龍的老母親買的」。笑得他個人仰馬翻，我才不管！

她們的孩子一定也長大了，昨天在電話中即聽到說還要和阿什麼去學琴。做父母一定希望要她趕上傅聰，事實上卻不知道將來能否學鋼琴。男孩子可能已和小迪子差不多，穿上小飛衣，腳著皮鞋和我的大小相近。如此一來，吃酸梅糕也必然是一大塊半塊向口中填塞，再不會如南京張以某指甲大那麼一嘗一縮肩，動作和欣賞一致反映到人印象中，「主題分明」。（不說主題分明說什麼？老師。）

看看近日《文匯報》，如范煙橋說蘇州菜，都近於從不出門的人夢話。他是蘇市文化局長，只說蘇菜天下第一，也可謂說得滿「天真」，因為年近七十，全不知中國有多大，有多少省出好菜也。如用你家中人投票，只有小迪子同意票，高乾即不會同意，由於見事多！那文章幸好還不曾正式介紹蘇州「排骨」為有名菜。蘇州人歡喜吃麵，麵館也因此特別多。王畸吃過兩次排骨麵後，即堅決不再吃麵。理論和實際結合，原來麵湯清蹩淡，麵細而鹼重，下齒無筋骨，不加一絲素菜，排骨孤獨游離於麵上，照北京習慣，宜於正式宣布為「不好吃」也。我當真就不吃。不過得承認湯包很好，每早都用到，比上海大馬路大鋪子的還好。

蘇州點心在你記憶中好，事實上你也吃勿消，甜得無是處。回來時我帶一點點心，由虎虎考驗，也考驗虎虎對蘇州的感情。玫瑰醬多不便帶，上海如有或帶點回來。我如果可從這裡出發，就不便帶。向南走，皮大衣是不必帶的，向北則早已著皮大衣。

從文

致張兆和

一九五六年十一月二日　上海
禮拜五下午　上海大廈

三三：

今天報紙上已見到英法侵埃戰事發生事件。這實在是一件大事情！我們今天上本市建設博物館看看，第一回學習站在一個辦公室等候人的課目，約等候半小時還多些，且一再問「有公事我們就改天來」。最後才見一個主任找我們進去，坐定後才空空洞洞的問「什麼時候來的？……住何處？……」又說「因為上海有兩個博物館，一個是這裡籌備處，一個還未成立，怕是來找那一個，所以在研究……」說的稀奇而又不倫不類，真是值得上報的對談！很奇怪，怎麼現在還有這種人做領導工作？這個館前不多久才到我們館中翻洗了好幾百張照片，為什麼我們來看看卻這樣？必有個原因。

離開後王畸才說：「可能是到歷博沒有得到好好款待，所以報復一下。」如果真是這樣，倒也是新聞。因為在工作中，我們總想像不到還有這種人，而且來領導業務。但是也由這個假定估想我們館中情形，一定不可免有用「官僚」方式對待外來拜訪的情形。由於領導業務的不熟業務，一個文件轉來轉去，到各部總不大接頭。由於某些部門做主任的也不摸業務，客人來了於是把信看看，不知如何是好，又轉下去。由於懂業務明材料的人不多，遇事總如此「泡」。總不免泡過一些外來人，給人印象相當糟，我們卻一點也不知道！於此也可見，每一館總得有二、三深刻透徹本館全部業務的人來接待外來同志，才能幫助外來同志。如果領導的都像個今天所見到的一位「官」，什麼事也不用做了。因為什麼事也不好做。我還料想不到，現在社會還有這種辦事作風的人物存在。

我們這三星期真走得有點累了，白天吃完午飯後一倒下床，就像不大容易爬起。今天下午實在不能再出去了，才不出門。氣候好得很，惟出門換車上下，總永遠像北京上下班情形，擠著推著的，車子走動時響聲震耳，過馬路時都用的是演三岔口姿勢，敏捷準確到一個驚人程度。但同時也還可以見到托兒所主任帶著一隊小孩，口中一二一二的喊著，本人用倒退姿勢慢慢走過十字路口。

戲院中正在會演崑曲，外來人找不到票子，報上卻各處有文章在宣傳。報上副刊文章，總還是一些瑣碎雜文，得不到大處。有些過於地方性的爭辯，大都看不懂。上海地方如按人口比例說，讀書的人似乎遠不如北京之多。書店不見什麼人進出，報刊部分也不如北京同樣地方熱鬧。街上不賣報（賣報人極少），必到郵局去買，不方便。在車上極少數有人看報讀書。只有街頭貼報處還有些人看報。很多人可能就不看書報的。作家大致也只是在學校一類地方起點作用，別的地方遠不如機關首長、處長、科長之重要。地方另一特點是男性幹部內中包括教授，穿衣遠不如北京幹部之整潔，總是髒髒皺皺的藍布衣，做成「老幹部」式，或許這麼一來在群眾中的威信會高得多。女的則如上次所說的收入儲蓄全在一身，但是也有即在一身還是髒髒皺皺的！這幾天來唯一一位穿著摩登人物是章大胖夫人，真是個美人兒。大胖已過北京，將和幾個作家去蘇聯，帶隊去那裡玩兩個月。女孩和蘊珍女孩一樣，都在學鋼琴，月另費三數十元。

晚上約好和流金過她家中去吃飯，見到了李宗蕖和從同一模子印出的四位小宗蕖，大的已過十歲，最小的三歲，男士二，女士三，全是壯敦敦的，極好玩。家中有四位小朋友，上桌時熱鬧可想而知！母親布菜時左顧右盼，得心應手，「大妹筷子……小妹你……小胖你不能吃了……」雖忙而不亂，比王令誨從容得多。每人半塊酸梅糕拈到手上後，各自眼睛骨碌骨碌轉，「好酸！」大致還是生平吃到最酸的東西，可是很顯然好吃，一會兒小手統伸出來了，「還要一點點！」極小的也必須要再給點點才能解決問題，於是再吃點點，「好酸！」

雖那麼說，卻都認為好吃。住處已完全是郊外，距我們住處有一點半鐘路程，還是坐公共汽車，用上海式速度行動。來人不會太多，因此孩子總樂意有客人到來。我住在他們小書房中，小女孩一定要貼在身邊聽我們談天。李宗蕖做了大半天的菜，可惜我正是最不舒服的一陣子，只能吃薺菜蝦仁，幾乎吃了一半，其餘魚肉都不敢下箸。住處如上海三層里弄，有衛生設備，工程比較草率，可是空氣極新鮮。學校課室入晚通明如晝，熱鬧得很。大清早放音樂也還像音樂。只看到許多小女孩在球場上玩球，大都是短短的幹部服，梳雙小辮，有些辮子似乎還黃焦焦的，即書上所謂「黃毛丫頭」神氣，我還以為是什麼附中部分，教員家屬子弟。問問才知原來統是大學生。年紀大都已及廿來歲。南方人給我一種共通印象，營養不足，成熟後還不成熟。有些人即做了祖母，在生理上某一部分、某一意義也還是未成熟。正和某種「掛枝果」一樣，長不到頭，就完了。到處是糯米湯糰和炸年糕，這些東西如到某一天都變成了北方水餃子應市，上海地方有上百萬人會變樣子！

小龍如到這裡來，到車上時會有人側目而視，「這麼一個大個子，喔大塊來哉！」—說這個話的人可能就是個大三年紀女學生，比我還矮一個頭。我始終對於南方吃的問題感到是一個難題。一般飯館素菜使用的稀少程度也是少有的，或許有些蔬菜比肉食類還要貴。

致張兆和　一九五六年十一月廿四日　長沙

三三：

這次過長沙考察的，這回車人並不多，我一路咳著到達。同行只三位，〔查〕阜西和一位李老先生，年六十七歲，在北京做度量衡局長的。

車到內丘，因前行車出事，誤了五小時，因此到達武漢時已下午四點，到招待所時已五點。查先生二人過大橋工程處看建設，我卻坐了車過協和醫院讓四個醫生看，看了二小時，打了廿萬單位盤尼西林，拿拿薰、吃、塗、漱藥五、六種，才回住處。原來喉痛咳嗽是「扁桃腺發了炎」。車已定八時過長沙，因此七點大家還是一道過江上車。約今早四點到了長沙，住省府招待處。人已不發燒，不怎麼咳，只是喉部乾痛而已。不礙事，大早起來洗了半點鐘澡，好多了。長沙天氣極明朗。空氣溼潤潤的，許多樹葉子還綠綠的，芭蕉葉也長得很好，葉子還未吹破。從這些可以推測一月來天氣情形。白牆黑瓦市容給人一種清新愉快感。今天可能得拜會首長，同行有三人，凡事好多了，特別是兩個年紀比我大。路上聽阜西談他的「琴經」，說到高興時就大唱起來，極好。可惜他要在這裡看歌舞約二星期，我怕不宜如此耽擱。我們俟到此二、三天後，即決定行動。

還有陸續到長的。如必須等齊才聽省府報告，這幾天我正好看文管會東西，並了解問題。長沙可看的自然還多。

陽光下一片片白牆黑瓦，給人印象很新。地方正在建設發展中，不像蘇州那麼老。老的全燒了，新的也有不怎麼處，即不大見得出地方特徵。洋房子和別的地方相同，大馬路也相同，整齊乾淨也相同。菊花十分好，公園中當陳列的品種，這裡到處可見。省中遭旱災，報上日在喊救旱。

我也許還得過醫院看看，吃東西不起勁。和往日情形不大相同，一動動就流汗，或者人真有點老了，飲食一變，不易適應難吸收。

從文

十一月廿四日

致張兆和

一九五六年十一月廿七日　長沙

三姊：

今天廿六了。禮拜一，可能要拜會一些人。我們大致得分散進行工作。十二月初，吉首有會約開三天，我擬參加，只不知在初幾開。這裡去吉首要三天公路車，過兩天，也許就得動身（近擬二、三號去）。事不大湊巧，上次過上海一咳五、六天才好，這次又成了「病號」人物。到武漢看了看醫院，今天或者還得到「湘雅」看看。別的不難過，只是咳而已。流了點鼻血，止住了。再有兩天就好了。

長沙市面不大，卻相當熱鬧人多。到處是新房子，一切在建設中。新公園大而好，菊花有若干萬盆，玉蘭花成行排隊，一切設計都是以萬人為對象。已看博物館，可不怎麼大，初辦，待改善處多，在公園裡邊。這裡正設立歷史科學研究所，將來解決楚墓問題，不然寫不出報告。地方事，人手更見重要，搞文物從全面下手的不多，因此陳列上不易見好。學校對這些東西也還不知如何使用到教學上。博物館每天也有上千人到四、五千人參觀。正是秋高氣爽，菊花盛開時，來人更加見得活潑。孩子們成隊成群的在裡邊嚷嚷叫叫，十分興奮（蘇州館中也如此）。湘繡醴陵瓷在博物館看到一點點。瓷質好，做法待改良，一般說來比景德鎮好，又相當賤價，將來有前途。湘繡似不如蘇繡之精。主要在圖稿差，水準不高，因之工人再好也無從著手。解決問題還是好圖樣。苗瑤族刺繡精美驚人，有從來未見到的。但也正是小時候所見到不易忘記的，花紋奇美，配色之好不可思議。可惜在這裡並不怎麼引人注意。將來會成為國內時髦裝飾物。應成為新湘繡一個部門，到國際上也站得住。

廿七，昨天到醫院半天。X光照肺正常，心臟毛病未好，還是說「高血壓心臟病」。上到百七十，不算過高，低到百三十，稍高了些。帶了點藥回來即睡下了。晚上未吃什麼，吃了不少橘子，吃了藥。熱些，卅八度多一點點。血壓高到百七十八，低的落下了些（醫不說）。晚上雖睡睡醒醒，可是到天明再出汗，人可輕鬆多了。今早一起來，幾幾乎全好了。今天大致即可看文管會。因為日子已排定。可惜這裡正當全省會演，不能分身，只好割愛。會演中鳳凰有一《文茶燈》，大家說不下於採茶舞，有的還說比那個好，看看果然不錯。各省都來參觀，說是挖金礦，可知多見所未見。如衣服改改，裝扮改改，做作改改，一切恢復本來（他們年輕人不知道，我倒還知道），一定可以出國。你想想看，六、七個微笑的年輕女孩子用一口鳳凰腔說「那樣……」唱著跑著，豈不有一定程度滑稽！戲中有很多極好的，好到驚人程度。有個八十歲癟嘴老人唱小曲，簡直和十三、四歲女孩聲音一樣清脆。有個唱山歌的，和嗩吶聲音一樣，嗩吶是雙管，動人得很。也有極醜的打扮得和北京玩魔術的差不多。氣候好極，可惜的是一出門必用車送，反而把我們看街的權利取消了。市面只有三五十輛三輪，所以坐三輪不方便。此外即人力車，坐來太慢。公共汽車人又過於擁擠。交通工具是問題。地方小，多數人是兩腳代步的，耗費時間。

致張兆和　一九五六年十二月五日　長沙

三三：

今天真算是十分〔之〕九好了。昨晚吃了二粒藥，大大睡了一覺，睡中天上地下夢做得個不知所止。好像和你們到一個什麼河灘上，還有幾個洋人，有人奏樂放炮，在那河灘上可不知做些什麼事。終於醒回，已整七點鐘了。我照醫院說的再休息一、二天，大致就可上路了。近來奇怪是一動即大汗不止，或許是在醫院中扎了那若干針的結果。據護士說，是每天廿萬單（位）盤尼西林，分二次扎，另外名目不悉。照我自己說，在醫院中不知吃的那些丸子（相當多）是什麼，白日裡總是昏昏的睡，睡了好幾天。至於咳，可能還是末後一天一個醫生為我買的一瓶什麼「川貝枇杷露」（廣東貨）治好的。為什麼醫生會為設法買這個？他說他家孩子咳，也是吃這個好。說時他笑笑我也笑笑，因為醫生自己也樂意買中藥吃，可是開方時還是照所學開去，可見內中有些矛盾。昨天到博物館開了半天會，聽了許多意見。包括文管會、研究所、博物館、工作隊，四個機構人不少，基礎可不怎麼好，新成立的只想另打基礎，把舊有的拋開，可是知識底子太薄弱。舊有的終日陷於事務中，研究說不上。更新成立的「歷史科學研究所」，因為不是內行，做法也拿不出一定主張，且毫無基礎。所以挖出的東西在國內儘管十分重要，但在本地如何就他來研究，還有好一段路走，才走得到研究正軌上來。因為基本上都還不明白這些東西在歷史文物制度上解決了多少問題，啟發了多少問題也一點不知，或所知皮毛，如何研究，研究出來又如何拿得出手？所以這究竟還是問題。他們自己也明白，不知如何解決。學校方面則落後一大截，還不知如何用出土材料教書。總之，全國注意的事，本省文教界對之卻不怎麼注視，文化局不知如何注意。是問題也一到地方，人材真正是十分難得。最缺少是「全面」觀點和「集體」觀點的領導人。因為這是要學問又要心胸廣闊的人，才會把事情從工作出發，來準備工作，推進工作。不至於因人事而耽誤。

昨天到一大廟看看，有百十尼姑在織帳羅！這倒是自古有之，講紅綢史，古代越羅婺羅都是女姑子織的，在歷史上十分著名。現在這些尼姑在有組織情況下進行生產，每人月可得四十元，比許多小學教員好。廟極大，將來還要發展。也早上念念經，做做例行法事。還有生產模範。老的不必生產，也有吃的。年輕的也可自由還俗，因此將來年輕貌美的尼姑，有機會許可做「陳妙常」時，或者不必如廖靜秋那麼自我鬥爭，倒是和幾個同師友開個小會商量一番，就把問題解決了。再進步些，也許還得方丈主婚！也因此倒可做新的戲劇題目：《尼姑結婚》。知客的一位約卅四、五歲，穿得乾乾淨淨，充滿了人情味，告訴我們生產情況，工作情況，極有興味。這人將來如改做什麼合作社交際處長，必是一個好手。這尼庵還有過萬冊佛經，擱到新櫃子中，等待佛教協會招待外國和尚時看看。另有上萬佛經擱在樓上無人看。至於尼姑念的經書，不過三幾種。總而言之，是很有趣味的一個新型大廟。方丈室在樓上，從窗口望望，還有個極摩登的玻璃櫥，內放日本印大正藏經一部。寫字台上有新式桌燈，旁有個圈椅，熱水壺……沒有絲毫禪林味，卻和一個局長辦公室差不多。聽說方丈是個大學生改業的。可惜人已到北京開會去了，見不著。

長沙街上別緻處，是到處有一種似雞非雞、似鴨非鴨的家禽，一身烏黑滿街跑。聞長得極快，可到八、九斤，做臘肉極好。長沙一切在發展中，勞動者勞動力極強，板車多特製，比較北京輕便一半，一個人拉，可能到八百斤以上。全市只三輪五十六部，做得講究如汽車，拉車人總是先為你算好路程價值，開票等等手續做完後，才從容上車。車大小可坐我這樣的人二位，如查阜西則只一位搭，加個小孩還勉強，兩位可擠不下。

尺寸可能是夏天定的，沒有把冬天大衣占的空間計入。全市只五十多部，所以坐上去是件時髦事情，似乎國慶節才開辦的。

汽車大致半點鐘才過一部，擠得如醃酸菜，比煮餃子還緊一些。公園氣派大，將來有發展。在所見許多公園中，算得是一個好公園。

從文　五號

致張兆和　一九五六年十二月九日　長沙

三三：

昨天我們過江到了岳麓山，看師範學院歷史教學材料，在那裡吃飯。飯後和朋友上山到蔡鍔墓、白鶴泉等處看了一下午，才走回江邊，由山上到江邊恐得有八、九里路！風極大，起始穿新大衣。學校即湖南大學舊址，地方條件極好，一切都像在畫中或夢中。學校在山腰，樹木已極多，宿舍一所所在田野中，垂柳蕭疏，景物清極。孩子們多長得極活潑。山上樹木有三、四人才抱住的，到處是鮮紅如血的楓葉，這些楓樹也多高到十丈以上，整個山中是這種大樹，你想想看多好！如從教員住處到樹木最好處，約等於從桃源住處到跑馬山還近些，所以到處有如你吹口琴時那種學生，三三五五跑來跑去。我們吃飯處是舊岳麓書院，宋朱熹、張載曾在此講學，毛主席在此讀過書。山比雲南西山小些，可是丘壑樹木好，面臨湘江，氣象還開豁些。這裡還有一個土木建築大學，礦冶學院，師專，有過萬學生，也照例有一套附屬組織，中學，小學，托兒所，百貨店……自成一個相當大的單位，包括好幾萬人的生活。不過一個學校和都市完全脫離，有些知識可能也就永遠得不到了。教員生活簡單如隱士，長久也不是個辦法。

江邊很動人，有過千帆船停泊，真可說是「帆檣如林」，扒船人都十分沉靜。可是在公共汽車上看到的大學男女生，卻和你所知道的長沙學生差不多，在車上打打鬧鬧，大嚷大呼，不斷的聽女的說「鬼呀」，照例是被男的說了一句笑話時，女的不平，把「你這短命鬼」五字壓縮，脫口而出。也是一種十分健康快樂的表現。一般體力都比江南強得多。過江必經輪渡，小汽輪能容三百人左右，上有賣腳氣粉的一位，說話完全如教授講學從容（許多名教授還不如他的口才），把剩餘美貨的腳氣粉說得個神乎其神，末了還說用完後可以把筒子做種種用途。可惜未說完船已到岸，只好結束。大致每天這麼說若干次，可能有三幾次說中，有人出錢二毛八分買去一瓶，拿回去就大試特試！不過天氣正當冬令，那會有腳溼氣病？因此也許一天只是白白講演若干次。但人總得吃飯！可不知如何解決。其實這種人吸收到博物館做說明人員，必然是把好手。因為言語頓挫而富於節奏感，在一般叫賣中極少見也。許多有名人口才都比不上。

長沙街上多賣龜肉、狗肉等等，還有古風或蠻風，街上滿是人，鋪中進出也是人，一般布店或其他鋪子生意都相當好，全是幹部照顧。彭俐儂等在此演出，每日上座聞相當好，只是票價限制在三毛內。梅蘭芳一來則為二元，還是滿座。惟看戲的必比較少數人。大戲院座位聞多做沙發式。

今天見老毛父親，才知大哥已回到家鄉，我大致在鳳凰可看到他。我們十二號上路，十四可到吉首。

致張兆和

一九五六年十二月十日　長沙

三三：

我們又看了一天文物，東西好，處理上問題多。許許多多東西都是國內少見的，許多東西對世界也是一種重要發現，如公開出來，將對各方面研究都有極大幫助。惟整理工作人員少，有些材料十分重要也不知道。有大堆漢漆器，就擱到那裡，其實全是國內未見的。

我們一看又是一天。看陳列，不能滿意，因為說明不了問題。宋以後東西太差。很多比我們家中用的還不如，統擺上了。說明人員不濟事，訓練了幾個月，說不出問題。館中全是生手，如辦文化館方式來辦博物館，不合用。來看的上千人，可以說得不到應得知識。首先是教育人的還沒有好好教育自己。比山東、南京、蘇州、上海都不如。但庫房中東東西西，特別是古文物，卻豐富遠過許多地方。

這幾天雖相當累，體力還濟事，已不咳，還在繼續吃每天三片路丁，和八片什麼維他命。天氣還明明朗朗，擬用一天時間不外出，來寫寫意見印象，十二號一早即過江往吉首。大致在那邊住三、四天，到鳳凰住三天，即回來，回後即過武昌，看看武大，即回北京。預計時間，也將在廿四、五前後了。總之到京要過年了。我希望能把時間稍提早些。但各處看看，實在獲益極多，對於各方面改進工作提意見，也比較全面，易有好作用。有很多人現在才來工作，其中不少熟人，在北京反而見不著面的。

長沙地方並不比南京大，可是似乎再住久些也不大容易認識，因為似乎另外是一套，住在交際處，能接觸到的未免太窄。如用來和廿年舊的一切對照，則顯然是兩個時代，主要是人全換了。做事的人全換了，做事方法態度也全換了。學校因為我連北京的也不知道，舊的也不知道，不易得比較印象。在昆明時那個譚蔚，昨和他太太來看我，有了四個孩子，兩人都在教書，太太教女中。學生據說都爭著看《春》、《秋》、《家》，排隊領書。至於《三里灣》一類書，卻不多。《鐵水奔流》也不看，看後印象薄弱。女學生大致還是城中知識分子子弟多。我們孩子卻已過了時期，也許不熟巴老伯，倒會是巴老伯讀者。聞學生一「向科學進軍」，多只趕理、數，對歷史最頭痛。大致教歷史的自己既讀書不多，也是頭痛，因為實在教不出什麼名堂來也。國文已在教古文，譚蔚即教古文。

老毛也結了婚，太太在做助教，自己在江西做事，大致跳蕩已不如十年前，不讀書還是一切依舊也。他的妹妹反在山東大學教俄文，比他上進。這次會演中有幾位微笑態的家鄉女孩，一切似乎並不比中央的差，聞平時只在合作社做油紙傘。有個唱情歌一再得獎的，平時是個理髮師。有幾個唱歌極好的，是船上水手。正是我廿年前和他們一道在船上的人物。那一位做紙傘的女孩子，大致將來會成為自治州的文工團演員。如係過去社會，必然將為什麼軍閥收做姨太太，如係更新社會，應當選過中央歌舞團學習，或可望成為大電影明星……至於現在社會，只好將將就就，做民族文工團演員，嫁個科長，了事。這裡博物館一個搞群眾工作的女同志，也年紀輕輕的，比以瑞太太還小得多，聞從什麼文工團退伍出來，放到博物館工作。很奇怪，一切好處正宜在歌舞團中得到發展，卻來搞博物館繁瑣事務。另一面文工團卻又苦無人。大致系統不同，各自參商，這個團體找人，那個團體卻在退人，不免形成如此情況也。不有效的地方當事的照例不易明白。

你的老師馬宗霍還在師範學院教書，曾看看他，他已入城，見不著。大致也相當老了，聞已算是老教授，且是唯一國學教授。

不知是氣候不適還是打針過多，又還是住處過於官樣，精神似不如在山東、南京活潑。也許是過於疲勞，一天總是動，總是談話，而又是一種做客心情，不免有及早歸來「倦鳥投林」情緒。其實體力已回復，再不會有別的事了，總像是有點倦。十二上了車會一切眼目一新，因為算算時間，已經有廿三年了。人真奇怪，近代交通工具雖這麼縮短了旅行的時間，可是大多數人卻不能如過去那麼旅行便利，至於遊山玩水更說不上了。人都為事縛住，失去了過去人應有的從容，即自由如陳蘊珍女士，我告她來北京和三姊玩幾天吧，她說我得送我家寶寶上學，學琴，一面說一面用小杯子澆花，也有點隱士太太規模了。巴金事就自然更多了。很奇怪，這麼不從容，哪能寫得出大小說？照我想，如再寫小說，一定得有完全的行動自由，才有希望。如目前那麼到鄉下去，也只是像視學員一般，哪能真正看得出學生平時嘻嘻哈哈情形？即到社裡，見到的也不能上書，因為全是事務，任務，開會，報告，準備工作。再下去，雖和工作直接接觸了，但一切和平日生活極生疏，住個十天半月，哪裡能湊和成篇章？照情形看，要寫，稍稍回頭寫五四以來事，抗日時事，專為學生及中級幹部看，中學教員看，比《春》、《秋》、《家》相似而不同題材，寫社會，會比較容易下筆，也比較容易成為百萬讀者感興趣的東西。因此我想寫四嫂所談故事，易成功，有十分之八成功。如照趙樹理寫農村，農村幹部不要看，學生更不希望看。有三分之一是鄉村合作諸名詞，累人得很！

我每晚除看《三里灣》也看看《湘行散記》，覺得《湘行散記》作者究竟還是一個會寫文章的作者。這麼一支好手筆，聽他隱姓埋名，真不是個辦法。但是用什麼辦法就會讓他再來舞動手中一支筆？簡直是一種謎，不大好猜。可惜可惜！這正猶如我們對曹子建一樣，懷疑「怎麼不多寫幾首好詩」一樣，不大明白他當時思想情況，生活情況，更重要還是社會情況。看看曹子建集傳，還可以知道當時有許多人望風承旨，把他攻擊得不成個樣子，他就帶著幾個老弱殘丁，遷來徙去，終於死去。曹雪芹則乾脆窮死。都只四十多歲！《湘行散記》作者真是幸運，年逾半百，猶精神健壯，家有一烏金墨玉之寶，遐邇知名（這裡猶有人大大道及）！或者文必窮而後工，因不窮而埋沒無聞？又或另有他故。

梅蘭芳六十歲猶上台裝女孩子，有人在報上稱讚宇宙瘋裝瘋之妙，又說什麼內心活動，出神入化，我一點不懂，今晚卻有可能去看他的宇宙瘋，豈不是奇聞巧事？我一看到他被人稱讚的衣裝就生氣，寧願稱讚越劇《西廂記》，不肯同意他的洛神或任何一種戲劇服裝，因為實在不美！但正如我不懂相聲藝術一樣，我實在不懂「藝術」，懂的是不知應當叫什麼！這也真是一種無可如何的事情。《湘行散記》作者不能再〔寫〕文章，情形也許相同。

致張兆和　一九五六年十二月十九日　鳳凰

三三：

我已於昨天下午到了家鄉，沿路是好得出奇的山砦，到處在造房子，還照老例掛匾，「棟宇光輝」！苗族是互助工完成的。到站約四時半，大嫂背了個竹籠來接我們，還燉了一隻雞！州中派了個年輕文化幹部陪我同來。我們在大哥家中吃了飯，就回到縣署住，住的房子應當是過去「道尹」的花廳，現在已改建了一座大樓。附城山頭樹葉雖已落盡，還是極美。可是街道好窄！我奇怪當時還有人跑馬。街上人擠擠攘攘的。晚上正值放映電影，要我去「與民同樂」，是在過去城隍廟改造會場放映的。台上和台下聲音攪成一片，好熱鬧！聞每禮拜必有一、二次，一毛錢一人。放兩次得分別買票，第一次完時即大喊出去出去！這次映的是《天仙配》，七仙姊下凡塵，觀眾非常滿意。回住處時和一些本城人同道在小街上走，和三、四十年前看戲回家情形一樣。到處還有小攤子賣花生橘子，老太婆守在攤子邊用烘籠向火。每月有六、七元，生活得多長壽！一個單純！朝慧[2]已長得和虎虎一樣高，很好，就是一切還如孩子。人很單純，住學校中。我們擬廿二回吉，返長，歸北京，算算日子，恐怕即早也得到年底才趕得回來了。

這三天看學校，聽報告，參觀一下建設。掛一天墳，並看二、三老熟人，接大哥談一天。他左手不大能活動，其餘好，還撐住個杖子到處走，成為當地各事顧問。外來同志讀書的對他都極尊重。真正是當地唯一「老文化人」，「文物保衛工作者」。大嫂體

2 朝慧，作者已故弟弟沈荃的女兒。

力也還好。生活好。房子臨馬路邊，和新華書店對過，有意思。地方建設比較慢，學校卻好，得好評。升高中極多。馬路一直修到城邊。城中破破爛爛處相當多，實在也太舊了。整個看來卻非常富於畫意，是北宋畫。

今天就要得從我生長的小房子前和做頑童時一切地方走走了。好奇怪，城中認識我的人怕不會到十個人。有好幾位小時在一處的，聞在背貨種菜，即見到也不知說什麼好了。在印象中地方極熟，如今真正看來倒反而十分生疏。

地方給人印象「奇怪」，因為許多都像變了又像不變，許多小孩子騎著「高蹺」在路上碰撞，正是我過去最歡喜玩的。酸蘿蔔小攤子還到處是。許多老太婆還是那麼縮頸斂手的坐在小攤子邊，十分親切的和人談天，窮雖窮，生命卻十分自足。許多幹部是外來的，卻在此生根。當地廣播電可到各鄉村，每天廣播歌曲時事並傳達命令、通知。辦事長是四鄉轉。城中輕工業品，銷幹部的全是外來物，印花布上百種，紙煙消費特別多。本地有三百多人織土布，二毛多一尺，好看之至，卻無人過問。本地人不穿，幹部不穿，苗人也不大愛穿，各處攤子都有的是。如送到北京商店，特別是美術商店，三幾天就可望銷上千匹。有些花高級之至！真是貨到地頭死。人材也可能有相似情形。有個老畫家，是近百年來湘西好手，教了廿年畫，近在鄉下種田。好銀匠還有一手，做的圍裙上東西，簡直是「傑作」！唱歌的穿起來，到世界上任何一處去表演，也是第一等的服裝！可惜沒有人認為好看。文化幹部總是說在發掘，當面的輕輕放過。朝慧也穿起和虎虎一樣的衣服，你想想看影響好可怕。

我想帶點好料回來開開你們的眼。我看過一處織布廠，大堆年老年輕婦人在一處有說有笑的工作，高興之至。她們如知道所織布匹拿到外國去也是第一流手工藝品時，還不知要如何高興！這裡年輕人富於創造熱情和天賦的小學教員，中學教員……還是一個富源，外來人不會明白的。沒有出路，慢慢的自然也就耗盡了。是一待深入的問題。

二哥　十九

致張兆和

一九五六年十二月廿六日　長沙

晚上——長沙

三三：

我已從家鄉回到了長沙，照預定遲了一天，因在吉首參加了一次州政協會議。還擬在此留一天，和這裡同志談談問題。已定廿八上路，早六點車，可能是卅或廿九什麼時候到達，得問問車站。在鳳凰掃了掃祖父母、父母及諸親故墓，大嫂背了個小竹籠，裝了點臘肉橘子，同行的還有二青年幹部，正值細毛毛雨，各戴上一個斗篷，一切很像是屠格涅夫傳記小說上描寫，因為在墳上遠望，正看到新公路上汽車奔馳，大嫂在碑前敘述工人砍墳前樹修橋事。

本地有個石蓮閣，好風景外還有個好塑像白衣觀音，含笑如活，現在主要建築已全部拆去，被改建為新醫院，本地人不忍觀音打毀，因之抬到一個合作社牛欄中放下。如牛欄擴大，大致就保不住了。幾個教員一定要陪我去看看，就去看看，正和耶穌聖母一樣，畫出來才有意思。永玉如回來，不可輕易放過！

向上走路上相當累，愈去住處愈小，小客店總是樓房如隨時可以倒下，走動時必軋軋發響，

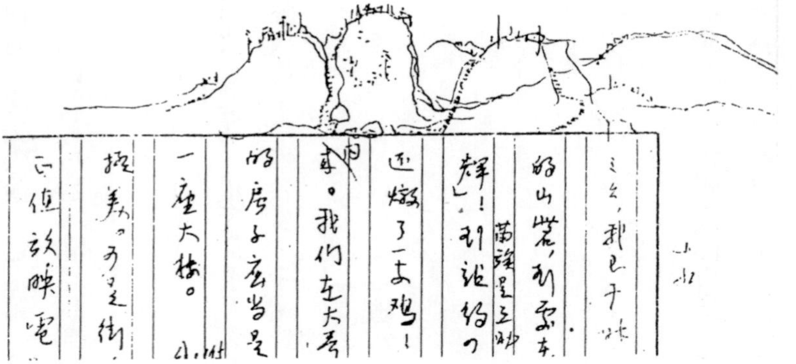

一九五六年十二月十九日鳳凰家書（部分）

薄板壁隔成小間小間，彼此雖隔斷什麼都可聽到。被蓋十來斤重，得用身體溫熱先把被弄暖和，才能保溫。即使如此，冷風還是灌滿一房，半夜醒來且無燈火。早上搖鈴到處喊「客人起床」催客上路。好的是照古風有熱水洗臉洗腳，毫不含糊。街上總是成群小狗、小鴨、小孩子。到了鳳凰，即住縣長大樓，樓上也是空空的，半夜火盆熄後，全房子冷颼颼的，被蓋格外冷。早上也是搖鈴，吹哨子，並叫人起床。有意思是天還黑黑的，又無燈火，起來做什麼？還不知道。

最好還是河面種種，真動人。回來路到過瀘溪渡時，正值十多個大木筏浮江而下，十多隻大船也搖櫓下駛，江山如畫，好美麗！車一過江即盤山而上，約二里路到頂，下視更是壯觀。到處如宋人畫卷卷成一圓筒。特別是過沅陵渡時，實在美麗。

到常德時，還過麻陽街探探鄉親，幾個老麻陽婆守在一個狗肉專館前擺煙酒小攤，那專館卻有四十三隻狗腿掛在屋梁上，櫃前陳列六、七個酒罈，可惜看不見武松、浪裡白跳一流人來到鋪中大宴。這兩天正值大晴天，早上霧中山景，好到不可形容。車過桃花源時停了停，有個水溪合作社小鋪子，三五張茶桌也還坐了好些黃髮垂髫怡然自樂的人物。鋪前小攤子邊卻有個穿幹部服外加圍裙的中年人物，在和人買賣香煙。唯一有點古風氣的是一罈酒，但也是從常德來的燒酒！桃花源已非世外，卻有意外新事，即常長間有個地區出產金剛石，比蘇州還好，將來有可能是世界上名礦之一。已有好幾十排工人住宅，早上電燈比常德的還亮，附近只是一片平田，中有寬約二丈一道泥溝，原來金剛石就出於溝中，距地丈許就可發現。地名丁家溪。鳳凰附城也發現一礦，是磷礦，周圍廿平方里聞全是這種礦，且多露頭，將來可供全省有餘。更有意思是還有豐富的文化礦藏，這次在縣城裡稍撈一下，就得到好些。本地人說我是「收荒貨的」。他們想不到這些東西如早到北京二月，已可出國旅行供十多個國家開眼！苗族或土〔家〕族編織物之精美更是動人，本地人卻從不把它看在眼中。真如有個小表侄說的：「沉香木當柴燒。」事實上幾年來毀了不知有多少！好的大多毀去了，市場上卻充滿醜不可言的上海輕工業用品。也奇怪，怎麼會這樣醜？我住的是州長住客房，用的枕頭帕和玻璃茶杯，都是下江出品，好醜！可是本地有的十分好看的挑花、繡花及印花舊樣，可真值得叫做「寶貝」。

致張兆和

一九五七年四月十四日　第一信　南京
上午

三三：

十二日五點開了車，車中曬得熱熱的。四人座為外賓來換了個座位，是兩人間，格外清靜舒適。洗手間在房中茶几下，方便之至。上層是個比利時外客夫婦的譯員，到處跑過，談得有意思。

車上吃的還是極壞，因此我只吃一頓晚上的，一頓早上的。十三日中午頭昏昏的睡著。暈車還是頭一次！下午二點到江邊，即另外坐船過江，還可穿瘺三大衣。同行的也是一樣的，顏色略灰一些而已。四個人一路，中有二幹部。

到寧住中山路七十一號福昌飯店二〇四號，三個床位，有洗澡處，「好」，但是睡到第二天早上四點時，才明白當街房子的「吵」。因晚上無事，我叫車到蘭園去看看四弟，巧而不巧，兩夫婦剛出門看電影去了，原來電影院即在我住處窗子對過。家中小傢伙陪了我大笑一點鐘。壯壯實實，眉眼如周孝棣，漂亮。一口合肥話，還會打太極拳，姿勢和我的差不太多，極認真的打給我看。「小老爺」也在這裡進修「熱工學」，為瀋陽夜大學備課，已成半專家，將來必然是「專家」無疑。昨一到就看手工業局木器展，好些三、四人用的桌、椅、櫥、床，工巧而並不太實用，因為變化太多，如玩魔術，事實上買他的卻不必那麼多變化，能兩人用已很夠了。昨天是禮拜六，下午街上格外熱鬧。今天擬過陵園、孝陵諳地，因為是星期天，看人也可說是明白社會一個條件。上半天看博物館。

明天主要看絲綢生產和問題，座談問題。後天到南大去或師院去。十八過蘇州。廿一過上海。癟三大衣大致一直可到杭還不必脫，早晚有風相當冷。這次霜雪據聞對農業生產大有好處。因為止後即有太陽，全變成了水，靜靜的浸入麥根，比陣雨小雨好得多。麥子要的是雨足太陽好。今年必豐收無疑。惟聞桃李花期或受了些損害。一路所見麥苗都是青油油的。

今天氣候好極，想必郊外人也特別多。我們正準備上路，同行共四人，條件比大夥上路好，因為談的全是問題。

南京有個特點，就是早上吵，車馬聲吵得好緊！可見住處不甚合理，地方拉得太寬，辦公的地方去宿舍遠，只能用汽車運輸，油的耗費不免大些。一般東西比北京賤些，伙食遠不如長沙好。街上賣蘋果，全是疤疤點點，小小的，還六、七毛一斤。梨子大都半壞，只五毛一斤。日用手工品比北京好而賤。在輪船上遇見些安徽婦女，從浦口收雞來賣的，閹毛雞也要六、七毛一斤，還不好收。魚似乎還多，又新鮮，可是用油極少，不好吃。好的是四川榨菜，像是照規矩，本年菜向長江運，隔年菜才往北京運。這裡榨菜大片片做湯，又脆又鮮。伙食一元五，照昨天吃法，只一菜一湯，而四人吃也只一湯。辦飯的略沾「上海味」，遠不如長沙同樣價錢一半好。長沙是三菜一湯。

張以迎報自己名字時，必附加解釋，是「歡迎」的「迎」。我說怎不叫「歡迎」？就笑得前仰後合。為帶了約廿粒北京牛奶糖去，是從口袋中掏出的，放到他的小小紅筐籮中，吃時還分一半給乾奶奶。一切反映「性情正常」，十分自得其樂，什麼也不在乎。問他媽媽和爸爸出去做什麼？就說「眼睛傷了，去療眼睛」。原來是上電影院用電影療！

正是開春的天氣。一切都如有春天消息，樹木綠綠的。陵園和玄武湖花一定開得十分茂盛。南京有比首都好的地方是各處有空地，各處有水有樹木菜園，每戶人家得到的新鮮空氣都多一些。可是十分奇怪，沒有一隻鳥叫，也沒有雞和鴨子叫，空中也不曾見過一隻鷹。

也許鄉下情形會不同一些，大江邊也不同一些。江水比湘江寬得多，可是卻沒有湘江有意思。湘江江水碧綠，兩岸全是帆船，桅子如林。江中也滿是白帆，有畫有詩，也有生命，有生機。這裡江中只是一汪濁流，急忙忙向海奔赴，如不得已的在趕路。江中的魚鱉也若在不得已情形中同向海中奔赴。江面也有船隻，因為江面過於寬闊，比較上就看不出什麼。大碼頭邊也泊船不住，不明白那些帆船如何停泊！「洋船」都像是當差樣子，不從容，也不美觀。這裡凡是可以聽到的廣播，都不大好聽，很奇怪。

從文
十四日

致張兆和

一九五七年四月十四日　南京
晚

三：

今天一早我們到了博物館看看，已起始看到許多花，真是只有南方才有的花。天氣熱熱的，令人回想起小時候春夏之際情景。人在病中，看到許多花，在日光下靜靜的開放，心軟軟的，真正是小心子好柔弱！我還記得有那一回，看到花台上碧桃開得十分熱鬧，我正病好，沒有人理，一個人坐在台階上，心子弱弱的，哭了起來。家中人不明白情形，還罵了我一頓，可不明白小孩子「心靈」如何需要安慰和愛撫。看到這些大紅的絳桃夾雜柳絲間，紫荊、榆葉梅如競奇鬥勝，杉樹、針鏦也綠得如翠，我對自己也不免奇怪，想問問：「我究竟是誰？」因為自己在這麼個地方，實在不像是能在另一時想像的！並且在那麼一些花之間，想起五十年前舊事，好像直到這時才懂得自己小時候那一點點！

到陵園想吃點什麼，聞要排隊等二小時，可見人多到什麼樣子。到靈谷寺去，樹林子裡和房子又滿是包座的人，也得等二小時。我們只好買冷盤——簡直是搶，不過得出錢，還得一件件搶個半點鐘，才算得了三盤冷雜，用茶水和啤酒餅乾送下。樹林子全是豆綠色，到處有榆葉梅、丁香、連翹、碧桃、櫻桃……到處是人，可只是那麼山谷中也沒一隻鳥。奇怪！難道除四害全被除了？總之，應當有黃鸝和杜鵑，沒有聽到。或者到南方的時候不對。我們轉到「吃櫻桃」的玄武湖，還是生平第一次到這地方。像有好幾萬人，如趕廟會一般向裡邊流。水中也有好幾百條船，還有拉帆放乎中流的。有馬戲團，外掛「客滿」牌牌。有溜冰場，如煮「活動餃子」，另外還有幾百人排隊待煮。消化機關更是熱鬧。到處是極好看的花木，我估計，可能應當算是國內最好的公園，因為自然環境比北京的幾個園子可大好得多！還是孩子們的玩處，好大一片草地！有個竹子做的長廊，比頤和園的長，曲折，素樸，好，兩邊也坐滿了人。多是工人、學生、幹部和一切家屬。大家都快樂得很。花真少見，絳桃和辛夷都開得如火一般。棣棠還是在青島看見的，這裡和連翹排隊栽。樹木正當春，葉子好綠！（北京也應當是相同日子了，你們得和虎虎出一次城看看。）

回到住處累得和小時候放春假郊遊回家一樣。晚上還看會演無錫小戲，蘇州小戲，不大懂。河南梆子可出力，「羅成大戰尉遲恭」，也像是五十年前看過的，不料至今還在演，太老了。大花臉在上面含著喉嚨的痰，喊了一小時，可真賣力氣，是得獎戲，可是喊得太累人。打功好，做戲認真，比京戲強多。明天將看一天絲綢生產研究等等。後天看學校，座談。只能作了解，因為時間過於促迫，我們只有分別問問情況。

二

十四

氣候好到白天可穿whole三大衣，街上相同的多。晚間還覺得風大些，不過出城到郊外，手拿著似乎妥當些。

十五早發

在路上抽空試寫了個小文章，二千來字，好。

致張兆和

一九五七年四月廿二日　上海

小媽媽：

下午看到了「巴老伯」和陳蘊珍一家，孩子們又大了好些。王道乾也帶了他的四歲大女孩來，和小吉蘭似的精靈靈的，極有意思（算算時間，正和他見小虎虎時相差不多）。他已有了三個小孩，和曾祺相似。還只結婚六年，再下去，可能會要有五男二女！今夜這裡或者是迎接蘇聯首長，有百萬人在街上逛，路上擠得滿滿的，就這麼在街上擠，比白天「煮餃子」又有了進展，簡直是滿滿的一罈什麼菜！大家雖擠卻十分從容，給人印象極離奇。車上也是滿滿的，還居多帶有小孩！大廈和其他高大建築，幾幾乎全都有電燈，我們住的做大盾牌式，一出外灘就可看到。從住處樓上望去，卻只見一片輝煌。市聲和燈光交融成一種不可形容的熱鬧。或許跑馬廳公園中還有大燈火待放，因為裡邊人擠得簡直滿滿的，和五一晚上天安門前相差不多。

宰平先生也到了這裡。還沒見到。曹禺也在這裡。或許我有三幾天是搭伴看的。

這裡還有奇怪處，白天聽市聲，車馬儘管多，卻聽不到什麼聲響，只是轟轟的。晚上卻特別宏大，許多聲音都不相同，差別顯明，雖同樣混雜，卻各有節奏。水面和地上區別更大。水面上大小船舶和駁船聲音又各有不同。其中還居然有一支笛子聲音，是小船上來的。

街上人多雖夠多，可不叫嚷，若被一隻力大無比的手在轉動，這隻手怎麼創造出來的？卻又是這一些人百年勞動積累形成的。大家都靜靜的守住自己的份在動。在街上動是易明白的，還有長年如一的各種大小工廠，大小作坊，大小生產合作社，大小批發處，大小機器工具邊，靜靜的數著機器的轉動，數著成品的件數，由日到晚的，種類之多，可真不易設想！以蘇州之小，還有近六萬到十萬人在動，生產些東東西西，到國內外都發生一定作用。上海之大，可能會有六十萬人到一百萬人參加這種生產。他們的工作，影響廣大及於全國，全國的生產無疑也影響到他們，可是其中似乎極少有人在街上走時會想起這些事情。許多人特別是到處可見的家庭婦女，儘管她是大學教師也好，似乎有許多時間只想到上海市內百貨公司合作社穿的、吃的和用的。在電車上我曾看見一個年輕母親，把她四歲大的孩子也燙了頭髮，母女都若十分成熟，才真是一種典型的教育！在這種人群中一久，大致對女人的抒情詩將完全被淘汰了，代替他的不是別的，是「銅鈿」。收入相差不太多時，就數「地位」最重要了。

凡事都在向前中，上海某種不大好的習氣，似乎還待用教育來改善。這裡是製造各

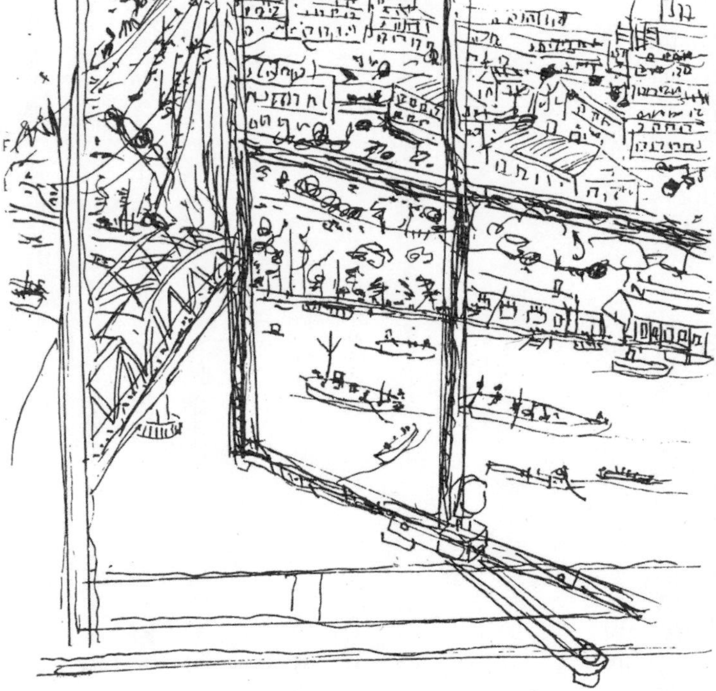

帶霧的陽光照著一切，
從窗口望出去，
四月廿二大清早上。
還有萬千種聲音在嚷、
在叫、在招呼。

船在動，水在流，
人坐電車上計算自己事情。
一切都在動。
流動著船隻的水，
實在十分沉靜。

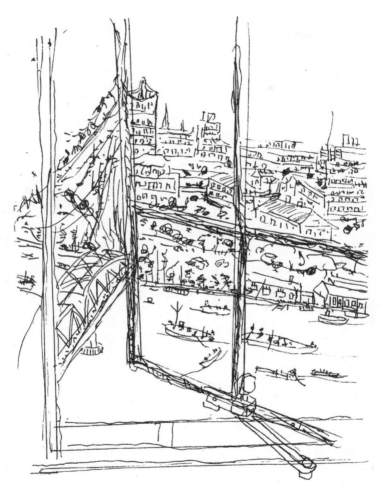

種教育工具的地區，但是卻最需要教育。這裡是產生一切新東西的地方區，可是許多人腦子還是舊的，且最容易滋長不好習氣的。是文化市，同時也是沒有使文化發生應有作用的一個城市。小一些的街上，滿是小孩子。人口還在增加中。好大一個擔負！新興的城市希望不像這個樣子。無怪乎上海人都歡喜到蘇州去玩，兩地真不相同。但是小孩子待教育，大人也待教育，卻是一樣。這個教育責任是十分艱巨的，要動腦子從各方面來下手才有辦法的。

二哥　廿二早發

致張兆和

一九五七年四月廿六日　上海

禮拜五早上

小媽媽：

早上三、四點即起始聽到轟轟的市聲，六點起來一看，好一片陽光！完全是春天的，明朗的，快樂的，輕而軟的。一切都和托爾斯泰或中國詞人描寫到的差不多。迎陽光的萬千房子，色彩也顯得格外柔和。可是從樹木顏色看來，快到初夏了，因為已由淺綠轉成大綠。河中泊滿了不知從何處來到何處去的小船。

我過不久就得到郊外去。要坐一小時車子，經過許多好和壞的街道，最給人印象深的是一個不好的街道，還有千百人在一個井水邊打水，孩子們在泥中爬。這是過去上海的遺留，是這些人對上海有大貢獻，卻在一時間還不能把自己生活改變過來。或許在許多地區農村樣子已全變時，這裡還不免有舊東西存在，大都市四郊都必然不免如此！

這裡有個極令人奇怪現象，是女孩子一到十四、五歲，就像被烘烤逼熟的，把成婚後的女人燙髮穿衣全學會了。可能這種人又已經十七、八歲，總長不起來，和不健康的花一樣，到了時候，勉強開放了。電車上到處可見這種人。另一種是新摩登，也多是個子小小的，總給人一種淫慾過度感。腦子裡只是錢、錢、錢，雖然已不能如過去那麼能得錢用錢，對於錢還是具有極大的興趣。對於書卻絕對不需要。至於生活呢，和蘇州許多人一樣，吃零碎！永遠是什麼采芝香，采芝春，采芝什麼忠實群眾。

也還有一種男人，完全穿新衣（和本來身分生活都不大相合），在街上走，像外國來的，其實可是當地的什麼人。可能住在最好地方，也可能坐的是最新紙老虎車（開車的說美國車），這種人難於猜想，因為他們從不說話，並且很可能是剛從國外回來的！衣服不大合身，是外國縫的，還來不及換。

這時河面真是奇觀，滿是小船，差不多把水道也塞住了。不能設想是哪裡來，又到哪裡去的。我還從來沒有自高處俯瞰過那麼多好看船隻。我一見船就興起一種情感，因為船上生活太久，種種又太熟悉了。弄船人永遠和陸地討生活不同，永遠從容許多，脾氣也好得多。將來如有新詩人培養所，應當派到船上過一年半載，因為一面操作一面還容許思索其他事情，回憶舊的，準備新的，卻和當前操作不矛盾，彼此同在而不相妨，這正是詩人必要的一種心境。其實寫散文也需要。而且隨同船隻流動，外景變換也多。但是要到什麼時候，才有人明白這可以培養詩人，或治療詩人的用腦子方式？怕得在廿一世紀初了。那時一定還有用這種工具的人，同時也有原子船。

致張兆和

一九五七年四月卅日　上海

小媽媽：

這裡報上正在「鳴」[3]。前天是小說家（巴金等），昨天是戲劇界（曹禺、熊佛西、李健吾、師陀），一片埋怨聲。好像凡是寫不出做不好都由於上頭束縛限制過緊，不然會有許多好花開放！我不大明白問題，可覺得有些人提法不很公平。因為廿年前能寫，也並不是說好就好的。有些人是靠小幫口而起來，不是真正靠若干作品深深的紮根於讀者心中的。有些人又是搞了十多年的。如今有些人說是為行政羈絆不能從事寫作，其實聽他辭去一切，照過去廿年前情況來寫三年五載，還是不會真正有什麼好作品的。這裡自然也應當還有人能寫「作品」，可不一定就是「好作品」。但目下不寫作品，還在領導文學，領導不出什麼，卻以為黨幫忙不夠，不大符合事實的。鳴總不免有些亂。如果有機會讓小作家和讀者鳴鳴，也會把責任轉到巴金等頭上來，因為他們在領導，事實上可並不曾有多少青年作家或年老作家，在領導鼓舞中動起筆來的。他們團結各方面的工作做得相當差，有些人對靳以不甚滿意，有些人譯過十來本書還不能入作協，有些教授也不算作家，但有些又算。其中情形相當微妙，可能有些小圈子作風。這麼下去將來也會有可能形成一種新的宗派，不是以作品風格見異於人，只是以地方勢力做根據，形成獨占而已。這對創作的發展自然是有妨礙的，可是對於有些人，必然還以為得計。古人說「識大體」，真不容易，現在人說「整體觀念」，要建立也真不簡單！上海報紙

3 「百家爭鳴」的簡稱。指政治運動中暢所欲言。

上載作家鳴得相當熱鬧，真的熱鬧必然還在後面些，時候還未到。但是什麼時候就到來？模模糊糊。真的鳴應當是各種有份量作品，訴之於萬千無成見，少偏見，且不為空氣控制影響的讀者。但是目下這種有資格說話的讀者，卻無多機會說話。這個讀者群應當包括教授（教這一行的）、編輯、作者和各種幹部、學生、市民讀者。這個群眾的意見，比目下少數人批評就公道正確得多！

你們刊物陣容似得重新安排一下，至少得把黨員作家好好組織一下，多有點好文章，每期總有兩篇較好的短篇，三、四篇充滿新意思的特寫，才壓得住。要有露面的作家名字，也要有名不見經傳然而風格別緻的作品。這一點我認為主動找稿子的工作方法還沒有好好的推進。二、三十萬份的代表性刊物，看稿子要有巨大眼光，組稿子也得有各方面作家信託，感覺非幫忙不可。這工作你們做得不大夠。是不是還可說很不夠，我可不知道了。

這裡出書極多，到一個書店去，滿架子是新書，問作家有什麼特別引人的作品？沒有。這些書經過些什麼選擇而印出，情形也混亂，很有些書出來一、二年，無聲無息的，就到特價部作二、三折扣出售了。還有些大本子的，書評也少提起。有的印得多，銷路少，積壓在架子上和庫房裡，擺個樣子。一般印象是書出得相當亂，可不好。市場上——以戲劇而言，「濟公」觀眾可不少。街上每天有幾十萬人要開心，上海這個地方必然會有許多開心的東西流行。晚上到食品公司（先施公司）去看，消費者擠到這裡邊有人滿感。一部分人口中國國有聲。原來什麼吃的都可零包出售，所以一面走，一面看，一面吃的人就愈來愈多。這個大城市過去是現在依舊是有百萬計的人，都不怎麼用腦子想生活以外事情，而對吃穿卻有濃厚興致的。商業或文化娛樂業為適應這個要求，不斷在擴大服裝店、飲食店和娛樂消費節目。看到這個情景不免令人心懷杞憂。這裡的講實際會墮落人的，使崇高理想變質，而且對於許多方面起壞影響的。說真話，作家教授爭的都容易從個人出發，對國家全局關心不夠。是資本主義中毒極深一個地區，同時也還是小資氣息濃厚的一個溫室。從政治熱情而言，遠不如北京之純。當然這一切也只是點點滴滴的接觸，不是什麼深入研究。可是礎潤知雨，從各方面看來，這裡的人還像是有些特殊例外，和全國發展不盡合拍。或者說待教育，待好好教育，通過各種遠一些的措施來改造，不然到一定時候，還會起不良作用，妨礙了國家向前。知識分子中個人主義濃厚，非知識分子得過且過毫無遠大理想，這兩者是主要病象。有形的租界雖已去掉了，無形的租界還存在，知識分子和許多市民都還生活到這個無形的租界裡，十分習慣。報上說的國內什麼什麼，對於他們都可以說無多意義。他們都像是十分聰明，可是也可說相當愚蠢。特別是一些穿新衣在街上逛的年輕人，都沒有性格，都莫名其妙。一部分人在日本侵占上海時，是一樣的在這裡悠哉游哉蕩街的，所不同處是，上次是他的父親蕩，現在是兒子蕩罷了。其中自然也有萬萬千千聰明精幹的人物，一出了學校就向東北西北跑的。這只限於受了好影響的學生。一般工人中也有為支援國家建設離開這個銷金窩的。大知識分子習慣於這裡討生活方式的，大致都樂於在此老死不動，因為實在說來生活條件遠遠不同北京。找錢方法又容易，而老式自由空氣卻在嚷、在釀。我過去不歡喜這個地方，現在還是不歡喜。

我將在這裡看五一了。三號左右可能過杭州，也可能即回來，看幾個同伴日程如何安排。

二哥　卅

致張兆和

一九五七年五月二日　上海

三姊：

今天到處在放假，因為昨天熱鬧了一整天，有的人或許還跳了半夜的舞！一半鋪子都和過年一樣上了鋪門。我到博物館談了一天情況，才明白這個單位人數多得可驚，東西也收得不少，可是研究整理工作卻差得很。很多人可能都宜於轉到另一個機關裡去幹別的工作。不過到什麼地方去？或者還是問題。許多人似乎都還不明白如何進行工作，減去三分之一大致還是能照常進行工作。女的人數占一半以上——七十多位，在機關幹部中，實在可謂驚人。因為女的能研究的似乎只有一人，還不大明白究竟是在如何研究，最接近群眾的十四個說明人員，女的也占多數，工作比小學或初中教員待遇好些，工作量卻不如教員之多，一天做兩次說明外還可有二、三小時自由讀書。困難處只是不易在業務上提高。對工作倒挺熱心，惟業務上領導他們的，不能如何幫助他們，因之說明工作必停頓到一點上，不容易豐富了自己知識，再來增加觀眾認識。這也正是各省博物館面臨現實情況，待改進的一個環節。故宮說明人員同樣碰到這種問題。雖在進行「文化教育」，作用不大。這些人待增加的是「文物教育」。是一系列「專題教育」。目前國內卻沒有可學處。有些研究人員自己就不知道如何措詞才得體，自然對於說明人員難以做具體幫助！補救他，或者還是部中或局中，或歷史博物館故宮博物院有幾個專門名家，編成一個「機動部隊」，各處輪迴去考察工作，輪迴去講問題，每到一處，能留下一、二星期或三五天，作三五個專題報告，對於提高他們的工作，將有顯著改進。

有一年時間，全國走得也差不多了，再拿所見文物知識來豐富本院本館研究工作，對於本單位工作改進，也必然有絕大好處。我想能那麼做對國家這部門向科學進軍，起的好作用將是十分顯明具體的。只是如何來進行，將依舊是個問題。因為部中局中幾年來都不曾對於這麼一種工作準備過人材，院和館即有條件，也不曾好好培養研究工作的全面發展，因此即或只要三幾個人的工作小組，到實行計畫時，倒不容易組成！甚矣，人材之難得。機關中見得多、懂得多的各種專家也還有，只是對文物眼目鑑賞而已，知識的侷限性大。

要把這些知識用三、五千字作一總結概括說明，又具歷史觀，又能旁徵搏引文獻，結合論述，又能具有新的見解和立場，說來輕重得體，不容易。可是我卻想搞十個題目試試看。目下大約已可作五、六個小專題歷史的敘述，寫出來不至於外行，只是待解決的卻將不止十個，可能是二十個。這一環若能有人，其實不止是全國博物館說明人員能得益，即省市文物研究工作者也必然有好處。因為如僅就一省一市地區材料做研究，有許多問題將永遠不會明白，說不出所以然的。換言之，研究工作做不好。

目下還有另一極重要待解決的，即教書先生不搞文物，不會用文物證史，豐富歷史研究或加強歷史教學的說服力。幾個學校教授利用文物都達不到應當有的情況，都待重新找辦法！也一定要有一辦法，才能配合社會發展要求，不至於讓下一代學生還依舊那麼對文物無知，以及先生對文物無知。

小媽媽，工作看來簡直是什麼都還待重新走第一步，是一種嶄新的工作，走在前面的人卻那麼少。這比寫點散文短篇故事，實在難得多，作用也大得多，要人肯擔當下去。我知識也極有限，可是卻明白這麼做對整個文史研究工作是一種革新，是這個新社會發展一個環節。還有即從這個知識基本上，才好搞藝術史的研究，並且弄明白工藝生產中，什麼是民族形式最值得取法的，可望轉入新的生產，提高當前水準的東西。這裡待提出的又是一系列千百種東東西西，卻必須是從萬千種東西中挑選出來的，也還有許多許多工作待做。能多活二十年，將可完成多少事情，將可如何切切實實的做好些事情。但是如照官看來，都不免只是「等等看吧」的等下去。有些事一等五、六年，耽擱了。

這些工作不比創作，和創作有個基本不同處是：創作短篇每一次都自為起迄，都近於從新開始。正如同賽跑，你參加各種距離跑，一百米記錄雖好，到五百米那一場，又得另從起點走去。不能用那次一百米的記錄，而且時間限制嚴格。至於搞文物工藝，儘管工作千頭萬緒，只要能就全國材料作綜合，只要看得多，材料在手邊，就可以不太費力在一較短時間裡，做出許多事情。過去三五十年難於見功的，現在三五年也可以完成。

這裡夜一深，過了十二點，江面聲音和地上車輛做成的嘈雜市聲，也隨同安靜下來了。這時節卻可以聽到艒艒船搖櫓蕩槳咿呀聲。一切都睡了，這位老兄卻在活動。很有意思。可不知搖船的和過渡的心中正想些什麼事情。是不是也和我那麼盡做種種空想？它們的存在和大船的彼此相需的關係，代它想來也有意思。動物學中曾說到鱷魚常張大嘴，讓一種小鳥跳進口腔中去啄食齒間蟲類，從來不狠心把口合攏。這種彼此互相習慣，不知從何年何時學來。這些艒艒船是何人創造的？雖那麼小，那麼跳動——平時沒有行走，只要有小小波浪也動蕩不止，可是即到大浪中也不會翻沉。因為照式樣看來，是絕不至於翻沉的！

二哥

好些日子都聽不成音樂了。我因出門只想坐公共車，倒認識了好幾條路線和換車方法。成衣鋪似乎太多了點。

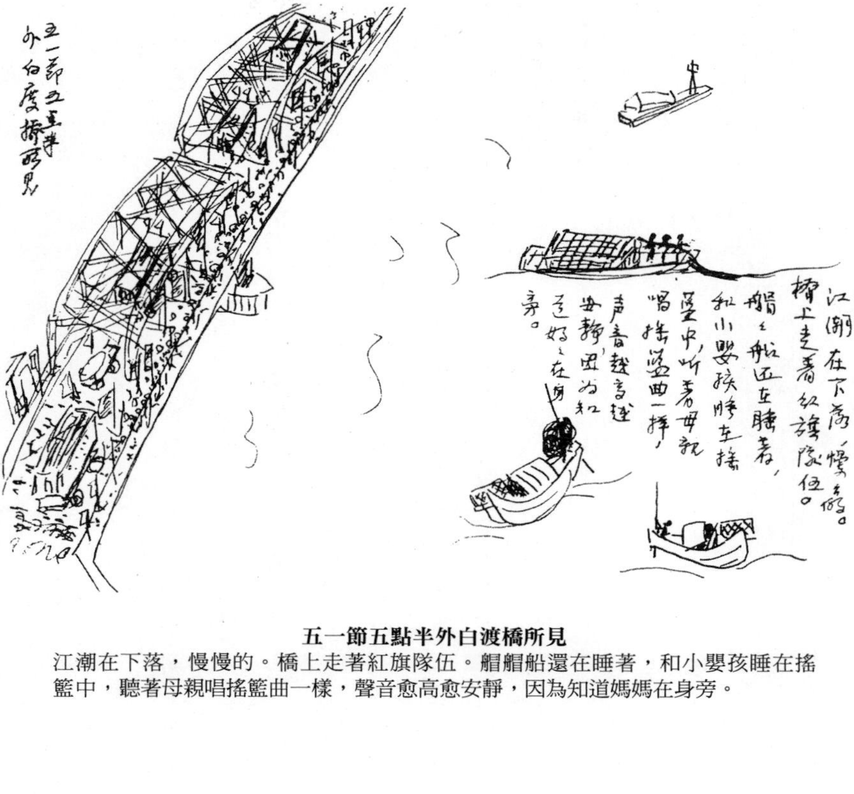

五一節五點半外白渡橋所見

江潮在下落，慢慢的。橋上走著紅旗隊伍。艒艒船還在睡著，和小嬰孩睡在搖籃中，聽著母親唱搖籃曲一樣，聲音愈高愈安靜，因為知道媽媽在身旁。

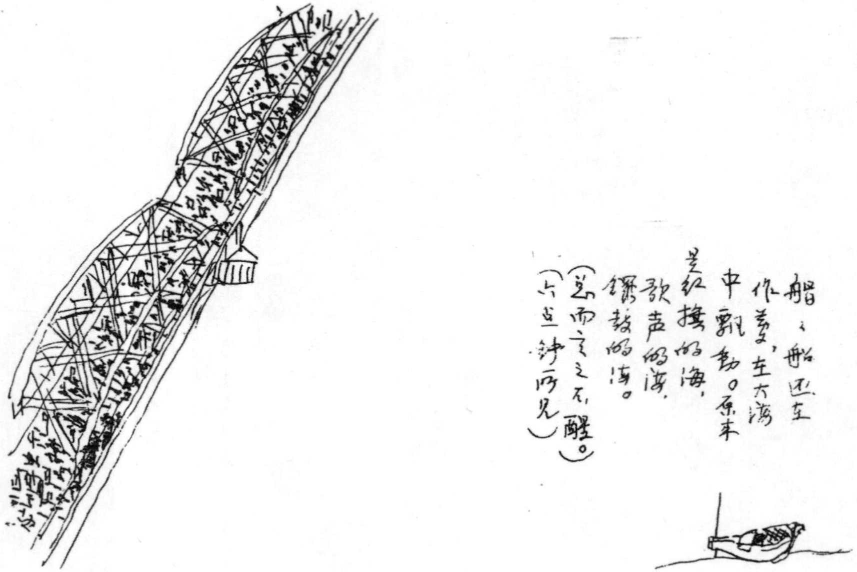

六點鐘所見

艒艒船還在做夢，在大海中飄動。原來是紅旗的海，歌聲的海，鑼鼓的海（總而言之不醒）。

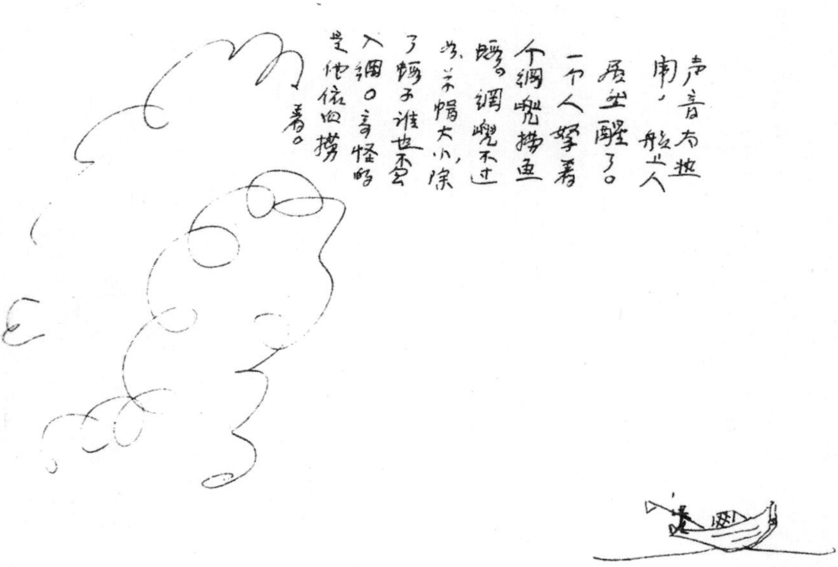

聲音太熱鬧，船上人居然醒了。一個人拿著個網兜撈魚蝦。網兜不過如草帽大小，除了蝦子誰也不會入網。奇怪的是他依舊撈著。

跛者通信

沈從文曾用「跛者不忘履」來表達他縈懷文學創作的心情。

他曾多次做出努力，找回失去的能力。唯有張兆和是他的傾訴對象，重新學步的支持者，鼓勵者，也是依據「標準」對他每次成績的坦率批評者。這裡選一九五七至一九六一年兩人之間的部分通信。很可惜，作者有些談論文藝政策的信件已失。

張兆和致沈從文　一九五七年八月十一日　北京

從文：

我傷了兩天風，發燒，人不舒服，昨天請了半天假，今日禮拜日休息一天，可望全好。

院子裡第一朵睡蓮已開，蜜黃色，美而乖。它比你有時間觀念，每天早晨按時醒來，四點鐘就闔上眼。前後院的媽媽們都覺得這花真有趣，孩子們圍著看，誰也不會碰它。

拜讀了你的小說。這文章我的意思暫時不拿出去。雖然說，文藝作品不一定每文必寫重大題材，但專以反對玩撲克牌為主題寫小說，實未免小題大作；何況撲克牌是不是危害性大到非反不可，尚待研究。即或不是在明辨大是大非運動[1]中，發表這個作品，我覺得也還是要考慮考慮。我希望你能寫出更好一些，更有份量的小說，因為許久不寫了，好多人是期待、注意你的作品的，寧可多練筆，不要急於發表，免得排了版又要收回。我的看法是不是太主觀，太武斷，不切實際，請批評，請原諒，只是希望你不要因此氣餒，你多寫，你會寫得好的。

報紙看過後再寄你恐怕時間太遲了。你為什麼不在青島訂一份？每個郵局隨時都可以訂，比在北京訂更直接，隨時可以訂，訂到月底你回來為止，這樣不更省事？家裡的報紙有時我看不完，想留著多看看，有時難免忘記。最近幾天我還是寄給你。十日的《文匯報》，彭子岡被點了。陳夢家果然也見了報。今天收到上海李勖庵來信，說程應鏐已逐漸交代，現在李兼管師院陳列室事，請你仍繼續幫忙購置文物，有一個單子。反正你現在無法搞，暫不寄你。

你最好能多看幾篇現在作家的新小說，知道一點創作情況和水準。有些文藝界右派分子異口同聲說解放後沒有好作品，都是公式化概念化的；我雖然讀過的作品不多，我的工作使我有機會看到一些好稿子，有些作品水準實在不低，可以借鑑。

文章寫不寫還是次要問題，難得到海邊休養，不要老關在屋子裡，要注意身體，多睡些。

你的新詩比古人詩好，感情健康；你好像很欣賞古人那兩句舊詩，「白楊」、「紅

---

1 當時正在進行反「右派」的運動。

粉」，我總覺得，和現代人情調感情不大合拍。

報導。

一會到郵局看看，如果買得到最近一期《文藝報》，就寄給你，對丁陳問題有詳細

報紙寄你到十五日為止。你從十六日訂起，立即就去訂。祝你愉快，健康。

兆和

八月

有好看的小貝殼揀一點帶回來。不要那些頂普通的、又粗糙又笨大的。好看的小石子也要，冬天壓水仙花。

致張兆和　一九五七年八月十三日　青島

小媽媽：

在這小房間裡，五點即起來做事，十分順手。簡直下筆如有神，頭腦似乎又恢復了寫《月下小景》的時代，情形和近幾年全不相同了。如一年有一半時間這麼來使用，不知有多少東西可以寫出！即或是寫詩，或戲劇，也一定會有意料不到成績。因為生命似乎全部屬於自己所有，再也不必為上班或別的什麼老像欠債一般，還來還去又總不會完，——這裡卻真做到了自己充分支配自己，寫什麼儘管同樣用力大，而相當累，躺個一天半天，又回復過來了。此後如能一年有那麼三幾個月的自己支配自己，可能做的事，卻必然會比由公家在一定形式上支配的，多到三五倍。不過如什麼事也不做，盡那麼住下做「隱士」，那生命儘管再屬於自己，還是近於白白費去。這裡就有些人，都是從文化部系統來的，好像對書都興趣不大，對寫作簡直更不會有什麼興趣，那麼好天氣，卻四個人十分興奮緊張的坐在麻將牌邊玩了又玩，從不叫累！每天都有人玩，也輪流換人，也可能有始終不讓座的。試想想，真是不可解。大致有些人照習慣極少考慮到生命使用的意義。昨晚上就大約有七個人在一起，在院子中說了兩點鐘笑話，如全部記下來，才真是好小說。都不像是現在文化部門中高級幹部還應當說起的——幾個人為模仿本地賣票的說話，就學了又學，笑了又笑。還說了些一點不可笑的，也笑了又笑。真奇怪。從不談政治，也怪。還有人帶了孩子來，劣得出奇，和小××妹妹一樣，凡事總和家中人扭，吃飯從來不肯好好的，菜一來就動手抓。也是少見的典型。父母照例喊來喊去，毫無作用（虎虎等從來不會有的問題，這裡都有）。分析說來，家庭還是大有關係。但是大人可從來不研究改善教育方法。大人就待教育！

徐悲鴻太太也帶了兩個孩子在這裡，一男一女，各約十二歲上下，活潑好玩，一點不劣。一天盡在水中泡，各曬得烏黑。還有幾位女士，都像經過挑選來的，穿衣如白薇的有人，形態如孫太太的有人，神情如伊湄的有人。都像不會穿衣，卻有好幾位穿洋服「布拉雞」，永遠皺皺的，四、五天也不換。有些還似乎屬於藝術部門的。怪得很。我到這裡大致可算是換衣最勤的人，每天換。原因是許多人在這裡「休養」，衣也不洗，多交給人洗。我倒自己動手洗。本來無一點灰塵，也少流汗，水中揉揉就成了，有陽台可曬，占時間，費勞力統不多。可是有些人像比我還不會洗衣！有些人枕頭的髒，你簡直不好設想。通通不在乎，習慣真怕人。在一起說笑話時，簡直比我三十五年前在土著部隊中說的還不上篇章，真不知怎麼學來的。寫出來都是小說，但寫出來卻不像真有其事。奇怪，許多人儘管讀書，書中提到的好處，可從來不起作用，起作用的卻是一些最平常的生活習慣。習慣真怕人。但是一種好習慣卻對人對己對國家多有用！

文章已寄出，還好，就是字太多！

二哥　十三日

張兆和致沈從文　一九五七年八月十四日　北京

從文：

前信寄出後，總覺有些怏怏：很怕對你文章的武斷看法傷害了你寫作的信心。我所以那樣說，是從兩方面來看問題的：一是從作品本身看，一是從目前創作實際看。如果你是經受得起批評的，那又當別論了。希望你不會介意。

好作品少，編刊物是有困難的。最近收到蔣牧良同駱賓基兩個寫農村的短篇，都不怎麼好。發表太多寫小資產階級不痛不癢的東西也不好，讀者也有意見。搞運動，許多作家一時都不能執筆，估計在一個時期內組稿會有困難。有意義而又非常吸引人的紮紮實實作品為數不多，而藝術性較高的幾篇現在又證明問題嚴重。怎樣就能寫出對社會主義建設有益的好作品，空談不行，恐怕作家們還要在創作實踐中探索幾年。

有一個湖南人陳玉誠從鳳凰來，帶來大哥大嫂給我們的乾菌子乾菜等食物。大哥託他帶個口信，要典當房子，需二百元，我想即寄去，又想等等看大哥是不是有信來。

《團結報》的稿子寫好了沒有？小說多年不寫，也不是一下就順手的，著急不行，你過去的習慣，不是寫了四、五天才得心應手嗎？我不希望太多，能夠寫一篇好的就滿足了。

明天在大樓開批評蕭乾右派言論的大會，我們都去參加。

黃西平同她的妹妹這個禮拜天將來看我們，我預備好好的款待她們。

館中黨支部向你了解程萬孚情況，你盡可能幫助黨了解這個人吧。

《人民文學》收到否？報紙要不要繼續寄？

八月十四日

致張兆和

一九五七年八月廿三日　青島

小媽媽：

得到廿一號的信，內中有大哥和陳大章信，已看過。試分別就事說說問題。

一、大哥房子事我前曾告過他。大嫂說的「有錢」，事實不多。我們不妨即為寄二百去，也讓他到六十歲有個一定住處。他在為地方做事，也為地方出力，原住處實在極不好。

二、只要你同意，我們即捐地方五百或四百。我希望你同意，不妨即寄去。這事有好處，對人民有好處，地方有好處。過去本鄉那些人，找了千千萬萬的錢，從來沒有想到為地方做一件好事，大都是狂嫖濫賭吸鴉片煙花去。這些人都完了，現在輪到我這窮人把唯一一點錢，送給本鄉本土，我覺得意思也好得很。要你同意就辦吧，它還將刺激我多寫些文章，為他們而寫。俟我回來，再為想辦法寄書報去，一定會做得很好。錢並不多，力量也有限，但是對年輕人必然能起鼓舞作用。

三、錶買了自然得同意，謝謝你們！此後凡事得準時。

四、已讀《文藝報》中各文，是新來的。我在這裡，也做了服務生，每天下午去買報給大家看。一面在報紙邊上寫著：「放在公共可看地方看，莫扯爛。」可是還是被人帶走，或扯得稀爛。一切看發展，有些人的做人教育，大是問題。這裡多有本八月號文學，當為大哥寄去。

五、這裡車票得由館中匯款來才好買，已去信請於廿五以前寄，如早於日內寄來，我就早回來幾天好。我覺得早回幾天也無妨。

六、有關××事，我也不記到他什麼了，只覺得他始終是不大妥當一位。為人不純，相當自私自利。看他對××、對××，都可知。過去早就感覺到，但照過去習慣，總以為一些屬於私事，不宜過問。正如同我對許多人一樣。自從辦××那次以後，對他即很不歡喜，所以他一再來要文章，我都不熱心，你總不明白。上次邀到人家處去吃飯，又勸你入民盟，我都覺得不歡迎他是對的。但現在來提意見，還是不知說什麼好。據我估計，××搞的大把戲，他未必知道，因為資格不深，但小把戲拉拉人，發展組織，如何配合鳴放，必清楚有份。這也恐得待我回來，我們共同來寫好了。

七、今天又作了篇文章，還好。明天抄第三次可以完成，字三千多一點。要寫作，恐怕真是在人事比較少的地方，才有希望。但在這裡如果依舊三人同房，還有個人吸煙，這麼鍛鍊一個月，那可什麼都是白費。謝謝這裡一位幹部，我一提到要寫點什麼，這個小房的門就打開了。以後一年中如果有三幾月那麼辦，一定還可寫得出好些東西。有一半用來寫作，即寫歷史故事，也可完成好東西。

八、看了你說的《改選》文字好，知道事多，恐怕表現上會有問題。一個廠子工會會到這種情形？後來寫到死，也是做作的安排。似不能算對現實能起鼓舞的作品。如照我所理解社會問題而言，目下要的作品，應當是從正面寫值得歌頌表揚的好人，一切從正面寫。諷刺難寫，易起副作用，不妥。我覺得這麼寫作態度不甚妥。還是一種高高在上的作法，因為即對於預備表揚的人，他也缺少愛。至於諷工會工作「找樣板」，態度不好。論作用，不好（放第一篇不妥當）。你不信，等等看批評罷。

九、之琳進步如何？生活方面似乎太紳士了些。都還是沒有經過生活太大苦難，生活處順境中，生命理解也窄，對人的同情心不會高，對好和壞感觸也不易深。也得慢慢教育，還得承認過去種種加於他的限制。

十、丁玲事也想不到。工作了那麼久，還一切只知有己，不懂黨的整體意義。不懂得如何領導，鼓勵更多數熟人傾向黨，更多數人拿起筆擁護黨，反而在內部鬧。不明白自己也還學不夠，知道的事情極少。即以文學而言，當時也近於「福將」，並未甘苦備嘗，底子不紮實，所以寫什麼，真說是每篇要像個樣子，也難辦到。自己根基不紮實，又不虛心謙退，還只想抓權，且鬧小脾氣，如何不出問題？又由於出身，對工農勞動成就，體會得似乎就還不大深！不明白黨說的整體意義，是問題，居然想脫出作協，豈不是奇想？

十一、他人一切，都事事帶給我們教育。要學習。照黨要求於一個好黨員的方面學。克服個人私心，克服個人自大，凡事識大體。「凡對黨有好處就做，有損害處絕不幹。」這話本來還是丁玲向我說的，我倒比較老實的做了些實踐，她自己卻不會用！常常想著這話行事有好處，對黨好對自己也好。

十二、小龍龍這麼工作學習，正是黨給他的教育，對他一定有極大好處。我想有好些地方，我們也真應當向他學習。學有許多學不到處，但極明顯他這麼工作鍛鍊是極有用的。我們也得對他進行一點教育，就是做人生硬的，好事也不易辦通。得改進！他比小平就少圓通處，可是我卻也有點擔心，小平受他爸爸影響如過多，將來還是不大行，那倒不如傻傻的幹活好。虎虎有應向龍龍學的地方。糟的是同在一處的都像個大人，將來學生也都是大人。生活如調到第一汽車廠幹一陣活，跟小丸子或許還可學些！小丸子兩次得先進工作者稱呼，一定不錯。

十三、天氣已轉好，熱，晴，空氣明明朗朗，地無纖塵。希望本文寫完後，還寫個東西，約四千字，有了底。單獨住下來，別的不管，腦子易得用。吃的其實不如家中好，也似乎少些。清靜，空氣好，幫助多。

二哥　廿三

致張兆和　一九五七年八月廿六日　青島

兆：

昨到蕭〔滌非〕家吃了頓晚飯，已看到小光照，和虎虎同型而略小，多了副眼鏡，大學一年級生，學船舶修理，將來工作和生活，大致將長遠在江邊海邊了。是從大連回來的。如再見到龍虎，大致統不認識了。黃西平想已見到，一定矮而微胖作廣東型身材，相當活潑。這裡票不易買，可能還只有廿九的票，才能上車，因月底有許多人爭回南北。海邊今年暑期不久即將算是結束，一切又將回復過去的沉靜。必到明年公園花開時，才又轉活潑。其實這裡公園最好時光應在九、十月裡。

從報上看，上海方面還在「辯」，孫大雨等統在辯，可惜不易見到發言記載。北京開會時，一定也可以聽到許多不上報的知識。政協或作協文代大會，一定還有重點的事在會上學習也。事發展到冬天，真不易設想。

大哥處說為地方學校捐款事，只管及早寄去，不要緊，他也到六十歲了，為地方做事日子不多，能看到民辦中學起來，算是一生快樂事。黨在各方面都鼓勵人來做這件事，最大數目當然在民資多餘利潤（本地不會多），其次是華僑，本地更不會有。目下僅有希望大致還是一些在外工作的人，和地方熱心者，所謂集腋成裘，不能如上海廣東之一手可成，但還是得辦，不然也是社會上一問題，政協會上早就討論到。將來如果有錢，還是得學你爸爸[2]，辦法還是正確的，你們種種也還是得到爸爸好處。許多對人民有益的事，要從看不見處去做，才真是盡心，從種種好的方面來學做一個後備黨員，也是對的。做人和寫文章一樣，得不斷的改，總會改好的。熱心而素樸的做去，對事也有好處。到處事情都待人這麼努力！國家只能把握大處，小事萬千項，都要在破除保守思想上加以推進，用成績帶動其他。

藝術和文物部門，研究工作極薄弱，還有抱虛無主義態度老一套搞他自己東西，卻又拿那個來教人的。還有的人主持生產的水準十分低，有技術而很不藝術，孔代表也還盡多，教授之無識，有出人意外的，生產出的東西，教出來的學生，當然都不大能符合新社會要求，完成不了新任務。水準低，如何能有創造性成就？有些部門且拖著向前的，無從向前。影響大。許許多多都是要具體長期紮實努力才能改進的，而不可能希望從一項運動來改變的。如薰琴等，目前教育批評有必要，以後更重要還是要那些教書的好好學習，研究生好好學習。不然哪像個高等工藝學校？××不肯踏實工作，被他們利用糊糊塗塗搞在一起，可惜。早就一再告他要從學習入手，再來說著作，才有可能。他們卻妄想二年寫工藝圖案史騙人。××做「軍師」，日來不知進行批評到如何程度。也是聰明誤用，善自處，實在還是得不到大處。院中應當熱心處——如為教學搞材料，興趣總不怎麼高，搞人事卻充滿興味。學習又抓不緊，只抄馬列文章附會，而不肯在所教本題上廣泛找材料學習，因之寫出來的東西，批評不得。×××一談工藝總是他是在講學術，用來騙人，其實知道的極皮毛，居多簡直無知，就那麼唬過去，長久如何能唬人？即能唬下去，也只是更加耽誤事情。其實好幾位教員得重新學習基本業務一、二年才有資格教人的。不改進，影響最大的還不是北京，主要還是畢業學生分布到國內，教學能力極低，搞文化藝術幹部工作，做的東西都很不美，搞工藝生產，還是半殖民化的

2 張兆和的父親張冀牖，五四運動後舉家由合肥遷居蘇州，不久獨資創辦了蘇州樂益女中。

精神，不中不西的。

這裡又落了雨，兩天中大致又出門不得，只好看書了。還寫成了篇文章，再抄一次即可脫稿了，字約三千多一點，還有內容。在這裡住下，寫什麼似乎亦落筆，易設想，腦子也似乎恢復了過去二十多年前寫《月下小景》的情形，人比較聰敏了好些。如寫中篇，易構思。可能是海上空氣究竟不大同，或比較適合於我體力。在北京生活方式似乎安排得不大得當。忙而無功，細碎而不集中，但是真正還是得到許多知識。如關閉到這個海邊一小房子中，知道的還是太少，只能用來消化知識有所創作，若無原料，在此住下來還是乾巴巴的，有些人恐怕正因為在這裡，變成極可笑閉塞情形的。

曾和蕭先生去看看老約翰（趙太侔），頭已全白，獨自住在學校宿舍裡，房子中倒收拾得比其他講究得多，在教點英文，人倒胖胖的和丁差不多。他兒子在東北病還不能教書，比廢名還壞。也真糟，年紀輕輕的卻這麼不幸！耀平的上司林××果然已露頭角。這人和我在上海一處視察，樣子就張揚不本分，不像個有學問的人，相反，和個上海商人差不多。正如譚愓吾，給我印象即不好，一看就像個只想興風作浪的小政客，又沒有什麼知識本領，我還奇怪怎麼這些人都是人民代表？

見之琳等發言，前一部分很好，後部分似不深刻。老舍有段在《文藝報》的自白，不好，有自誇處，特別是談到在重慶時事。是否有人正在提起他？他以為自己會寫了不少。其實以他的位置，不只是自己肯寫寫即成，主要還是幫助鼓勵同道的都肯寫，主要在幫同黨做團結作家工作，鼓舞工作，目下還有許多作家不算接近黨，寫作或研究工作都不能說有用出充分力量，他有責任在這方面做點工作，正如同丁玲在黨內作家應做而未做的一樣。這方面靳以巴金態度倒踏實一些，工作也做得好一些。總之，作家彼此間有些關係，還是不甚正常，是問題。也許有好些事我們都還不懂！

致張兆和　一九六〇年六月廿六日　宣化

三姊：

昨天上車恰是時候，差十分多點即開車。汽車到站，原來還隔相當長一段路，又過一長天橋。車上倒空空的，也極清潔，且有水喝。和一個大同煤礦工人同坐，聽他講起，才知「慢車雖慢一些，方便，因為人不擁擠，總有座位。快車可好擠，多站立。如事不急，倒是坐慢車上算」！天氣適陰雨，車上極涼快。到時二點零三分，不誤點，小璋已來接我，一會會即到了他們七層大樓辦公樓。他們住處在後邊，相當好。四嫂精神好得很，因為極清靜，養了大小雞十來隻。孩子們下午回來，長得極整齊，極活潑，過一個星期天，禮拜一再上學。大妹妹一人在家住，上小學二年級，自己能梳雙小辮，很快將如華華。董先生因事出門視察，大致過幾天才回來。天氣冷些，動風時我穿上夾衫剛合適，這只是從北京來的證據，一般人似乎不怎麼怕冷，因為已成習慣。也有穿得較厚的。聞張家口即較冷，多風。

這地方主要是鋼鐵公司，似乎有五萬多人，十二個廠，是個工人城市。街上也相當大，離不多遠。過幾天必上街。預備禮拜一即動手工作，記半天。六號回北京，把牙處理後，再來。或許記一月。因為以瑛晚上不大開會，還可和她們講些問題。《紅旗譜》作者和王林都和董先生同事，同搞地下工作多年，極熟悉。以瑛說到寫作問題，分析即十分細緻，懂得到當前下來寫不好的原因，因為不懂透問題。懂問題的可又絕對無時間可寫，也不習慣寫。他們那麼大一組工廠，就沒有能培養寫工廠史的作者可能。有文工團，因為對內起作用。可不易有專業作家。工人作家也只能寫寫詩。

住處晚上比北京涼快得多，更難得是清靜。儘管遠處火車總是叫，整個空間地面還是十分靜。

朝慧[3]要注意天熱莫出門，吃東西小心些。在這裡唯一不安處是吃得太好，當成佳賓相待。

四嫂等都以為你能來玩一天好，我說怕沒時間。

從文　廿六日

致張兆和　一九六〇年六月廿七日　宣化

三姊：

在此一切均好。今天已起始工作。天氣不怎麼熱，早晚衣黃夾衣剛剛合適。日中極熱時，正等於我們早上出門划船時情形，惟室外還是燥一些。永遠有微風，早晚風還要大些，幸好昨日一雨，並不如所傳聞多灰沙。只有工廠中汽笛聲和火車鳴笛聲，其餘聲音均如被土地吸收。做事比八大處還好些。住處去街上似相當遠，大致要三五天後才會

3　一九五九年底，作者將沈朝慧接到北京，當做女兒。

有上街希望。百貨大樓買一剃刀不能得，只好暫借老董的一用，可見上路匆匆，一事忘記，即易造成自己狼狽和別人麻煩也。

土地過冷，不易長草木，沿牆種些菜亦不怎麼大。水比北京好。夜裡蓋中等厚被，無蚊子，白天不免有些蒼蠅在窗間飛，不甚活潑，一拍即完事，照此情形，一月打卅隻記錄，大致可以超額完成也。可看當天北京報紙。住處八點以後即只我和四嫂及一保母。以瑛和大小姐回來吃飯，其餘三小將均住托兒所，只星期天始回家。家中養大雞六隻，在屋外散步，小雞八隻，在室中吱吱吱雖吵不吵。記得小時家中有小鴨時似更吵，但反而易引人入睡。還特別為買了支小毛筆，所以可用此筆寫信。

二哥

致張兆和 一九六〇年六月卅日 宣化

三姊：

這裡還涼快，日落小雨。工作進行得極好。只是血壓又到了二百，頭重時上午躺下不做，睡足時即不難受。以瑛等均忙，常晚到十二時才返家，只禮拜天無事，孩子一串回來，又忙了一天孩子的事。孩子長得都很好。大小姐已能經管部分家事，下課回來即做功課，惟課外作業如抄生字等似乎太重了些，星期天也去學校打蒼蠅或做別的事（養兔子等）。年齡小，事情多，竟像來不及玩應玩的，也不提倡唱歌等遊戲，同樣十來歲孩子群一大夥，從未見跳繩等集體遊戲，閒係趕五年制。這種加速成熟方法，可能還得變變，不然一到中學統成「小大人」了。

這裡大街還不及在昆明由省政府到近日樓那麼長。只一百貨公司，別無售雜貨的小鋪子。兩旁房子也比昆明的小。一到飯後，街上倒是擠擠攘攘，大多是鋼鐵公司中的人。最大建築是公司總辦事處，七層樓，工字形，夜間多是日光燈白閃閃的，有時過十二時還不息。以瑛等住後邊一列小獨屋，和青島房子相似，惟四周平地還未平，長不起花草，每家有幾隻雞各處走動。生產部門離住處遠，交通工具只有上面用的小汽車，各部門為增產趕計畫，以瑛等每日開會回來也總是疲乏不堪，參觀根本不可能。我希望五號能回來，看情形到時也已經大致把要寫的主要部分記錄畢事。藥還有吃的。這裡醫療處還細心，只說「不要做什麼，休息好些」。我自己知道不要緊。來這裡不大容易，不如一下子把應做的做完它。一天即只做三小時，也講得不少，事情有了個脈絡，將來貫串就好辦了。每天可看當天北京報紙，收音機也可聽北京中央台廣播。王嫂如便中可買海帶，可為他們寄兩扎來。這裡青菜中蒜苗豆角還是稀有物，小園地種了些小白菜，採吃時顯得格外清香。街上似乎不見賣吃的。蔬菜由街坊分配。百貨大樓倒應有盡有，還有極好練習本子，因為用的人不多。也不貴，是舊貨。至於新來貨，則如信封，黑虎虎的，一分五一個，相當貴了。小小新華書店，買書人可相當多，小兒書且專有一間房子，大人也在看，在買。畫報或《人民文學》，架子上似無存貨，或另在郵局出售。城市主要是工礦，生產單位即分散在百十里外，各有合作社，因此市上不可能如何熱鬧，白天也靜靜的。即最熱鬧的下午七、八點鐘，還像是靜止的，因為一條大街有一千把人走動，已顯得熙熙攘攘。小街門前多坐有老婦人和對門人講閒話，枯瘦瘦的，加之土牆土地作為背景，所以不易見出精、氣、神。小學生到處走動，也多瘦瘦的，青菜不夠或有關係，大多數人聞長年吃鹽菜。幼兒園供應大致好些，四歲以上也不能有牛奶吃。工礦發展速度快，生活資料中吃的一套趕不上來，大致是全國性，惟南方到夏天瓜菜必多些，北方地過寒，關外更甚，種菜園時間又不多，所以靠「植物肉」也不可能。將來或可望配套解決，即凡有工礦區必有一定從事生活資料生產的人來為其他服務，計畫經濟做得到這麼周至，就太妙了。

問候大家好。

致張兆和　一九六〇年七月二日　宣化

三姊：

來已一禮拜，工作進行順手，上下午各二小時，還集中。禮拜六下午三位小輩將回來，因此星期天必相當熱鬧，不易進行工作。我已定五號（禮拜二）回來，大致是上午車，下午到，從這裡買快車票，不甚困難。若牙齒治後無甚重要事，或在十號後再到宣化再記十天，核對一下材料，因已差不多把大事記下到七萬字左右（包括原有的）。血壓或仍是二百，睡得多，還不難受。但要再下降到百六十恐不大容易，能在百八十已很不錯了。若行動方便，最好還是在合肥鄉下住一禮拜，有好處，因為背景具體。還有人，有物。問大家好。

從文　卅

二哥　二日

致張兆和　一九六〇年九月四日　宣化

三姊：

上車時不到七點，在車站已排隊一大段。車行約五十分鐘，才到清華園站。十一點多才到居庸關站。走走又停停，上下總是換乘客。如為看窗外景物和車中社會面貌，坐這種車比起快車來有意思得多。車上用半斤糧票可買三大燒餅，照我的食量，一頓有一個，已差不多了。沿路峯巒田野多作淺翠綠色，十分好看。出關以後，土木堡到下花園一帶是個盆地，莊稼好得很。車上人多大筐小簍帶梨子、桃子，拳頭大，梳小辮妞兒啃時水汁淋漓，可知必脆而甜。梨子多是廿多年在京所見最上一級的。桃子竟從來沒見過。問問是買的還是家裡的？說是「憑購貨證買的」。至於如何買法，即不明白了。柳條筐也編得大小整齊如一，可知是成堆生產。這類東西運到北京，將不下一元一斤，即這麼價錢，也會一掃而光！又在清華園附近，還見西瓜堆成小山，不下數畝地，也是大而整齊，是待運供城市消費的。

二時到達，天氣比北京稍涼，早晚可穿夾衣。糧菜奇緊。早知道這樣，那卷海帶和兩把油菜帶來，倒得用得上（紫菜還是不妨從信中寄來，大有用）。更不巧是保母已走，以瑞大舅爺也同車來，個子比小龍還高一級，同住下來，對於小璋家將不免有蝗蟲、黏蟲一掃光勢。他至少比我能吃一倍。你想想情形，即可知是如何一種不巧！如能寄那個番茄醬，不妨帶兩罐來（先問問郵局），這裡可得用。這回油帶得及時，肥皀也合需要。只是忘了帶些糖給孩子們，衣袋中那十顆糖，一位小將二粒平分，寒傖。我那麼打量：如果要王嫂來一次，坐上八時車來，隔天回去，即可以帶那瓶油，兩罐番茄醬，一卷海帶，兩把油菜，一點糖和別的什麼，肉末醬也好。買來回票，省事（伊拉克[4]也是珍品）總之，做運輸小隊長，帶些吃的來，可以解除一些緊張，雖然也未必能根本解決。試想想看，不方便，即不必這麼做。出外走走，才深一層明白「節衣縮食」的重要意義。這裡幹部每人必種菜三百斤。平時亦必用野菜搭吃。來時看到大辦公樓後邊大院壩曬滿野菜，是準備貯下過冬的。每人收乾野菜卅斤，是預定的。市民平時菜只日分三兩，還不能及時供應。總之，住大城市裡人，日子過得還是太好，有些甚至於不合理的好，不比較是不知道的。今年情形不同，家裡凡是素菜可乾吃的，不妨乘多時曬些乾

4　指從伊拉克進口的海棗，當時俗稱伊拉克蜜棗。

的，留下過冬。糧食方面能留即留下些。紅薯上市時，可買的，即照去年梅溪辦法，曬乾成片，將來可和稀飯同吃。特別副食品盡少買。帶來的魚很好，如菜市還有機會，不妨買兩斤，鯉魚比小鯽魚好得多，也能擱一、二月。這裡孩子統長得極好，十分活潑可愛，也不鬧，星期天回家來如同過節。我們吃的湯是四嫂手種的番茄做的，在牆邊長得個個緋紅，還像是今年僅見的東西，因為北京還不曾見過。

一來即大睡四小時。以瑛等忙得日夜開會。星期天也不在家。我想九……十號或許可以回來。也許因為吃的成問題，還得早些來合理。初步估計還是一禮拜即回。

四日　從文

血壓不大好，高百九十，低百一十，別的不難受，只是晚上睡時頭混亂，白天頭重些。藥在吃。帶的夠吃。

致張兆和　一九六〇年九月六日　宣化

三姊：

信想可收到。在這裡正和四嫂商定，把已寫材料核對一下。望你去信竇祖麟，盡可能把所熟四哥情形寫來，不怕瑣細，有用。寫印象也寫活動情形，當時他們的打算，看法，及環境。

我們目前是這麼打量，到北京後，再想辦法找找姓蕭的，和范文瀾先生，問問所知道的事情。去合肥，實有必要，只是怕那邊鄉下不能供應吃的，要問問明白才好去。這事或到京後再說。

就這裡記錄看來，大架子已差不多了，只待買串補充一些空白。再即待寫！記材料不太費腦力，如當成一個作品來寫，還得試試一、二章。近來頭總是重重的。也許寫得順手，倒不甚費力即可完成一章。如照過去經驗，能試寫三章成功，以下即不會有什麼困難了，即照寫《邊城》方式一星期寫一章，年末完成初稿是可望的。如試寫一、二章文字無條理，頭又轉重，恐就得另想辦法了。生理限制大。在這裡記錄分三段，每回一小時，寫後一躺下即睡著。能睡即較好，可減輕擔負。

二哥　六日

致張兆和

一九六一年一月下旬　阜外醫院

三姊：

今天量血壓，已下降到極低點，高一百四十。低壓雖還在九十，照醫生說也已經和年齡要求相差無幾。據聞主要影響是玉米油作食物。已第四次檢血組成分，如膽固醇同時也下降到二百以下，問題大致就差不多了。聞心臟還是不大好。因此暫時還只服藥降壓靈一粒，不宜大降。過兩天將進行一種針對心臟的什麼治療。左臂在用蠟熱治療，是躺在床上用一大塊白蠟包住左臂，約卅分鐘，隔日一次，明天以後將每日一次。吃的還是油多。今午吃魚，量不少，大致在六兩左右一盤，加二兩油，因此油糊糊的，照目下說明，是可將膽固醇分配量減少有效方法（另一面也是調整較長時期營養單一，不足的一種療法。）是照蘇聯治療意見著手的。照我自己說來，倒是「吃得好，不用腦，長長睡，按日洗個操」的必然結果。聞鞏固在氣功，星期六才正式傳法。事先看護已日日提到方法、過程、境界、問題、療效。重點在氣功。一點破，方法倒又似乎簡單之至，即想出一定辦法不用頭腦而已。話說回來即正式承認二千年前的修仙學道的「導引」，和千多年前和尚的「參禪打坐」，以及十餘年前會道門的「傳法」，都有條件找出理由，加以承認，肯定，認為還有道理是也。目前說是「大腦皮層的休息控制」。事實上可能和「自我催眠」有關，惟照醫學目前說明，是不提「催眠」字樣，免得和巫術相混淆的。事實上到另外一時，恐還得回到這兩個字上來。

《安娜》已看完，這本書有好處也有一定弱點。寫事，筆明朗，如賽馬、獵鳥、農事收穫，及簡單景物描寫，都很好。至於寫人，寫情感變化有些過細，不大自然，帶做作處，似深而並不怎麼紮實。乍看好，較仔細看，即覺得不十分好。託自己並不十分滿意，是有道理的。評傳說英譯本將重要議論涉及批評社會側度，思想激烈部分多刪節。因此重點轉成「戀愛悲劇故事」，不大合符本來目的，評得中肯。周譯似即此經過刪節的譯本，所以講到社會問題，對話多含糊。又暴露舊俄上層社會生活之無聊，如俱樂部種種，還好。我想把《戰爭與和平》也看看。如還有屠格涅夫的《父與子》或其他，也看看，可對照得一印象。因為屠在背景描寫上加工，有長處。寫人分析較少，讓人從談話中見性格，見思想，方法上還是有長處，比托時時用解釋方法分析情感，倒是屠的方法比較自然。看看這些十九世紀作品，有另外一種好處，即使我引起一種信心，照這種方法寫，可以寫得出相等或者還稍好些作品，並不怎麼困難。難的不是無可寫的人，無可寫的事，難的是如何得到一種較從容自由的心情，來組織故事，進行寫作。難的是有一個寫作環境，成熟生命還是可以好好使用幾年的。我想到的總還是用六、七萬字寫中篇，至多有八萬字，範團不妨小些，格局不妨小些，人事不妨簡單些，用比較素樸方法來處理。如能得到較從容的工作環境，一定還可以寫得出幾個有份量東西的。這自然也只是目下一種主觀的估計，事實上腦子的使用還是有一定限度，未必能做到。最難的是作品寫出來後，即能為自己批准，又能滿足客觀要求。這種矛盾統一是不容易的。我希望能有機會到西南走走，會可望有些收成。若一月後醫生還說心臟不大健康，倒也許是另外一種轉機，因為工作恐得改變。如能做半天工，或者將有「塞翁失馬」事出現，有重新試來計畫寫個中篇可能。看看近來許多近於公式的歌劇、話劇及小說，寫土豪、劣紳、軍官等等惡人統不夠深入，寫好人也不怎麼紮實，特別是組織故事多極為平凡，不親切，不生動，我還應當試把筆用用，才是道理。如真的照過去那麼認真來寫，一禮拜寫個五、六千字，用四個月或半年寫一中型小說，不會太吃力，寫成也一定不會太看不下去。

在這裡的雜誌上看到幾個短篇，都不好。都不會寫，不會安排故事，不會對話，不會寫人。沒有辦法看下去。報上特寫寫人事更加不易感動人。散文和詩寫到景物時，都不知如何著手，文字不夠用似的，也一點不真實。恐怕和每年選的選本作為標準也有關係。大家都用來學習取法，愈學範圍愈窄，再也無希望從文字上見新風格，或性格（恐怕得想點辦法了）。報刊上似乎還不曾有人肯提及這個問題。正和工藝美術及美術上碰到問題一樣，都只說「好」，事實上在討論外銷時，卻都明白有問題，無市場。有的拿去展覽即展不出。但是還是在照常生產。待改進生產，並不諱言。文學——一般報刊文學，商討到如何提高現有品質問題似極少見。介紹外國的作品，如像一些詩歌，也都不怎麼精采，不知是什麼緣故。是不是編輯注重點多不放在這上面，不大客觀，還是另外尚有問題？這裡放的幾種理論刊物，就少有人翻閱，多嶄新的擺在架上。有些連環畫冊倒翻得又油又破。住院的大部分還是知識分子，頭腦勞動者，難道是頭腦都太累，因此只想看看畫冊消遣消遣？還是新文學和這個多數生活，根本上即並無什麼關係？有一點讓我看到有些如托爾斯泰小說中感到的憂慮，即一吃過飯，好些休息室好幾桌麻雀牌都坐上了人，幾個女教授和中學女教員，都十分溜刷在行在那裡洗牌，精神很好。玩得那麼熱心，正如把我帶回到三、四十年前社會環境中去，不免有點痛苦。因為讓我體會到社會還是相當多數人，是只會從這個老方式尋開心得快樂的。還是有許多人樂於用這個方式消耗有限生命，而從書本上求真理得快樂，即或是「知識分子」，也並不怎麼熱心的。這也是一個問題，應當在文學中來提提。或講講什麼什麼不大好！但是說這個不免近於迂腐，因為社會還是習慣這麼下去的。特別是一般書籍如果並不能給多數人比玩麻雀牌更大一些的快樂時，這些書籍再多也是無意義的。我以為《人民文學》還值得做些帶主動性的試驗，即把它分送到凡是受過大學或中學〔教育〕的機關幹部、醫生、看護、病院、生產單位如工廠……中小學教師……附一張測驗表，提出些問題，問問讀者歡喜什麼，看過後有什麼印象等等。有一時記得車上曾訂得有，後來卻只有畫報和連環畫了。我聽到許多人說現代人小說都只歡喜《林海雪原》，原來歡喜的是驚險，是把看《七俠五義》的習慣情感轉到新的作品而覺得動人的。事實上這些讀者更樂意看的也許還是新西遊記、新水滸傳，至於什麼短篇，可極少人有興趣。至於詩，作者自以為政治性強的，讀者卻簡直是全部擋駕，看不懂，無意思，不知說些什麼事情。我們說文學應面對大多數群眾，這個多數認真說來我們是太不明白，太不認真注意了。新作品對他們一點都不需要，你們可不曾注意到。新作品在這個真正多數起過些什麼良好作用，你們也並沒有認真注意到。你們可以說並不懂讀者，作者也不懂，批評家寫的文章，和一般讀者且隔得更遠了。許多作品只有準備寫文章和教師要看，和多數讀者全無關係。這實在是一種值得注意的事情！我在這裡還看到幾冊電影刊物，多用舊戲編的，又看電視，也是京戲編的，到處是王爺、公主、元帥……我覺得這一切綜合作成的影響，是不怎麼好的。

致張兆和　一九六一年二月二日　阜外醫院

三姊：

你把刀也帶回去了，這裡只好連皮吃蘋果。今早聽《遊園驚夢》極好，不是李淑君即是杜近芳或言慧珠，不妨買一面密紋片過年。血壓已降至一百五十—九十，看情形已到最低數，能維持即不錯了。其實能長保一百七十—一百已不錯。

《戰爭與和平》極好，也譯得好。看三冊火焚莫斯科，不過用一章文字寫，卻十分生動。不過從彼爾眼中看去，卻極感人。寫法兵搶劫，也不過用一頁文字，寫槍斃平民，不過五個人，可是卻十分深刻。真是大手筆。寫決定放棄莫斯科的一次軍事會議，卻只從一個六歲女孩眼中看到一個穿軍服的，和一個穿長袍的爭吵，又有趣又生動，真是偉大創造的心！寫戰爭也是文字並不怎麼多，不到二、三千字，卻全局開展，景象在目，如千軍萬馬在活動。都值得從事文學的好好學習！我們《紅旗飄飄》文章有的是不同動人事件，可是很多卻寫得並不動人，且多相同，重點放在戰鬥過程上，表現方法又彼此受影響，十分近似，——不會寫！還是要學會它。你們做編輯的，事實也應分[5]多學一些，把這個本領學好些，則隨處可望點鐵成金，草草數筆，即眉目生動。一般說，還是不夠重視這一表現問題。也不怎麼認真用十九世紀作品，和五四以來部分作品做參考對象，來有計畫學習。如能仔細認真讀一百種書，真的用一年時間來共同讀一百本書，結果你們必然會覺得工作便利得多！對作者幫助也大得多！有些描寫方法、安排、組織、表現技巧，乍看作者總是不太費力，卻有極好效果。寫景也是並不怎麼著力，不必特別渲染，只是把當場應有的情形略略塗抹。又在極大事件、偉大人物描寫上，常常做些比擬形容，似乎不甚莊重，可是結果卻生意盎然，充滿生命，轉近自然。總之，一個善於學習的人，即可以學得許多東西，不善於學習，只呆記住什麼人評論或其他的思想意識，必須注意的具體長處學不到，概括的唯有教授寫論文編講義才用得上的論斷，卻記得特別多，結果是毫無用處，沒有絲毫幫助。等於要王嫂記「營養學」，某種菜有多少「維他命」什麼什麼，去協和醫院學炒菜配料，毫無用處。事實她應當到的卻是「萃華樓大廚房」，那裡有具體手藝，正是她所要知道的。你們也應當直接學多些。

禮拜天要小虎和朝慧來看看我也好（天氣太冷就不用來），帶小瓶橘子水來。醫生今天說要吃，內中有鉀，可解除鹽問題。頭這幾天又不大好，不知何故，血壓並未上升，食量卻在減。腰有點不怎麼。十二點還睡不著，也許是臥功半小時把精神回復過來？左臂大致還得換一種療法。這裡吃的有時貴些，數目不一定，平均總是一元多點一天。這裡有本左拉的《萌芽》，好大一本，或許會看完它。完全用學習的態度來看，還是新的經驗，可得到許多知識，特別是表現方法，極有用。寫人寫事方法，有用。如能有時間把屠、契、佛……什麼什麼，十九世紀的大手筆全看看，主要的看看，還是有意義。

二哥

張兆和致沈從文

一九六一年七月廿三日　北京

從文兄：

5 應分，方言，意為應該，應當。

先後收到你五、六封信，覺得有很多話要說，可一時又說不清楚。關於創作的一些經驗和甘苦，你談的我覺得很對，也正是這次文藝工作會議開了二十天會所要解決的問題。可是對於文藝批評家的態度，以及作為一個社會主義國家的作家對創作所採取的態度，你的一些看法我不敢苟同。我覺得你的看法不夠全面，帶著過多的個人情緒，這些個人情緒妨礙你看到許多值得人歡欣鼓舞的東西，惹不起你不能自已想要表現我們社會生活的激情。你說你不是寫不出，而是不願寫，被批評家嚇怕了。但是文藝創作不能沒有文藝批評，文藝應當容許批評，也容許反批評。百花齊放百家爭鳴方針正是鼓勵大家多發議論，用各種不同樣式風格表現生活，文化藝術才能發展繁榮。說是人家要批評，我就不寫，這是非常消極的態度。當初為尋求個人出路，你大量流著鼻血還日夜寫作，如今黨那樣關心創作，給作家各方面的幫助鼓勵，安排創作條件，你能寫而不寫，老是為王瑤這樣的所謂批評家而嘀咕不完，我覺得你是對自己沒有正確的評價。至少在創作上已信心不大，因此舉足彷徨無所適從。寫呢？不寫？究竟為什麼感到困難？不能說沒有困難，創作這種複雜的活動，主觀方面、客觀方面原因都有，重要在於能排除困難，從創作實踐中一步步來提高，不寫，空發議論是留不下好作品來的。我希望你能在青島多住些時，一則因為今夏北京奇熱，夜晚蚊蚋多，睡不好覺；二則能在青島寫一篇或兩篇小文章，也不辜負作協為你安排種種的一番好意。這在你並不是很困難的。家裡住處擠，小龍可能還要在家休養一個時候，當然這是可以想辦法的，單看你的決定。還需多少錢，望告訴我，前寄六十想收到。

我們剛發完七、八月號合刊號，接著就忙加工九月號，照例那一星期左右的比較不忙的間隙也都沒有了，所以也沒有能定下心來給你寫信。北京瓜果也陸續上市，西瓜二毛五一斤，很好。桃子、荔枝、花紅都各吃過一次。夏天蔬菜多，每天吃番茄，多而且好。

雲六大哥來信，二丸子已訂婚，大伯為寄了一雙籃球鞋，三嫂為寄來襪底六雙綢旗袍一件。又給大伯寄了降壓靈去。奉勝瓊患腸癌，剖腹以後才發現是癌，已無希望，她自己還不知道。我去醫院看過她三次，那麼好的人，醫生也束手無策，我能為她做些什麼呢？想到在為人類謀求幸福方面，征服自然攻科學關，我們有多少工作待去做，而帝國主義戰爭狂人卻拚命製造冷戰搞軍備競賽，這些人為了自己的利潤不惜大量毀滅別人！為打倒這些人，愛好和平的人們應當怎樣更好的團結起來啊。最近我看到希克梅特在《蘇聯婦女》上發表一首詩，這詩不脛而走，到處傳誦，在日本反美日協定上起很大宣傳作用，這樣的詩，能在和平運動直接起這樣大的作用，感人至深，我覺得，就是最好的詩，詩抄如下：

一個死去了的廣島小姑娘

開開門吶，是我，
我敲了一家又一家，
你們都看不見我——
死去了的孩子本來看不見嘛。

我是十多年前死在廣島的，
那年我才七歲，
現在我還是七歲，
死了的孩子是不會長大的。

先是頭髮燒著了，

後來眼睛也焦了，
完了，我就變成了一堆灰，
灰也給風吹　了。

請你給我開開門罷，
我什麼也不要您的。
燒成灰的孩子，
連餑餑都不會吃了。

我就求求你，叔叔和阿姨，
我就求求你答個名，
好讓孩子們別再燒死，
好讓孩子們都能吃甜餑餑。

能寫出這樣詩的詩人有多麼寬闊博大的胸襟啊！寫出這樣的詩，我覺得無愧於革命詩人和平戰士的稱號。我們應當有這樣的詩人和作家（包括你在內）。寫出這樣作品，是人類的驕傲。你說呢？

兆和

七月廿三日

二

跛者的抒情

沈從文在《抽象的抒情》文中，思索著文藝政策問題，也間接回答了張兆和一九六一年七月廿三日信中的勉勵期許：「每一個作者寫他的作品時，首先想到的是政治效果，教育效果，道德效果。更重要有時還是某種少數特權人物或多數人『能懂愛聽』的阿諛效果。他樂意這麼做，他完了。他不樂意，也完了。」

當年冬天在中國作家協會安排下，他有機會和八位作家、詩人同行，到廬山、井岡山和江西各地參觀、學習、休養、寫作。此行結果，擬寫的長篇雖「充分準備了材料，一切人和事都在頭腦中有個比較具體的輪廓，記錄也差不多完備，只是不知從何下手……」

然而在旅途中，沈從文六十歲時寫起了舊體詩。一九六三年赴兩廣、湖南，途中又寫出一組舊詩。他生前留下約七十首古風，都是六十歲以後所作。

致張兆和

一九六一年十一月廿三日　茨坪

小媽媽：

天氣過冷，東西吃的不大好，胃有三天不大對，目下不吃米飯，即轉好了。因為詩人多，大家寫詩，我也把四十年前老家當拿出試試，結果似乎比黃炎培老先生辭彙略多，比葉老也活潑有情感些些。若是別人寫的，發表在貴刊[1]上，我說不定還要加以稱讚稱讚，以為編者還有眼力！另抄一份請斧正。正經的還是題革博三首五絕，還像樣子。較長的《井岡山之晨》，是只有到了此地才寫得出的。其中除了三五句用時事，不免近打油詩，其他似乎還有氣勢、感情，文字也足相副。讓我回想起四十年前在同樣鄉村中，一蕭姓軍法長教我作詩故事，當時以為我大有「老杜」風味，但事實上他倒更欣賞我燉的狗肉，因為上桌子時吃得比誰都多；至於作詩，不過是自己寫來要人和韻，在鄉村中遣有涯之生而已。我和了他四、五十首詩時，就還不知「老杜」是誰，還以為或者是個郵政局長一類人物！不過事實上這麼一來倒練了些基本功，真的到應用時，寫個幾十個字，還比別的題詞容易著手！但是不是手邊沒有本《詩韻集成》？走韻處恐不少，好在正如簡筆字，可以自我作古，一般要求不高，可能還有稱為「有老杜風味」的人！遺憾的是有些用典使詩精采、準確、有分量處，近人已不大懂了，不免有不上不下情形。六十歲重新寫舊詩，而且到井岡山起始，也是一種「大事變」！看情形將不免有十首左右可寫也。忘了帶筆墨，本地買不著，只能趁人使用不著時，借硯蓋和禿筆用，因之上紙淡淡的。天多霧雨，為山中入冬常事，大家只能各在房中獨據一火盆看書。衣不覺少，被甚厚軟，只是坐在書桌邊時，手足尖端不免略如針刺，亦不太難受，但此等情形下作文章，腦子大致總不甚靈活也。日來茨坪各處多拜訪了一下，園藝處在二里外一孤村中，只七、八家人，新房子大樓已建二、三棟，有不少浙江來女孩子，不到廿歲，在此臉色多紅潤堅實，正在撿茶子。園藝處風景如畫，而且近宋元好畫！雞鴨一家有餵至十多隻的。敬老院有十五個人，極大一所新樓房，住處比文聯大樓辦公室似乎還好一些。老人七十歲的多眼目明亮，可知山中雨土好，無雜病。

我等可能於廿五、六日即將下山，有機會即過瑞金贛州一行，路車不便，即由南昌再去大茅山，景德鎮我可能住在鎮上一些日子，聞居住條件比山上好些，也可寫點東

1 張兆和當時在《人民文學》編輯部任編輯。

西，也可幫到人做點事情。一出門，才明白幫人協助工作重要意義，因為總是解決現實問題也。這次一行如果能寫四個散文，十首舊詩，已應當說是「小豐收」。主要是可以從見聞中學了許多事情。和阮章競、戈壁舟夫婦、華山、蔡天心夫婦等相熟，也極得益，他們都是從延安來的，多能畫，愛詩，喜談天，會玩。

寫詩有一大毛病，即一坐桌邊，會會即二、三小時過去，因之吃飯反而成為擔負。晚上也難安眠。所以「適可而止」，大致在山上即不再動筆了（至多只再寫一五絕）。

大家都好。

從文

十二月廿三午

致張兆和

一九六二年一月五日　南昌*

六二、一月三號　南昌江西賓館

三姊：

寄了四首詩來，同是五言古體，意思倒還新，內中互有補充，字雖不多，包含內容可不少。比散文記記山水人事多內涵之美。請你看看，可否交給《人民文學》投稿？照我意思，請他們看看好（前一首這裡《星火》將發表）。似可作如下自由處分——

一．全用。二．刊二、三、四三首。三．用一、二首。四．全不用。

總之，用不用是小事，送他們看看，合理一些，或先給崔、毛二位看，懂舊詩！因此次出來，由作協、中宣部特別介紹，各方面招待得極好，雖主要是休養參觀，而各方面卻多希望能寫的即寫點。散文一下抓不住，且還不易推陳出新如諸詩具概括性。如你們以為不好，不合用，再分別給《詩刊》或《光明日報．東風》，也是一樣。因文章在新年用，多少可配合一點政治或時事要求。鄉村建設是全國性號召，江西工作做得比較穩而好，有五萬人下鄉上山，來此參觀者多，要各種報導，也值得有各種報導。（寫詩近於舊瓶裝新酒，七言的較多，詞也有，五言古體卻不多，因為得有個古文底子！）所以把舊詩先交《人民文學》選擇，即此意。載到寫《含鄱口》紅行紙已當真正式宣告完事。早知到此會激發四十年未觸詩興，倒以多帶二、三本為得計，照趨勢說，再有

＊ 這封信曾在文化革命中被抄去。專案人員在附加標籤上注明：「已看過無用」。

兩、三本也寫得完。寄來試試看！

昨在此又看《劉三姊》電影一次，背景極美，主角總是照迎面平臉，又不會做眉眼表情，可不免給人木木傻傻相。場面也多改動，有好，有不及本來好，整個反不如戲上動人。但是景物還是十分美觀，有的歌詞也好。其中有個採茶歌，原是鳳凰年輕人在省裡會演得獎的，我在省裡親見，現在也當成廣西腔流傳了。背景處理遠比「灕江風景」動人。又看過弋陽腔《西廂》，如崑曲，好。

這裡只希望我們住下不即動，待氣候暖和些，再各處去看看。也是實事求是一法。因為向別處走不大合，就本省走，大冬天到處都不免冷得可觀。只是大家住到這麼一個比王宮（至少比故宮）還闊得多的房子裡，不免一時難於習慣，久住下來，自然還是會慣！到此以後，大家才得到一經驗，凡在北方過慣了冬的，不宜主觀以為想過冬，南方必較暖和。事實上也許雲南廣東可達到理想。至於此外江西、湖南、江浙，一到真正冬天來臨時，通常將比北京冷些，因為房子中冷。我住處日中若有大好陽光，還夠對付，不怎麼十分冷，住對面房的人，可就不同多了。即在我住處，日光不大露時，手腳尖也即如刺，不大靈活。大食堂是花大理石鋪地，和可可糖一樣淺紫色。半圓窗正當風口，一進去即感「好涼！」因此有大衣的多穿大衣吃飯。心臟壓力大，可能是冷的原因。晚上睡「龍床」還是不易睡。望為寄一月糧票來，用航空法寄，寫交南昌江西省文聯舒信波收轉。因為我不帶圖章，不好取，且怕在十號以後有機會出行。目下房中溫度已降到十二，外邊或已下近零上點點。照趨勢看，還得冷下去，惟不怎麼久。衣可不用寄，因為穿的出門已差不多了，而且一上路，常是小車子，東西多，上下帶極不方便，反成了累贅。

詩到今天為止，真已近於完篇。將試進行第二項節目，散文。從明天起將重抄那個《車上司機》。久不搞此道，文辭調動不靈活，特別是形容詞，要一一落實，不易著筆，這紙也不大好寫字！（今天還得看本地《西廂記》，由本地名演員扮鶯鶯，也許會得到些啟發。）戲看過了，唱腔好聽，排場不大好。

在山上，吃的化不了，因之愈吃愈少，到這裡吃的好得多，但是還是一般只能吃二小饅頭，半碗飯。飯較硬，對一般人好，對老人似不太便利。不出門，在家中雖若「老太爺」，還是不像老到自覺自願自驚程度。一出門，才明白人真老了。到處被人稱「老」（還聽人叫「老頭！」）事實上也的確有一點兒那個，江西一文聯同志陪我們的，問問年齡，正和小龍同歲數，個子也高得差不多。另外一個只十九歲，也已經做事三年。自己可以不服老，但無法拒絕別人稱「老頭」。我自己倒像還夠「小」，因為在贛江濱待渡時，還和六歲大的阮小五打了半天水飄。有許多想法可能也都比年輕人還幼稚天真得多。生命裡總像有種綜合勢力，在做種種掙扎，一方面是知識成熟，懂得好多事事物物，如像作詩，使事用典脫口即出（有的成章不過兩小時，也居然滿像詩！）另一方面卻是極端幼稚，許多事近於全不懂，即懂也不深透。更不大妥當處，即和家中人在一處久成習慣，家長派頭建立不起來，出外邊一個六十歲人應有的「沉重」，反映到一舉一動上的事情，我即不懂。即走路，也還像是輕飄飄的，只想跑路，和古時「充軍」一般！心也有些像是到處跑情形。例如不作詩，四十年擱筆，甚至於你還不相信我作舊詩，我自己也不堅信。正如泅水燜狗肉本領一樣，不表演，即不信。但一作起來，即下筆難自休！幸好是紅格行紙正式宣布完結，不然總還會有卅首留傳人間。

這裡久已聽不到什麼「老柴」、「老悲」的調調。看北京報也得四天後。本地報十分之八是本地事，看不懂。國際新聞只一、二事，學術版沒有。《參考消息》只偶爾見見，也是多久以前的。換言之，一到省會，才明白許多事在北京已成習慣的，在此已不易有機會知道，也因此更容易理解《文匯報》、《光明報》在外省成為知識權威意思。年輕人主要娛樂，卻平均只有從電影得到，電影倒無所不包。一般文學書也不可能到一般文學愛好者手中，到不了有種種原因。有個年輕人給我寫信，說是在大學學文學，聽老師說我是「多產作家」，因此請教如何寫作。那大學老師無疑也只是照三十年前別人批評我文章中說的「多產作家……」，天知道他們是怎麼教現代文學！其實也難怪他。同行多各省文聯負責人，也就不知道我寫過什麼作品。還有人住北京，且搞藝術，便不知道我寫了本《龍鳳藝術》，談的許多事正是他感興趣的。內中只有華山認為「《蕭蕭》、《三三》等寫得真好！」三十年了，世界還變了個樣子，我那些玩意兒一律轉人陳紙堆，只留下個「多產作家」名稱，事不出奇。出奇的也許還是一顆心竟還像卅年前的情形，總是一面十分天真的來迎接一切新事物，一面卻看什麼總充滿一種奇異感，外面印象一到心中攪成一團，彷彿即在有所孕育，情形完全和卅年前我們去嶗山北九水玩時差不多。也和我回沅陵時一個人在船上過年差不多。不論什麼外緣人事景物，一浸到這顆永遠青春的心上，即蘊蓄了一種詩意，只待機會成形！小媽媽，說這個只有你懂得一點點，因為你明白我許多文章是怎麼完成的。但是還不完全懂，因為另外尚有一種內在力量，在活動，語言文字說不明白的，也許應說是「你的好處」所發生的影響？細想雖是還不盡是。只能說是生命的一種總和。包括極小極小性格的形成，和生活經驗的複雜，以及千百種書，萬千種畫，和無數古里八怪不同的人，不易設想的種種生活，以及生活中所接觸的人事，且用了個六十年揉雜成一體。即在新或更新社會，想有計畫培養，事實上也並不好辦，因為有許許多多因素是整個社會共同的產物，不是可以從人力加工得到的。正如同梅蘭芳一樣，新的方法或許可以教育出許多不同接班人，但是梅蘭芳依舊只一個。有的東西可貴處，或比梅蘭芳還更重要而難得，即綜合文化知識。但「難得」不等於「有用」，也有可能在一個時期不得其用，即爾毀去亦常事。杜甫時代、白居易時代、曹雪芹時代……總不可免有不曾充分使用生命中長處即因故而完事的人。新社會在「保護」工作上已注意到了這個問題。只要心臟不出事故，大致還可以做許多對國家還有用的事情。頭腦近來似好些，應當肯定些說，吃得好，物質力量起了作用。

龍龍不知已上工了沒有。大哥想必已得到我的信，在這裡曾寫信去過。已不敢喝茶，可是還依十點上床，十二點還不易睡，三幾點又醒了。似乎為過去少有情形，醫生也說不出原因。藥還在吃，可能是睡「龍床」不慣。想就五老峰所見寫個散文（下有勞動大學和園藝處），東西多反而不易著筆了，待試試看。這紙一寫即皺，不便起稿，還是寄幾冊紅行紙來吧，用航空小包快。

二哥

一月五日

如果有可能讓你來，即來吧。這裡房子橫順占一間，每天洗兩個澡也無人過問。大致這裡看過後，如大家回北京時，將在杭州停個三天。也一定可寫些散文和詩（詩體舊，意思卻新）。大衣你可得帶厚薄二種，別的倒不用多帶，因為一點灰沒有。來這裡有一點明確具體，吃得好些，把體力虧損略略從食物改變中得到一點來得及的補充，才好多做事。多看些地方，多知道些地方情況，對於今後閱稿選稿也有好處。你們做編輯的文化興趣廣博而深，對選稿改稿都有幫助，也有必要藉由增廣見聞來提高見識。一車可達南昌，只到申約半日停，倒正好，找棟蘊珍玩玩，她會送你上車的。

致張兆和

一九六二年一月八日　南昌

小媽媽：

今天得到小龍廿四寄井岡山信，我們下山已一星期，信封寄來的正是時候。有它方便多了。我們目下暫住在這「人民王宮」裡，大致等到十幾後，即分別去瑞金參觀，也不久，離這裡總有六百多里遠，可能還先住贛州一天。瑞金不會久住，有個三、四天也大致差不多了。

再回南昌息息，即又過景德鎮，大茅山。是一條路線。論山區建設，成績好，規模大，宜數大茅山，地方也格外好。景德鎮則大家都想看，可能還會在那邊過舊年。像我這樣玩瓷器且對生產改良工作充滿了興趣，能在景德鎮和老師傅及其子女（文工團中有一部分即其子女，聞多只十五、六歲）。過一個年，也是一生極有意思的事！

這裡吃得極好，可惜我無口福，胃多吃點即不大中用。新得了些酵母片，會有些轉機。這裡白天晚上都十分靜，因為偌大一座樓房，除了禮拜六有晚會，跳舞廳中有人跳舞（也隔得很遠，是另外一所房子），此外，我們九人在二樓成了「多數」。能做事，可惜不帶書來。過三幾天可能還得去和當地搞美工或文物、或教文物的去座談一次文物或服裝或工藝——或用座談式答問題，相互交換交換工作經驗。一出門，「三腳貓」知識用處倒多，因為隨處可幫忙解決問題。特別是「工藝」與「裝飾」方面知識，極得用。可惜的是材料沒帶上。這裡已看到老毛，做一什麼山區（這裡大幾百山區，具體說是千八百多山頭）修理廠「副廠長」，常來南昌，即住隔壁江西飯店（太太也在此做兒童科醫生，有一女兒同住）。也到卌五、六歲了，照我算恐已過四十。在此面工作一久，談話也頭頭是道，最先即說：「可惜年輕不大知道聽叔叔話，認真讀書，這時做事，總是文化知識不抵用！」人已高瘦如今甫先生樣子，也近似有些老了。

聞三月五號將開人代會，政協想必也要開會，照情形看，冰心等必不會在年終南行了。因為一方面是這裡冬天本相當冷，並不真比北方冷，只是山上無取暖設備，南昌也這樣，大樓且無從升火盆。他們來各處走動不怎麼方便，也看不出什麼。要來，也怕將是在大會後了（待春暖花開後）。這裡初步估計，三月左右我和章競等將可回北京，蔡天心、江帆夫婦東北來的，有可能留下寫東西，也更有可能回到北京或別處去。只有華山或能作較久停留，因為肝病較重，聞大茅山一醫院已治好肝病數人，還不知道是藥好，還是氣候好，醫院係在松樹林中。景德鎮賓館聽說也十分講究，我到那邊去，大致可做的事比南昌多。看看如可久住些，也許將到時回來開開會，開完後再去住，幫到把這部門生產搞好，可能比寫本小說還重要。因為小說除非非常好，都只是近於可有可無。這裡生產總的說實未過關，幾十萬人生產，設計和花紋知識配不上，有待熱心而又懂好壞有遠大眼光的人來協助一下。如到那邊看，我的知識還有用，即住一年也對國家有益。特別是花紋知識、造型知識，我的常識如用得上，將準備傾囊倒篋，如用不上，也就只有等待下去看了。我大致三、四十年前即聽說英國有一摩里斯，對藝術興趣博，影響了工藝改良。我的半瓶醋常識如用得上，事實上在好些部門統還有用，目下生產量即大，過去材料既多，到時候這個中國摩里斯會能做更多事情，能起好效果。

大弟已上工，應當諸事小心。再一翻覆，怕就得改業了。應當要永遠反覆提醒到他，免得因小失大。年輕人總是沒有這方面經驗的。我是過來人，若當在北京住公寓時，遇到他那病豈不早已完事。當時熟人中也即有因此完事的。目下醫藥條件好得多，家中情況也不同，務必要把體力搞好，才能言其他，才能為國家多做事。即上工，住家中如吃的可望好些，即乘公共車回來，如太不方便，路上消耗體力多，或再看情形遷至校中。照我想，回來或許好些，他的年齡也應當多接觸些同學同廠以外的人或事，家中多和媽媽談談也較好。小虎不知一星期回幾次，能多回幾次，也有益無害，多看看戲也好。兄弟姊妹多談談有好處。你一定又累倒了，使人著急。應當小心些不要勉強熬。對個人不合，對國家是損失，因小而失大。不要說和人比已夠好，年紀不同。食少而事繁，到時即不濟事。這十年來你太累了。不得已要有陣子休息，即得休息，不得已應全休，也只好把工作擱下。即擱下，也許還可以做另外一種事，亦未可知。同行八個人都是病號，其中六個是到過延安的，只阮章競是在太行區，周鋼鳴在香港，……體力有的已很不好，寫作計畫有的恐亦難完成。大家無例外，都在作舊詩表現新題材，有幾位還歡喜繪畫寫字，還帶了極講究文房四寶來。都感到在短時期寫散文不易著筆，寫來難見好，我倒想試試寫寫。寫三個，目下不過只是在腦子中轉轉而已，不易達到舊詩那個規格。晚上少睡眠到稀有程度，常十二時未能睡定，四、五點又醒了，白天頭倒不重，只是心臟有時抽縮疼一會會。總想著你們。五號我一個人在房中過了六十大慶，吃了一個小小橘子。回想起近五十年個人和社會種種發展變遷，也可說是在溫習一本歷史，若能平鋪直敘寫出來，即當成信來給虎虎等寫回憶錄，也一定將是一大部頭好書。因為內中包括事事物物可真多，特別是小鄉村人事，小軍閥區域性割據情形，在那裡人民在鴉片煙毒害中的可怕愚蠢殘忍和腐敗，小牧師洋人的勢力，小紳士過日子的方式，……想起這些來我倒有點點想法，要有個時間，先寫個上二冊，截到坐船下行為止，將得有五十萬字才會安排得有個樣子。若當信札體寫，也許比較容易落筆，正和當年寫自傳，整整三個禮拜脫稿，記得還重抄一次。我或許得試個三幾回看看。事實上只要肯寫，必然會成為一部留得下而且近於「史」的東西。因為全是社會一面，而且再巧沒有，即由極小鄉城到最大都市，所經歷的又正是社會大變動的近五十年。即或是平鋪直敘，有萬種事情，後來年輕人通通不知道了。我得想辦法擠時間，多活幾年，為後來人留下份禮物，讓他們明白廿世紀前半世紀我們是怎麼活下來的。涉及問題儘管有偈限性，也還是歷史，因為從小可以見大。

氣候陰晴無時，一陰下來即如古詩「北風何懍懍」句子，一出太陽可又暖和得只用夾大衣也差不多了。本地人上級即北方人也多成習慣，氣候你儘管變，我身上可永遠只是一件狐皮裡衣外加上幹部服，出門和辦公一樣，倒真是應了孫子兵法說的「以不變應萬變」。他們說笑話，一到北京開會多傷風，因為房中太熱！

從文
八日

張兆和覆沈從文　一九六二年一月十二日　北京

二哥：

各信及古風均收到。詩寫得很不錯，白塵[2]同志覺得驚異，連我也沒想到。編輯部準備發，除〈史鏡〉篇外，準備全部發表，但還是徵求一下你的意見，如你願意保留，尊重你的意見。望見信後即回一信，廿二日為本月最後一次發稿，信寄家中免去撿信登記手續，會更快一些。早些回信。我明白你《資生篇》一組三章中把〈史鏡〉放在第一的用意，但我也傾向於不用它，因為這詩整個是談歷史，讀來比較乾，和前後各篇以抒懷寫景見長風格調子不同，放在一起發當然也可以，但不怎麼協調。《資生篇》第二、三首和〈花徑〉寫得真好，確有些老杜風呢！其他各篇也都不錯。各詩感舊歌今，不落俗套，寫景抒懷，渾然一體，情真意摯，讀了鼓舞人，也給人以藝術享受。〈井岡山清晨〉歷述過去，一氣呵成，親切感人。但個別字句尚須推敲，「毛選實聖經」不夠含蓄，來得突兀。「惟傳王母鞋，一擲在湖心」也比較少餘味。我的意見，能改改一下更好。因為在詩末，有些有力或有餘味的句子好些。改不好就算了。〈含鄱口〉中「天宇適澄清」改為「清澄」，「鼙鼓彷彿間」改為「鼓鼙」似更好些。注也很有意思，但可簡一些，有些大家都知道的如「淚濕青衫」則可不注。總之，這些字句問斟酌，請信任我吧！是否有必要請翔鶴老[3]看看，改改前面提的那兩句？另外是否請通知《星火》一下，〈井岡山清晨〉我們也準備發呢！他們是幾月號發？

郝芬同志託我轉告你，散文寫好，第一篇請給《人民文學》，因為等了你很久了。

2 白塵，指劇作家陳白塵，當時任《人民文學》副主編。

3 翔鶴老，即現代作家、古典文學研究家陳翔鶴，當時任《文學遺產》主編。作者與陳翔鶴的友誼始於一九二五年前。

《紅旗》有個編輯（浩然）也來找過你，希望你回來後即電話通知他。這兩個刊物在國內外有影響，寫出來應把最好的給他們。但首先是寫出來。相信你這次一定能寫出幾篇好散文出來。全家都為你高興，問題不在目前寫出多少首詩多少篇文，主要的是心胸開拓，情緒飽滿興致高，這對你身體有好處，也是重新拿起筆來寫出更多好文章的開始。

我身體見好，是肺上「炎症」，在原肋膜炎附近處，服黃連素和雷米封，每月檢查X光一次，已大部吸收，仍咳嗽。此次如能同去江西自然好，但當時尚在檢查中，不宜遠行，冰心已去廣東，不會來江西，如你大會之後再去，那時天氣漸暖，我可同去。我希望也能到處看看，住下來自然也有好處，倒不是最希望的。

二月號《中國文學》（英文版）發表了你的〈金魚〉，已出版。〈李慧娘〉由《光明》轉《戲劇報》，他們在你走後不久即來找過你，準備發表，想找圖片，朝慧接見的，她會告訴你。家中一切好，新年孩子們玩得很高興，同蕭家三姊弟同去大禮堂。糧票昨日寄出。如要款望告數目。你是否準備三月初回來？還需要些什麼？請來信。

兆和

一月十二日

大弟復工後，早出晚歸。我們隔日從上海小食堂打豆漿一鍋，全家用兩日。自十二月份起，幹部每月各有黃豆三斤，很解決問題，白糖也供應得多了。

致張兆和　一九六二年一月十四日　第一信　南昌

望朝慧為到六部口郵局買二冊去年十二月《人民畫報》（內有唐永新公主壁畫的），十分有用。

三姊：

聞政協三月五號開會，不知是否照慣例有月前出外參觀事通知？如果有通知，且可報名過廣東海南島一帶，且可同家屬，我有那麼一個打量，即報名參加，並說明由這邊和家屬一人同去。而你卻在一月底前即來江西，我就暫時不去景德鎮了，且和你一道過廣東。原因是一氣候較暖和一些，二可以看到許多新事物，三你有機會同行能得到許多便利，同行且必然多熟人，十分有意義。若刊物單獨派你外出，卻不可能看那麼多新事物，以及聽那麼多新報告的。如係去雲南也好，我即先回來一道去。總之，你能有機會一道走走，有種種好處，對身體，對工作，都有好處，從工作出發，也是能一道走走好。我極希望你主動些，或問問韓先生情形。

這裡詩已寫到十二首，預計可能將有卅首可寫。照安排明後天將去瑞金興國等處，來回或有一禮拜到十天左右。天氣冷些，不大看得出自然方面壯觀，只能從有紀念性建築物得個印象而已。因為不是時候。血壓不怎麼大變化，心臟也照舊，吃得甚好，只是總少睡眠，愈來愈有問題，總是到十二時未能成眠，三點——至多三點即醒，或者照詩中說的，到時即心如縈繞，不太難受，但是總是有點什麼變化。大致不會步靳以後塵，惟神經總有些不大正常，或者是寫詩用心影響？塞翁失馬，因此多看了兩回《獵人日記》，這書寫人寫事似經意、似不經意，方法還是有獨到處，特別是寫人有好處，可以參考取法。方法巧而省事，又易引人入勝，且易結束，不必太費力。寫舊事物可參考，即寫新事物也未嘗不可以從中得到啟發！

這裡看了一劇《四十八寡婦鬧江西》採茶劇，熱鬧之至，事實上不過是八個寡婦大鬧公堂，社會悲劇兼鬧劇而已，丑角好，老寡婦好，組織也還好。群眾嘻嘻哈哈，上下打成一片，在別地少見。上面道白還不如下面爭吵聲音大，也是別處少見的。劇場如舊吉祥，聞照例永遠滿座。這裡有個特徵，劇院多，總是滿座。聞京戲賞鑑力格外高，為梅蘭芳、周信芳同日稱讚。觀眾受稱讚，不亂拍手，但好處卻必拍，證明是內行多也。

有關政協參觀事，如已得通知，你又同意我的計畫，望先電告好。因為如從南昌過嚴東，在報名時得告政協，才可得到種種方便。我倒希望能同去海南島或雲南看看各方面成就。這一次出行，有了寫詩經驗，倒可不甚費事寫詩了。有一點值得注意，即去廣東得有單夾衣備用。若同路有老金思成等，一定極有趣味！能去，大致都是向南方走的。

從文

十四日早

致張兆和

一九六二年一月十四日　第二信　南昌
過瑞金前夕

三姊：

收到二本紅格子本，極得用，因為行格較大，比這種紙好寫些。我們已定明天過瑞金，還會過湯顯祖墳墓邊看看。只可惜手邊無一部《臨川四夢》，寫點詩也不易下筆。

來回將有千多里路，各處一停停、看看，至少也得一禮拜時間，才會回到南昌的。同車一共四人，小車子，行動方便得多。

這裡每到禮拜六即有高級跳舞會，場子極好，能容納百把對人在場子裡作種種轉。另外還有個台子奏樂，樂隊也是省中文工團第一流的，有時還在樂中來個獨唱，唱得也比一般在台上獨唱還好聽。我們同行人中有舞到十二點的。女舞手除高幹眷屬，即文工團中選手，打破向例由男邀女的習慣，居多是女的主動來找男的客人，笑眯眯的來邀請。我還是照老例，坐在一旁看看，和我們到人大禮堂大廳差不多，並不怎麼受窘。總似乎希望從人家的搖擺轉移中，發現一點什麼，始終還是沒有得到，末了是照例九點左右就溜了。真是一種十分離奇的事情，這些近代化生活，始終不易得到它的妙處。總的說來，前後看人跳舞也還不到廿次，可能已過十次，最先還是大革命後十六年左右，在北京花兩毛錢一次，坐在一旁看人跳。十九年在武漢時，似乎已不用花錢和熟人一道去看，偶然什麼人滑倒了，觀眾還作興拍手大笑，使得摔倒的一位十分狼狽的笑著，但是依舊爬起來又在人叢中轉了。在上海還是你姑爺請客，同鄒韜奮見面。那時不明白在這麼不好的音樂下扭扭擺擺，有什麼好處。現在音樂雖好聽多了，還是不明白好處，特別是一些人倒滿像電影明星神氣，和另一些人眼睛微閉默會「至高樂趣」神氣，以及另一些人顯得十分活躍，到一定時候，又打個圈兒做得挺溜刷，樂聲一停，各歸原位時，嘴角微笑和吃過鹿茸精以後神氣。……這一切好像隔我有好遠！千里萬里遠。即或是熟人，因此一來我也似乎發現從生活方式上，我們距離真是相當遠，用時間計，大致總得個廿年、卅年，我落後廿、卅年！也只有像在這些時節，更容易明白我是用一種比較舊式的習慣方式來使用生命的。這裡看不出我有什麼高明獨到處，也值不得一點驕傲，只是有些「拘迂」，或「落後」，不甚宜於現代生活，不甚能適應新的生活而已。但是從愛好取予上看來，也會失於此或可望得於彼，看書永不厭倦，而且總可望從各種書中得到一點東西，一些啟發，一些充實。熟人都笑我（連阮家六歲大小五也說）整天只坐在桌子邊不動，不會玩。真是不會玩。事實上又還有人以為搞文物也是一種「玩」的。從這裡可以看出各人生命取捨的大不相同處。還有點現象，也使我覺得奇怪，即這裡說笑話的方式，經常總是談「怕老婆」什麼什麼，極少有機會比較正經些談到寫作問題、經驗交流，不知何故。談「怕老婆」如何如何，則每人似乎都有發揮，見得十分活躍。寫作作品問題，彷彿只是各人的事，少共通性。即對於托爾斯泰、契訶夫、高爾基，或中國李白、杜甫、曹雪芹，也從不提到閒話上來。似乎還不曾有需要，不易形成共同習慣。有時說點笑話，即近似永玉家中的氛圍。或者這正是多數人所習慣方式。我在這種情形下，自然「有點隔」，特別是若果這也算是一種玩法，我真不懂它的好處！又每天飯後，這裡必進行「抓娘娘」玩撲克，六、七個人在一處，興奮嬉笑得和我們十五歲以前下河捉魚差不多。我站在旁邊看個半點鍾，也感到頭昏眼花，但是一般常玩到二小時以上，始終興奮嬉笑的玩下去。照例人人有機會輪流做娘娘和皇帝，而這種簡單的遊戲竟玩不厭倦，每天必進行。如果這也屬於「生命青春」一種形式，應當是在蕭家老三這年齡時的愛好，但這裡有到了五十五歲年齡，還能從這個方式得到高度興奮和快樂的。我總覺得奇怪。且試來作種種體會，結果只看出和玩笑話差不多，一種「共通習慣」而已。不過這些習慣始終能支配一些用腦子的人，還是一種怪事，不易理解的。

從這些生活方式上比較，我好像太早熟了一點，因為在五四前後，還不到廿歲時，即把這一切享樂的功能加以閹割，充滿了功利主義的來考慮如何使用生命來應付生活、改變自己，並改變和社會關係，因之一面懂了許多，另一面也有些事始終不懂了。一面是「成熟」，一面卻也永遠近於「幼稚天真」。有些地方「極家常近人情」，有些又似乎也可說是一個「怪人」，一個「真正鄉下人」，放在任何情況下，支配自己生命的，不是一般社會習慣，卻是一點「理想」，理想也可以當成庸俗的迂腐的不切實際的打算看待，但究竟還是理想！也因此不免到處還是會感到一點痛苦，一點不好受，一點和人難於完全適應協調。好在在人看來是可以用一個「老」字加以原諒的。事實呢，我的理想還是反映生命比人還幼稚年輕！總若年在沙上築屋，希望把生命更有效果一些使用到國家總的進展需要上，而且還永遠幻想工作得突破自己固有紀錄，做出點新的什麼。又還十分充滿自信，能夠克服體力上的限制，生活經驗上的限制，在工作和學習上有點「奇蹟」出現。這在別人看來近乎奇蹟，在我自己卻以為是十分正常應有的。因為一切出於腦子的對於事物的體會、綜合，而通過文字加以正確反映，我的一腦子幻念和奇想，卻真正可以說是充滿一種青春的光輝！像個奇異內燃機似的，無聲無息的在燃燒，和作舊詩一樣，不作，擱下四十年沒有一個人會料想得到我還保留這一份老家當，從沒使用過，而到適當時期，要用時，機能並未喪失！

事實上若生活環境變變，或抽象什麼變變，能有機會使用生命到寫作上時，即用《獵人日記》手法寫我的生活回憶錄，寫十個《湘行散記》，不會什麼困難，且可望寫得更活潑有意思。也能向縱深方面發展，深入許多方面人物的靈魂深處，其中還包括我從來未接觸過的一種人，譬如說「潑婦」或其他，「悍潑」、「勢利」、「愚蠢」、「殘毒」……更容易表現得自然還是過去為人所看不起的中國人的善良，各式各樣的素樸善良品格，老太太和老農以及小女孩的……這一切都有個公式，的的確確，應當說是公式，懂得這個公式，又能加以適當反映，結果必然會使得對象見出了生命的活躍。這種客觀體會，是從一個較長時期寂寞、痛苦，以及無可奈何的生活環境下，總永遠用腦子去理解去分析得來的。付出的代價可不小，但是，卻終於把它得到了。說是一種孤獨的反映也說得過去，一種「青春生命的熱情的轉化」，說的似乎有些玄虛，實在倒並不玄虛，和被堵塞的水轉成電一樣，不過裝置不同而已。生命比水複雜得多，也難駕馭得多，又還受種種客觀條件制約，不過主要還是自己的堅強意志的控制，在一個長長時間裡去陶冶、鍛煉，學什麼都習慣於抓得緊緊的，將一切消化，逐漸積累成為個人的力量，永遠在進取中充實自己，豐富自己，也修正自己……到後來，便似乎和一般存在日益不同了。這不同未必能帶來生活上的幸福，正相反，或者只會帶來許多不幸，最容易即帶來孤獨感。因為不切實際或不承認習慣，而在工作上、生活上以及情緒上經常是不易得到自足的，總像是有一種動力推之向前，又極容易為另一種社會現實習慣所制約，生命本身即充滿了矛盾。因為支配他的不是當前，恰恰是大量種種過去和一堆未來。照過去老話說，即「腦子太複雜了點」，性格不大正常，多少有些莎士比亞戲劇中角色傾向。結果也許真能做出一點不平凡的事功，也許什麼也做不出即萎悴了。不管如何，人中間卻確實有這樣一種人。但是也不會太多，只有十九世紀的俄國和廿世紀前半世紀的中國，社會條件能產生這種人，此後卻不會有了。因為同樣是「複雜」，新的社會將出現另一種型的複雜性格，不會和我們一樣。我們生命裡裝的社會是後來人不易理解不易設想的，我正想到用個方式保留下來，可能還是用《獵人日記》或《湘行散記》手法來安排比較便利，但是效果卻不能如托爾斯泰的大，儘管內容原料是相差不多的，表現形式將影響到讀者。正因為這一點，四哥那個小說長期以來不好如何下筆。不知用某一方法，即比較容易處理而對讀者卻易於領會。我對一般方式（如《紅旗譜》、《青春之歌》）不擬採用，應還有更合我本來長處相配合的表現法，但是又受材料的現實性束縛，反而難於下筆。這點為難也近於一種反抗。我不希望用《紅旗譜》那種手法得到成功，可是自己習慣的又不大易和目下要求合拍。因之擱下來了。有待一種新的變化，即自己的簡練揣摩，也有可能到一定時候，便水到渠成！

到醫院去，血壓還是一七〇／一〇〇，心臟也照常。諸事放心。

從文

一月十四日

小媽媽，寫文章如像給你寫信那麼無拘束，將多方便，還可寫多少好東西給後來人看。有信寄舒信波轉好。

致張兆和　一九六二年一月廿一日　第二信　贛州

二伯媽：

我們下午到了本地有名的八境台，地點在章贛二江合流處一個三尖形楔形地點，城牆一角。和個大城樓一樣，三層高，上面四周還有丈多寬的陽台道，可以四望。景物十分開闊，下面是個公園。西向望遠六十里，有著名的崆峒山，山嶺和廬山一樣長長的在隱約間。贛江即由西北來，水可能有半里路寬，水清而流速。章江由西南來，也相當大，可以行船。會合後直向東□[4]，遠望下游二里外玉虹明塔，在空中矗起。水面千百白帆悠悠揚揚，沿城贛水邊泊船千百艘，船多和湘江漢水差不多。但是兩江合流地點，卻比漢水入江處好看動人。特別是水清而流速，比武漢美，惟不如那裡壯觀罷了。在台上聽屋角風鐸自語，令人有大好河山感。這次旅行最大收穫也即是擴大「大好河山」印象，增加愛——愛土地和人民。台上第三層部分做會議廳，部分做陳列，也看了看陳列。東西不夠，但也有意義，因為明白不夠，可以建議協作，不太費力便可以做得很好。本地有的是美工人和歷史教師，只要為幫忙撥點庫存玩意兒，即可望使一個博物館配得上通史的教學，正如古人說的「為長者折枝」，非不能，實不為。一為，即大不相同了。

全國有好些省分，我若能有機會各處去看看，有個一年半載，會為普及文物知識，做許多事情！我的雜學正用得上，似乎也應當這麼用，才有效。我還想看廿個大學歷史系教學使用文物情形，因為也是一件待更好協作和協助來解決的問題。比寫點散文在刊物上發表還重要得多，因為對整個普及提高有作用，有更積極的意義。一到地方，即或以省為例，對文物知識，特別是綜合知識，問題就不可能如北京那麼容易學了。年輕人即或學的熱情高，也不免無可奈何。我的雜學如全用出來，或許還可以幫到許多部門——如歷史教學，文工團，工藝生產業務學習共同提高，搞一系列工作，在我來看毫不費力，在各方面卻可以得到不少幫助。我真希望能有機會在開完會後再走一月，找一個點，為做個試點工作看。做得有顯著成效，即可為加以推廣，一個省市一個省市的做

4 作者對江水流向的描述有誤。

去，事實上至多有一年時間，將可望得到顯明的改善和進展，不僅公開和群眾見面的文化館或博物〔館〕有比較具體的改變，大、專、中、小的通史教學也一定能夠得到具體幫助。出力不太大，而見功廣且深，所以初步想到，實在值得這麼跑個一年。這麼做才更明白近十年學的一點一滴，原來都十分有用！可擴大利用到國家各方面需要上去！這也只有一出門才會更深刻的明白「文化普及關」必須如何過才順利而省事省力！

吃了一頓富有地方性的飯，一蒸籠辣豆腐泡，一蒸籠魚，魚聞只蒸十分鐘即上桌，都辣得有個程度。晚上去看地方戲，新排的《謝瑤環》，田漢作的，滿座興奮，因為有「女扮男裝」，有「英雄打抱不平」，有「官家少爺仗勢欺人，終於被巡按私訪查明，斬以尚方寶劍」。一切舊套子，內容十分庸俗，但是在賣票上十分成功。也極自然，由北京到瑞金，看舊戲，才過癮，還有億萬群眾也。要群眾，或要有戲可演，都得遵循這一條路。這個方面想改良恐不是三五年事。主角極好，即女扮男裝和打抱不平英雄結婚的謝瑤環，因病，在台上大吐三次，還是堅持終場。配角也整齊，是贛南唯一的祁陽戲。記得和我們在北京聽得稍稍不同，腔近漢戲。還有個格外出色採茶戲待看，是江西全省出名的。

從　廿一

覆張兆和

一九六二年一月廿八日　南昌

三姊：

去瑞金一行四人，計十四天。已於昨天廿七日下午六時回抵南昌，一天走四百廿五公里，計八百五十華里，路上不免一點辛苦。回時即見信一堆。得知你可來休息一月，我今天發一電報，希望你能從上海乘聯運車來，只在上海等半天，換一車即可直達南昌，方便得很。若走九江，可極不便。即走株州換車，也只在車站候二、三小時，即可轉車到來，上次阮章競愛人即如此走。行李不必多帶，皮大衣可不用。我不即去景德鎮，且等你來再同去，因為你一人上路大不方便。你不知一般客車麻煩處。同去是小車，也才值得一行。到這裡來，正可住下歇歇，或過了年再去不遲。詩全寄來，可用即用。在瑞金有訪問材料，惟一時恐不易寫出來，不比作詩省事。在贛州看未公演之採茶戲，也極好。還為當地領導看了一本十五萬字小說。連開座談三次。行署還為我們特演三次戲，二舞會。可惜我只能看看人家跳舞。來信說《資生篇》上部得刪去，那最好不發表。你們不懂前部分正和本題關係密切，和江西目下建設成就有關，如擬用，最好莫刪節（和交響樂一樣）。又〈含鄱口〉也寫得極好，妙在末尾二句，你們自己理解不到這裡，反而想把末句改動，一改可就完全失去本詩應有意思了。這詩並不比花徑壞。將來刻到含鄱亭上也值得的。字作「天宇適澄清」莫動！字作「鼙鼓」，不要倒排。鼓鼙實不通，人將見笑！你不懂古詩處理音調問題，最好不動好。這份老本事過去很用過一點心，有時還寫香艷體，也十分儼然。古體固懂典故多，讀古文熟，又對漢魏五言詩有興趣，過去十多歲時還被人稱「才子」，即為了寫詩。但是一擱四十多年，即我自己也忘掉這一手功夫了。現在因為看人到處題詩，都極俗氣的堆名詞，情、理、境三不高。還到處寫到處送人、發表（最不佳的恐是豐子愷），多只讀讀一般詩話新舊雜湊成篇。同行中也有幾位「名詩人」，一定要我寫，不便推託，才隨便搞那麼幾下。可能還有人不大懂。近年寫舊詩人甚多，打油成為風氣，其實基本功不曾好好練習，格多不高。舊詩未嘗不可寫得極有感情，有氣魄，而又不必借助於一些刺激性名辭。會看的人，一下筆即可知道功夫深淺的，裝內行不易成功的。過些日子或許還可為你寫幾首真正有新意的白話詩看看。現在人搞這一行一般說基本功都不大到家，和郭風作散文一樣，十分勉強的湊和成篇。攬事過多體力不抵用，只好讓人做大王了。我大致還可寫個頂好的歷史戲，等等機會看。還有些出人意外雜耍未出場！

致張兆和

一九六三年十一月十二日　長沙

三三：

天氣異常寒冷，全身心均如同被寒氣壓縮，愈來愈小。獨守樓房中，多多少少有些和前年在井岡山上時節情形相同。也如同廿八年前[5]，在沅水中部，乘小小桃源划子，放水中流，聽水聲汩汩，聽時間消逝，時間也因之格外見得緩慢異常。飯後許久，腹中還在硬著，卻只能等待到時下樓吃飯，即此可以想見無聊到何等情況。於此更容易體會到「居必近市」意義。這裡樓上不僅僅離開市面極遠。離開一切都似乎也極遠！我已寫了五個提案草稿，好一回來即可謄清送出。

從文
廿八

5　準確說應為將近卅年前。下文還有一處誤為廿八年。

生命真正是種離奇的東西，每個人都不相同，取捨相差極遠。有的表面身分即或相同，事實上一到思索和行動時，即判然分別，涇渭自見。即或同是一人，在不同時期、不同環境、不同氣候、不同溫度、甚至於不同光線下，也會完全不相同。在家中時，總像是只一晃晃即一星期天。每天總像是時間在忙匆匆的行進中，一會會即到了天黑。時間總像不夠用。這裡時間便特別長了，等黃昏、盼黃昏，也好不容易！從窗口外望景界雖十分開闊，並且綠樹如雲，大幾里連成一片，經常且有火車過路，遠處留下一起白煙，在空中慢慢擴散。當畫景看倒極像趙松雪或趙大年南方煙雨景子畫卷，細緻而柔靜，秀氣清潤。從綠雲中高矗的烈士塔，和一枝白玉筆一般，介然獨立，也不俗氣。但目下一切存在卻彷彿各自孤立，不相黏附，找不出什麼彼此關聯意義。一切都似乎在寒氣中被凍結住。使人回想起二千年前，同樣的陰沉沉天氣，賈誼以卅來歲的盛年，作為長沙王師傅，在郊外楚國廢毀的祠堂廟宇間徘徊瞻眺，低低諷詠楚辭，聽蕭蕭風聲，吹送本地人舉行祭祀歌舞娛神節目中遠遠送來的笙竽歌呼聲。生當明時而去帝鄉萬里，陰雨中迎接黃昏，回到他的長沙王傅所住小屋中時，他的無聊應當是一種什麼情景！再想想屈原，楚國當時政權正在分解中，軍事上一再挫敗於秦，個人則因高瞻遠矚，轉而失去楚王的尊重，更受小人讒毀失去信任，而朝政卻為三五弄臣佞人掌握，眼見到一切將陷於不可收拾，還是無可如何。就在這種霧雨沉沉秋冬間，終於被放逐出國，收拾行李，搭上一葉小舟，直放常德，轉赴沅水上游。坐的也許正像我卅年前上行那種小小「桃源划子」。身上雖還有一口袋楚國特製的黃金「郢鍰」，和一把價值千金的「玉具劍」。兩擔竹簡書，和一挑行李。行李中且有個竹蔑編的極其精細的文具匣子，內中文房四寶一應俱全，可以供他隨意寫點什麼。在朝時手編的楚國憲法，也早已用白絹書寫成十卷，裹成大卷，擱在身邊。自己的許多抒情感世作品，也同樣分別謄寫成卷，隨手取來作了些校定，改動了幾個錯字。船在兩岸綠霧蒼茫中行進，想到國家的種種，聽到看到岸上的祝神歌呼和火燎，他覺得好無聊！……我如再探入些些，把兩人本傳來作些理會，在這個情形中的必然和當然，以及在那個歷史環境中的必然與當然，小媽媽，一定會寫得出兩個極其出色的新的屈賈故事！我懂得到在這個氣候下背景形成的調子應當是什麼，加上從二人身世和文章中去簡練揣摩，寫出來一定會情感充沛，有聲有色。不會像陳老寫《嵇康》那麼帶刻板做作氣。因為寫這類人事實上比寫翠翠、貴生還容易得多！可以從各方面去體會，去刻畫，去布局潤色，而作得十分準確生動。只要另一時，把我放到一個陌生地方去，如像沅陵或別的家鄉大河邊一個單獨住處，去住三個月，由於寂寞，我會寫得出好多好多這種動人東西！腦子奇怪處也就在此。我經常在什麼書本上歡喜題上「人生可憫」，也正是這個意思。我深深懂得腦子裡近於自小具有的想像力，和後來卅年運用文字成為習慣的另一種能力，一到某種寂寞環境中，即可以（也必然會）在不甚費力情形中，作成種種結合，組織成種種幻想的或寫實的故事。不論是純粹幻想或平凡真實，都可望作得異常生動感人。由於我懂得如何即可感人！在三五千字造成一種人事畫面，總會從改來改去作得完完整整的，骨肉靈魂一應俱全！這是一種天賦或官能上的敏感，也是一種長時期堅強固持的客觀反覆學習。兩者的結合，卻又和「寂寞」關係異常密切。釀酒也得一定溫度，而且安靜不擾亂，才逐慚成熟！生活實際對於一切的隔離，也可以說由於機能上補償的需要，便可幫助養成一種深一層的「想像力」和「理解力」，文字若又能加以適當的概括，即可熔鑄成種種有聲有色的人生。凡最好的詩歌，最好的音樂，最具感染力的好畫，來源幾幾乎完全相同，不同處只不過是它的結合成形的方式和材料安排而已。相反的一個動力，即如懂畫的布局敷色，懂音樂的節奏美，懂其他許許多多不相干的（在你看來以為不相干的）什麼事事物物常識常語，卻又能共同促進那個先天的敏感稟賦，和後天獲得的文字運用組合，在意想不到啟發中，形成許多結構新巧感人靈魂的大小篇章。特別重要即是在相同人物相同故事中，卻寫得出格外生動神奇的故事。安徒生在童話寫作中，已為我們做出了榜樣。我的試驗也有過一定結果，還未完全成熟，便凋萎了。如照目下訓練培養方法，短篇作者所能達到的境界，大致不會是這種結果的。方法有問題。正和林師母說的浙江東陽火腿，新舊製法不同，所得結果必然不同。舊的方法似乎不怎麼符合藝術科學（因為好的作品絕不是從文學概論或小說作法而來），可是用得其法，不僅色香味美，而且經久不壞。一經百貨公司從規格出發統一製作後，東陽火腿表面上一切如舊，產量並且大有增加，但是上市供應時，大家都覺得不好吃，味道鹹鹹的，瘦肉成柴，貼骨處易走油泛黃，不經久。如今有關火腿問題雖然情形已明白，舊作法有獨到處，但是由於新的習慣，上市的或待上市的，還是生產那種「鹹肉」似的火腿，為既成局勢。事實上不能說是東陽火腿！製法不同哪能有原來風味？小說呢，沒有會想到重新用老方法試試看的。

小媽媽，這就是我說的你能「看小說」，可不大懂「寫小說」的原因。你什麼都好，就是不懂寫好小說除人事外還要什麼作料，以及使用作料混合作料的過程、火候、溫度、時間、環境……寫批評的人事實上且更加無知。

你很懂得我的好處，和懂火腿或別的一樣，懂的是「成品」。至於成品是怎麼來的，作料如何選擇配備，實在不大懂，不好懂。寫作中實在大有辛酸！一個優秀作者在某些方面和個精密機器差不多。製造出一具靈敏機器，很不容易。花錢再多，並給以各種物質條件，精神鼓勵，成就還是有限。要的是另外種種。製作、成功是在千百回失敗經驗中，才會得出一點點有用結果的。但是接收這種不費半文錢的機器，若不善於使用，不善於保護，毀壞卻十分容易。一經毀壞，修復也就相當困難。特別是這種精細複雜機器，一經改裝做別的使用後，修復就更加困難了。聽個工人說，「一架機器也有機器的脾氣」，何況是一個有性格的人？人的「共性」容易理解，也易於運用，人的「特性」卻並不易用公式去衡量。人是一個十分複雜的機器，簡化他納入範圍容易，就其所長充分加以利用，卻不容易。利用還得從理解做起！

天夜後，從高處下望，第一次發現公園裡一大片燈光，和星海一樣。真是一種奇觀。這還是第一次見到。

天老是落毛毛雨。已到了落這種雨的季節。早知如此，倒是提早回來或同過武漢看看為得計了。

桂林一行可能有十來首七絕詩可寫，想試試變更一種寫法，杜甫、陸游法，或許有點新意。寫山水詩易千篇一律，因為前人言之已多。七絕一引典故，又鋪不開，且難於索解，要有點味，語意不盡才可望有新的印象。將試試看。已試成一半，有比上井岡好的，也有不如的。只怕回來大會一開，所有詩情統統衝出九霄雲外。

居然夜下來了，多多少少回復到廿八年前在小船上桐油燈下為你寫信心情。只是當時身邊不遠是三個老少船夫，船卻停靠在亂石堆疊的寒江邊，岸上只一、二家小小茅棚。這種枯寂對於一個用頭腦生活的人說來，是有意義的，有作用的，甚至於可說是不可少的。是一種真正消化人生的教育，正如同痛苦失望艱難困頓同樣是一種吸取人生教育，對於一個從事寫作的人說來，可以由之懂得「人生」二字，懂得什麼叫作「枯寂」和「艱辛」，以及其他許多許多事情。如今困守在這個樓上，四圍是白淨的牆壁，所得實在不多。這麼住下去，延長到三個月，若不是發狂，即將是一種完全的改造，神經系統的活動方式也會完全變更過來！最少一天將可以為你寫一封長及萬言、胡說八道、美妙絕倫的信！或者還可寫成許許多多極短的故事，完全自成一格！

不知是否真有此種可能，即有意把自己和一切隔絕起來一定時期，試試能否恢復我的寫作能力。也許會有這種可能的。現在唯一不放心處，即心臟偶然的故障，在一種和其他隔絕的環境中時，將無可補救。由於不用腦想具體問題，頭重已減至極小程度。

我到博物館看了幾天文物，外室看完看內室，樓上看完看樓頂，只差不曾爬進墳裡去看。但已近於這樣子做了。因為每天必從一具高及一丈的大型西漢棺槨前走過，上樓時，又必須從兩具完完整整戰國貴族骸骨邊前通過。而到得庫藏室時，便簡直如被由商到明三千年無數座古墳包圍了。看了好多有用東西，對於總的認識是十分有益的。有幾點過去推測，全被新接觸的出土古物證實了。這一個月的出行，真可以說是上下古今統統看到了，比較過去幾次參觀，得益是格外多的。

上一次從桂林過長沙時，恰和三位吸煙的同一個車廂，真是一種考驗，簡直無睡覺可能。希望老天爺保佑，這一回不要又是這樣過廿八小時。吸煙、玩撲克、聽打趣相聲，這三種享受我都無福氣，培養下去也無希望，因此我事先就老實告訴這裡聯絡處的人說，最好讓我坐個無人吸煙的車廂。但是若和個攜帶小孩的老太太在一處，而母子二人總是在吃東西，似乎也不大容易招架！

二哥

臨深履薄

一九六三年底，沈從文受命主持編著《中國古代服飾研究》（當時稱《服裝資料》）。他曾苦盼多年，在研究工作中能得到使用資料、複製照片的允可，以及美工專家的密切配合，此時在上級重視下都得到了。短短半年，寫成二十多萬字初稿，美工高手摹繪了大量精美插圖，在反覆審查修改後，出版部門已開始為這部巨著製版。

那些年，他的雜文物知識，協助了輕工業和特種工藝品生產、歷史劇歷史電影的服裝道具置景、全國工藝美術院系編寫基礎教材，也愈來愈多地發揮出「貨郎擔」作用。文學的跛者，正浸潤在家庭和睦美滿、新事業逐漸得到社會承認的氛圍裡。

然而對明天，作者時懷臨深履薄的杞憂。他的親人忙於投身當前「運動」，對此並不理解。

致張兆和

一九六五年四月十六日　北京*

兆和：

昨天寄了個明信片，託作協轉，這幾天你們可能不是在工廠，就是下了農村。南方氣候不知比北方如何，冷熱可得注注意。這裡爐子已撤除，房中見得寬了些。氣候已達廿多度，從做事說，應是一年中最好時光，但未雨長晴，莊稼栽種、收成都大有問題。菠菜已上市，一毛三斤，過不久或將五斤、十斤。上海方面想必已相當暖和。見報載，正在舉行地方戲會演，你們可能有機會看看。若下郊區鄉村，也能明白些菜農情形。陳蘊珍等或已見到，孩子也許已升大學了。這裡忽然轉熱，即我也只穿一件絨線衣，去五一還有半個月，這種熱若能帶來一、二天大雨就好！（今天當真落了雨，可能有整天。）公園中已大開丁香，榆葉梅便成過去。到處有大群小學生「遊春」。到處在打掃清潔，準備過節。今年看情形北京或不至於太熱鬧，因為將在印尼舉行的萬隆會議十周年慶祝會，將成為反擊美帝一個重點，接下來又即要進行亞非大會，必然又是一次大反美帝活動。越南問題也必然將在這些會上有申訴譴責。並且在此期間，越南人民軍，還必然將有幾回勝利漂亮戰事，作為大會獻禮也。

秀芝來了個信，寄了些尿片樣品，大約一寸左右，卻不提及應當放大若干倍尺寸。芝佩每天必回來吃晚飯，已到醫院移動孩子位置，休息了半天，一切甚好，不必擔心。惟聞小弟有時十二點才回家，且瘦伶伶的，今天已告訴他在這段時間中，應適當注意一下芝佩能陪她即陪她回來，自己生活也得注意。聽說一天得各車間跑動，自己有時也守在車床邊，因為正在試製那台新機床，不僅自己動手，還得分別調動其他力量，生產其他工件，因之一天忙於各處奔走接頭。生產上三結合，即「研究、設計繪圖和施工」，他倒是近於一個試點。問張芝佩能不能，即笑笑，「那不成」，只好甘拜下風。大弟只回來半天，還不曾問到重點實習教學情形如何。工作大致還做得不壞。車間裡大小標語，各樣圖表，全是他一人畫出來的，且很像個樣子。一般說，要找這種全能的工人，也不容易。將來或許還得派到他寫什麼劇本，也會做得滿好。在群眾中關係好，有威信，工作態度也好，這麼做下去，是對的。

聞北大練民兵，女生經常必佩三枚手榴彈，且每日得爬鐵絲網，一天亮即作緊急集

---

* 寫此信時張兆和正去上海出差，調查採訪當地農民開展「故事會」活動，並為編輯部向上海作家約稿。

合，跑步到場，緊張感已到隨時可以人伍情形。中央美院則依舊在坐而論道階段。又北大歷史系主任與學生，均分組擔任賣菜，倒糞等等工作，在海甸區做得十分熱鬧。有的大學卻又正在抓緊上課，各有不同。半工半讀也將於今年夏季做若干重點試行，事情大，涉及問題複雜，總得照原則分頭去做，各從不同方法著手，到一定程度下，和戲改情形差不多，從成功方面取經驗，做樣板，再做較大調整。總之，有一定時候探索。把固有制度一部分打亂，是一件大事，將來如何教書，聽學校中人說，即是誰也不明白，感到難教則是普遍情形。即黨員教授同樣不知從何著手，覺得不好教。刊物似乎也會有更多樣新的要求，反映新的社會革命情形。目下寫農村、工廠，面向還過於窄狹，來不及接觸更多新的變化也。為配合文化革命，顯然內容還是較窄狹，讀者也會逐漸感到不過癮。因為一切都在發展變動中，而變化之大、之迅速，均為一般料想準備所不及。作家中新如李准，也會在短期中即成過時人物。舊的自更不用說了。

二姨等來了一次，小慶慶一腳踢去，打破了個熱水瓶，昨天來電話說，必賠償，便於「起教育作用」。事實上起得也有限，因為此外脾氣性情已有許多不易教育處，遠不如小黑妮懂事講道理。補救辦法最有效倒是再來一位小的，其中心作用即失去，用分散二老注意力方法改造，倒是最最切實可行！永玉等還是在開會階段中。大致五月裡即有大批學生將回北京，至於是否再下去，或換一班人下去，目下不得而知。許多方面工作似乎都正常進行，又似乎不大能正常進行。只聽說凡是工廠和學校，較大些的都有在二線如洛陽、武漢、太原，第三線如成都、銀川、蘭州、昆明設分院分廠打算，詳細情形不明白。總之國家為大建設及未雨綢繆百年大計，文化教育和工業建設內移發展，是十分合理的。這十年中西北西南文化建設的進展，都必然將得到突飛猛進，一改舊觀。文化革命，文學電影戲劇等等，都似乎有趕不上新要求趨勢。這也是勢所必然。

我們政協仍是一星期學習三次，思想改造為主，到一定時期，或配合形勢，要集體出去參觀若干次，大致不會太遠太久，因為即以近郊農村工廠來學習，也就夠多新東西可看了。惟現有的委員多日見衰老，一般已在六十前後，有的不做事，有的還有工作，居多能「談」，而不大能「動」，動起來不免有一定安排才成，求如三、四年前去湖北丹江口遠距離坐大汽車看大水壩事，現在已不大可能了。我很希望去成都看看蜀錦和去南京蘇州諸地看看絲綢生產，一時也難有機會。又想若能去景德鎮一個月，一定也可以做不少對那邊生產有用事情，只怕走不動。服飾史料大致仍得出，得把部分刪除，又加入另外一部分，工作雖決定了由館中另外兩個同事去做，事實上還是得我動手，才能掌握輕重分寸。工作可以做的還相當多，而真正得力的助手卻無人，真是無可如何。

心部情形如舊，頭部有時重些，有時較輕較好，只想吃吃菠菜豆腐，也覺很好了。牛奶喝一半，其餘讓他們多吃些。白雞還經常出蛋一枚。院子裡楊柳已高過屋檐，山桃花也盛開，可說桃紅柳綠好光景。葡萄架子今年已擴大，占了半個院子，看趨勢將會有豐收。已通知「不栽瓜菜」，豆莢大致還可下種。從蕭家得了些蔦蘿已種下，若幼苗不為王家白雞啄食，到你下月回來時，必將已拔苗數尺長。

從

四月十六

張兆和覆沈從文

一九六五年四月廿一日　上海

從文：

信和名片都收到。家裡幾個人身體都不大好，芝佩快臨產，我在外邊實在是牽念，收到來信，就比較放心了。

我們小組到上海的第一週做的完全是調查前的準備工作，開了不少介紹情況的會，看了不少材料，十五日去南匯書院公社，前天才回來，明天又將同周明去青浦。南匯縣在東海之濱，上海的東南角，書院公社的故事活動開展得比較好，我們在那裡從公社、大隊、生產隊了解情況，接觸了一些青年講故事員，這些講故事員都是業餘的，非常積極，懂得自己講故事對革命、對社會主義建設的意義，生產帶頭，思想好，緊緊同群眾聯繫，不計個人得失，給我們的感受很深。現在調查的初稿正由我在寫。

明天即將要去的青浦在上海的西邊，是個水鄉。這個縣故事活動開展得不是很普遍，但是出了幾篇好故事，有幾個頂尖講故事員，我們從了解業餘創作的角度去青浦工作。只準備到縣上開個會，頂多到一個大隊去訪問，因為講故事員很分散，去各大隊要乘船，時間不夠了。青浦與崑山為鄰，過澱山湖不遠，就是芝佩的家鄉了。我因工作羈身，不然去看看芝佩的好婆、媽媽。看看弟弟妹妹們，倒是一件有趣味的事。

和親家母同道來京，問題不大。我們事先買好火車票，通知親家母，最好早一天到上海，免得車船誤點……當然，如果我當天能抽得出身，我一定去汽車站接一接，那就更方便了。

朝慧肚子還疼不疼？鞋樣望即寄來，底樣腳樣都要。芝佩要不要？尺寸大小差不多吧？大家還需要什麼東西，早點來信。上海輕工業品的確比北京好而便宜，只是我身邊錢不多了，望能為我寄五十元來。

昨天已去巴金家，今天上午他們邀我吃午飯。蜜餞送了，巴金說他的兒子最愛吃甜食了。

我身體很好，帶的藥品只吃了一片索密痛，眠爾通倒吃了不少，主要是心裡著急，睡不著。到上海已半月，仍然陷在調查工作中不能脫身，組稿任務進行得很少。上海天氣也反常，我帶來的全部禦寒衣全上身了，下鄉還借了以逵一件短棉猴，坐在房裡工作時也穿著棉猴。

到南匯我又有了一樁不平常的經歷，下車後坐了三十二華里的二等車，所謂二等車，就是坐在自行車後邊。如果是平平坦坦的公路，那倒也好，可是卻是坎坷不平的田間小路，顛得我緊緊抓住後座，儘管花紅柳綠，一片大好江南春光，我也只好正襟危坐，目不斜視，因為有時要過只有一邊欄杆的石橋，更多的時間是在河濱邊行進。

問王嫂好。你出門務必帶硝酸甘油，芝佩上下班乘車務必小心。

兆和　四月廿一日

張兆和致沈從文等

一九六五年九月十七日　順義*

文，龍，虎，芝佩，朝慧：

來到丁甲莊已經七天，住在老鄉家。這家的成員是人五名，豬一頭，雞八隻，小狗一個。夫妻倆有兩個小孩，男孩子四歲，成天尖著嗓門哼自己編的歌，小狗是他離不開的夥伴，整天一同在地上滾。小女孩不滿周歲，長得頂俊，直到現在還光著屁股（頂多圍一條屁帘子）。兄妹倆臉上、身上總是髒髒的、濕濕的，可從來不病。我同工作隊的小張同這家老大娘睡一炕，老大娘七十三，耳有些背，白天光著膀子，只圍個兜兜，也不覺得冷。我們吃派飯，每天一家。婦女們一見面總愛打聽：「多大歲數？」「家有幾口人？」「掙多少錢一月？」進村第一天村裡就傳開了，工作隊來了個五十多歲的婦女，每到一家吃派飯，主人免不了都要問：「您五十幾啦？」飯吃得少，也形成一種壓

* 張兆和當時從編輯部抽調出來，作為工作隊隊員，去京郊順義縣參加農村社會主義教育運動。社會主義教育運動，是一九六二年冬到一九六六年一次遍及城鄉的政治運動。因為包含清政治、清經濟、清組織、清思想內容，又稱四清運動。

力，老鄉以為我吃不慣，怕我受屈，解釋也解釋不清楚，多吃又不行，叫我很為難。

我們每天上午參加勞動，下午工作，晚上開大大小小各種的會，經常開到十一點多鐘。這個村子的土地很分散，下地勞動少則走四里，多則走六、七里。我翻過穀穗，掰過棒子，還倒了兩次糞。倒糞是把已經運到地邊的糞土再翻弄一次，用釘耙抓，用鐵鏟翻，兩個人一組，我使不慣鍬，又沒有力，因此感到很累。

我們進村第一件事是促進生產，為了大幅度增產，市委要求京郊各縣今年擴大冬小麥播種面積，十幾天來，我們一面熟悉情況，一面協助生產隊做好種麥的準備工作。我們工作主要是思想動員，向社員宣傳多種小麥的好處。我同一個廿二歲的青年分在一個小隊。這青年是個黨員，工作主動，對人非常關心，每天來我們住處挑水，這個青年某些地方有些像大弟，處理工作，對在一塊工作的人，比大弟還要老練還要周到些。海珠同志十分關心我，要我們的片長（四個小隊成一片）特別照顧我，說我這樣年歲，身體又不是很好，下來不容易。我自己也特別注意，感到力量不支時就歇一天不下地。總之我在這裡情況很好。

八月十五我們在龍灣屯公社過的，下午參觀了焦莊戶的地道。

永玉下去沒有？

紅紅怎麼樣？頸脖已經能夠不用人扶撐得起了吧？芝佩是不是還經常去看她？依我想，每禮拜看兩次足夠了，免得影響工作和學習。朝慧肚子還疼不疼？朝慧的生活應當規律化些，定個休養計畫，也定個學習計畫。糧票發下時朝慧早一點送機關總務科，要一斤和半斤的。我們沒有休假制度，有事可以請假，我一兩個月內不準備請假，因為工作還沒有頭緒。爸爸要注意休息。

兆和　九・一七

致張兆和

一九六五年九月二十五日　北京

媽媽：

日來天氣轉熱，想到你大清早下地情形，一定穿得厚厚的，午上卻不免近於「赤膊上陣」，辛苦得很！一切要量力而行，才是實事求是！王嫂已回來，家事簡單。淑蘭月底即將生產，必是一男娃娃無疑。我家小紅紅壯得很，十五斤重，只是包裹過多，又不曬太陽，致頭大而頸脖不大硬，因之亦不算機伶。芝佩一再想另找人託，前一陣還特邀二姊去另一家看過一次，有些好處（屋子大），有不如處（不如大姑醫護知識紮實），虎虎和我均以為不動為得計省事。二姊也以為不動為好，今天還特別來談了一次。並說芝佩大致因貴，感拮拘。不知我是否告虎虎，商量一下，月為津貼一個數目，你試斟酌一下。我一星期去看兩次。

星期天大弟等均回了家，聞工作很忙。我這兩天聽了二報告，（一）政協傳達，一文化部新部長（館中傳達），前者說文化下鄉理由，後者談各單位設「政治部」，及長期面對農村，貫徹工農兵方向。永遠將有三分二或三分一下鄉幹部，單位中則搞四好，行「三八作風」等等。二題似不同，實大致相同。同是要政治掛帥，定工農兵方向。我明天還將隨政協車去良鄉看一間半農半讀學校，有一天時間。糧票已送去，不知夠沒有？到鄉下已半月，過生活或逐漸能適應，飲食怕還有困難。我們擔心的也正是這一點。怕食少事繁。不是持久之道。總得想辦法從量上提高，代替質的不調。永玉下去時，帶了油丸子數瓶，不知可以託作協便人為你捎帶否。有需要否？我血壓下降，只是送血不足即隱痛，用腦時工作效率不高，即供血不足原因。正在趕改那本大書，愈看愈覺得毛病多，敘述易顧此失彼。十八萬字盡日在腦中旋轉，相當沉重。惟寫小說有此相近經驗。過去寫小說只是好或不好問題，現在是一種客觀存在問題的分析敘述，又限於材料、字數，思想性要求又嚴，很不好辦！相當費力，不易見好。對這問題肯下功夫來從事寫作的無人，但批評卻可來自四面八方，因為牽涉問題過多，即再用功十年、八年，寫出來，人家還是容易說話，或從材料取捨上，或從措辭上，永遠有話可說。真是一個重擔。大致於本月底即可補充完畢，再送本館看，再送部批，再發還整改。能到年底把各事辦妥，已很不壞。如內容要求再高，提到新的方向原則上來時，大致最後只有擱下。即付印，也是對外而不許內銷。若僅外銷港澳東南亞華僑，那倒是對於他們一本有用處的書，因為圖中實有許多少見材料和新的解釋，能給彼等以知識也。內銷作內部發行，送到生產部門和一般博物館讀者也不是壞事。只怕遇到批評家，從圖象、文字，都必然可挑出百十處錯，也無從辯解。不得已最後付印將說明全刪去，亦復可能。因為圖省事，並且亦真正省得麻煩也。最擔心的是我自己，只有我自己明白內中得失。

入秋轉熱，部分楓槭葉子已泛黃，真是大好秋光，望注意身體本錢。凡熟人多擔心到此一點，別的即放心。開會忙，或尚在來日也。相熟人常見到沒有？耀平去山西，還不即回京。在此日來所聽到的，多係廠校外遷外調傳聞，事實上熟人工作還多照常，少有外調的。惟國家計畫既係「分散為主」，許多廠校「一分為二」，一句話重要意義，便日益顯出。虎虎等也可能要調動。文化部以至各單位政治部，均將成立。已有三人來館蹲點，還不明白具體事如何做。抓思想使工作面對工農兵好辦，因為壜壜罐罐東西多，歷史陳列似不怎麼好辦。但自然還是在試著辦下去。我編的書照趨勢看，說明部分也許可以全刪，寫個短短序言即成。將來序言也許不由我寫，因為難措詞。要用大家習慣的口氣措詞，我寫不下去（和歷史本來不符合，不好寫。但由別人寫來，也許倒十分容易，不甚困難）。除非是康生在某一時重新有機會看到我原來說明，點了頭，認為還過得去，此二年工夫恐終不免成為白費。即或如此報廢，對個人說來，還是無憾，因為終究還是在此空白點上摸了一陣，即或印不出，當成本館檔案性質供館內參考，大致還是相當得用。但照目前趨勢說，要求於這類工作，帶常識性過得去即成了，求更深人，即不免近於瑣細繁碎，館中搞研究的人也不需要看，看不下。看來費神，也便會在某一時期成為資階思想的。想來擔心怕人。只能盡力所及做去，不求有功，但願無過。能無過，就很不錯了。

餘均好，不必念。

從　九月廿五日

張兆和致沈從文　一九六五年十月十四日　順義

從文：

我本想在廿日以前回來看看，現在不行了，廿日開始大四清，現在正積極為大四清做準備工作，從今天起開始四天「戰地整訓」，學習、總結過去一個多月來運動中問題，和個人思想上的收穫。最近又來了師院體育系一批師生，新來的隊員情況不熟悉，我們得介紹情況，帶著他們熟悉工作。大四清一開始，工作就會更緊張些，什麼時候回來，我自己也說不定了。

我需要一塊混紡頭巾，一條絨褲，絨褲不要最厚的，薄一點的好，怕棉褲太小穿不進。這兩件事朝慧為我辦一辦，還要洗頭粉和洗衣粉各二包。送糧票時交機關帶「龍灣屯公社四清工作隊」轉丁甲莊四清隊，包好捆紮好。能帶一瓶魚肝油丸子和胃舒平更好，胃舒平是準備著，看來是用不著的。朝慧來信談談二伯和你自己身體情況，龍談參加製造天象儀，虎虎寫信談談紅紅。信最好裝在一個信封裡寄來，已經有人說我「家信頻繁」，雖屬笑話，也應注意。

兆和　十月十四日

張兆和致沈從文等

一九六五年十月十九日　順義

從文，芝佩，朝慧，大弟，小弟：

最近十來天比較忙，隊日也沒有能按時得到休息，我也很想回來看看，可是像連寫信時間都不容易找到。運動已進入四清階段，主要在搞運動，在發動群眾，勞動轉為次要的了。前天我們收了前任會計的帳，昨天清了倉庫，我心裡說，這就是階級鬥爭；可是感覺很奇特，我們到四大清會計家收帳，他神色自如，一邊點帳，一邊說說笑笑，正交著帳，忽然認真地像對別人又像自言自語地說：「今晚木林有戲吧？我把事情歸置歸置，有戲我得去看，一次也不能落。」

包裹和你們的來信都收到，包裹裡除鹽金棗未見外，別的如數收到。東西到得很快。廿一日去公社開會，楊志一一見面就告訴我「沈先生給你捎東西來了。」是機關下來勞動的同志捎來的。下午從龍灣屯回村，看到爸爸和大弟的信，朝慧的信是第二天收到的。第二天晚間露天開會，我就穿上了絨褲，大小正合適；第三天山風颳得真有勁，頭巾也及時用上了。有了這些東西，再加上吳泰昌給我帶了二兩碧螺春，滿可以對付一兩個月，再不需要什麼了。我需要的是每個禮拜能收到家裡的信，談談你們的近況，談談北京大大小小的新事情。有些事我不能在信上細談，卻很希望能知道，愈詳細愈好。

紅紅是昨天轉入錫拉胡同托兒所的吧？據洗寧說，這個托兒所不錯，每週可以接回家，這樣，每到禮拜六，芝佩就推著小車笑瞇瞇的去接孩子了。洗寧說，接孩子回家，第一要注意飲食，孩子出毛病往往是接回家出的。孩子能送進公家的托兒所當然很好。可是我想到祁大姑，她又該流眼淚了。紅紅的照片和虎虎的信始終未收到。

淑蘭想必已經生產了？是男孩是女孩？買四尺花布送王嫂的外孫怎麼樣？有現成的合適的瞧著辦吧。家裡需要補充一床被，有好看的床單還可添一床或兩床，朝慧同大弟床上換洗用，小一點的也可以。

二表哥什麼時候來的？在北京待多久？二表嫂來時朝慧安排一下怎樣款待，二表嫂是第一次來，還是新家呢。

我冬天還需要一床封被。這裡生煤球爐，夜間無火，不燒炕，請王嫂把封被絮厚一點，至少跟家裡冬天用的差不多厚才行。

紅紅的相片寄來，你們有新照的也寄來看看。

兆和　十・廿九

致張兆和

一九六五年十一月十四日　北京

三姊：

回鄉下已一禮拜，不知咳嗽沒有？不大好即回來治，一切實事求是！務要小心，醫生特囑轉告。這時小紅正在家中，算是第一次正式回家，白天睡得很好。昨晚回來後，有點點咳，有三回拉，咳大致是無礙於事，因為咳聲響亮。拉多些不外芝佩給吃得葡萄糖多了些。今天下午，即將送回托兒所。孩子長得挺好，見人即笑，手不大動是衣服過厚，腳還喜「潭腿」，一會會被即可抖去！長得日益好看，雙眼皮，睫毛長長的。小弟已去瀋陽，明天即返京。大弟昨回家無住處，只好去小弟處住，今早去看大姨，找不著，即去看看三嬸媽孝樂等。下午是否去看凌宏，不得而知。昨天學校女總支又找他去談如何學毛著用到教學實習上問題，大致是還用得好的結果。兩個孩子工作可以放心。芝佩很愛孩子，也用功。二丸子夫婦已回到長春，有信來。二丸子也許今年還得來京一次。我們明天將去看南韓繼地方農業，前後約十二個小時，還預定要到密雲水庫一次，焦莊戶一次（看地道戰遺跡），另外還可看幾個工廠，一一安排即到下月半，所以照情形言，今年即開大會，也不可能出去參觀了。景德鎮來展覽瓷器，為寫了兩篇小文章介紹一下，算是今年寫得比較有分量文章，分別在《大公》、《光明》發表。將來大致還得為江西刊物專寫一篇，談加彩藝術成就。日來血壓還好，總維持在一七〇／一〇〇左右，惟心臟常隱痛，還是供血不良所致。淑蘭得了個男孩，長得挺好，送了一隻大母雞。王嫂去看過一次。一切都好。

你們工作一定相當忙。我們若去焦莊戶，離你們工作點已很近了，或許還可碰到其他熟人！房中已生火，改小煤餅為大餅，成效適用，比較容易掌握，惟到冬天是否擋得住寒氣，還是問題。外邊房子用煤球，初燒熱一點，過一陣煙筒積灰日多，便合適了。你那些膏、丹、丸、散在鄉下一定還有些用，但也得較好掌握，才不白費。

「日韓條約」草草通過，從發展趨勢看，將來東北壓力較大。特別是東鄰政客，詭計多端，而對我東北又有傳統幻想，將來事可以預料。若戰事全面發展，東北必將受日本壓力，以及突襲突擊等問題，接連而來。印尼情況似仍在發展中，加諾兄威望下降，將日益偏右以求苟安。但新的「納沙貢」可能仍維持，由平民黨（即修）出面，但也有可能忽然轉化。總之，恐得有二、三月時間才明朗化。

從　十一月十四日

致張兆和

一九六五年十一月廿四日　北京

媽媽：

我們大夥「交班人」已到過了焦莊戶，看過地道戰遺跡，走了三百米裝有電燈和通風設備也相當好的地道，還看過各種打靶演習，聽過老英雄說故事。路上來往四小時，停留下約五小時。內中有不少八十歲的老人，季方夫婦也到，算是上了真正一課，開了眼。從那個村子景象，我體會到你住的村子光景，大致必相差不多，村中老年青年也相差不多。一路上的確很不錯，特別是飛機場附近果子園，高高整整，如我國各處果園有如此細心管理，就真是夠標準了。同行的多歷史人物，計有皇帝溥儀，和蔣名下大小帶兵官二十來位，（我試算了下，大致管過一百五十萬左右大兵！）而為我們報告諸事的，是當時唯一黨員馬福，據說全村子裡只有一把槍。歷史是極其有意義的。不知你們所住村子，是否也曾有過同樣生動的故事？昨天幸好不太冷，中上有些風，不如報上說的厲害，當中還熱了些，若今天去，便不免吃點苦，老年人恐受不了。這次是自帶吃食的，除了有個老先生夫婦自帶菜飯，從容不迫在會客室中進餐，餘多簡化，各啃麵包一枚。雖前後經九、十小時，因為天氣較好，車也較好，大家似乎還不甚累，惟晚上有戲，大多數均宣告放棄！

弟弟、芝佩均回來吃飯，總是在七點以後，幸升了爐子，諸事還方〔便〕，我告訴他能回來吃即盡可能回來，因為稍吃得好一些，把身體搞壯實些，才能更好些完成工作任務。這半個月以來，臉上似乎有了些肉。芝佩食量經常敵得住我一倍，所以臉色很好，且不像過去那麼一回來即有累倒樣子。大弟一切很好，買了雙講究冬天用厚皮靴，大致得穿個十來年才會報廢（而今到處學王傑，他又照畫了個王傑大相）。他們辦公處大致都有暖氣，在工作時因此衣都穿得較少，出外時也還不曾讓冬衣全部上身。家中三個爐子已裝上，我房外一個只有在禮拜六夜裡升一次，星期天加點點煤球即對付過去了。市上雖宣稱小煤餅種種成效，並說大煤餅今冬擬不再生產。經各方面試驗，如小弟等情形，用小煤餅過得去，已不怎麼熱，朝慧房中用燒飯，卻不甚有效，取暖用熱力且不大夠，因此依舊用大煤。只大弟房中用煤球，相當省，只是劈柴有一定消耗。大弟本星期去看了看老夫子，也看看凌宏，一切似乎還自然，這麼也好。老夫子聞病勢有好轉，黑影縮小，精神相當好。我因事已二星期未去看看。淑蘭孩子長得挺好。二姊已有十多天未見，天氣轉冷，已入零下若干度。也不好邀她來吃飯。她還說要芝佩帶紅紅去住一天，可以教會芝佩許多照護孩子的方法，也因天過冷不便麻煩。最不方便還是禮拜一早上得六點半後即送到托兒所，天還未大亮，兩人不免有些狼狽（落雪後將更加見得狼狽！），禮拜天住我這邊，比較好些。但小傢伙送走後，房子裡瓶瓶罐罐到處是，且到處是尿片，還得王嫂做「善後督辦」，收拾一攤子！孩子很健康，眉毛高揚，脾氣特別好，大致將如她母親一樣，有「福」相。不像小弟小時肥胖中見機伶。大伯為她買了兩個小玩具，虧得他選得倒很合適！款項已轉清手續，將達九百數目。天氣轉冷，房中升有爐子還覺得腳趾發木，想起你們在鄉下山村中，必更感覺寒氣逼人（衣夠了沒有？），晚上一定縮縮瑟瑟在被中不易安定。若要被子或先把我蓋的上被託人帶去，我暫用絨被，大弟一、二星期不回來住也成。大弟工作已近結束，新近又派他和六、七個人共同設計一新機床，又恐得有一、二年時間做下去，暫時即不在機器邊帶學生實習。將來設計圖做好，再下廠參加試製生產，情形即將和小弟差不多了。趁精力得用，黨要做什麼即照做，做完了又再換一工作。我看也很好。基礎打在實踐上，對國家得用。個人什麼工作都摸摸，接觸工作面廣，接觸人也廣，也是好事。一切可放心。我半天去館中工作，用書方便些，工作室極安靜，因為五樓上七、八間房中只有兩個人，卻相隔甚遠。惟房子裡相當熱，將解開衣扣做事還有些悶人（一出門可相當冷），並且讀書能力和記憶力、貫串力似均在下降中。且感覺遲鈍，真正是有日趨老邁勢。血壓下降，或者是極力控制飲水有一定關係。每頓飯後除吃蘋果一個，此外幾乎從不用茶，也不再想喝茶或吃別的什麼。飯量還維持一碗數目，藥照常吃，熟人相見均說有「發福」現象，不知何故。每晚用兩種藥，另一種是劉樸帶來的小粒「奴米拿」，同吃可以睡六、七小時，第二天頭不暈重，大致這也即是吃並不增長卻有「發福」趨勢原因之一。我想還將再稍減食量試試，會有好處。若明春還能維持血壓在一六〇／九〇，我或許也可以請求下鄉四清一次，多明白一點國家事情。只是心臟不大好，總是隱痛，長住鄉下是否相宜，還得問問醫生。若照劉樸說的，則手提較重東西也不大相宜。所以若照過去那麼再有一次逃往西南鄉下，想如過去住呈貢時肩扛二火爐，手拖松毛一大捆，由車站趕到桃源，怕不大成了，何況還得有一年半載的「王祥臥冰」！想想這卅年過去，也真是一生奇蹟，難得奇遇！這些事情和再下代說來，也將不免如我們聽太平天國故事，總彷彿是三幾百年前老事！新的一代或許還有新的災難，即美帝為我們帶來的種種。這些事也許可以避免，也許將於一年、二年中會出現，到時紅紅卻成了當年的虎虎，帶著她上路的，還得我們！照日本近幾月幾篇重要文章看來，日韓條約一見實施，一、二年內朝鮮就必然隨時會有新的事故發生，特別是西貢方面傀儡政權的崩潰前夕，作為他們挽救崩潰的戰略，東北問題更容易產生，可能性極大。印度為轉移內部經濟困難，也會作為美帝工具，而用蘇米格廿一飛機和新的兵器在邊上挑釁，……最討厭的大致還是日軍國主義者夢心幻想，為世界、為他國帶來的災難危險性格外大。活到這一世紀的人，說壯麗也夠壯麗，但是說痛苦也夠痛苦！誰都明白戰爭帶來的破壞性，但是誰也無能力使世界幾種矛盾化為平衡。特別是資本帝國主義的侵略性，以為解除其本國經濟上的危險和內部種種矛盾，最後總是戰爭，用擴大侵略的戰爭來作為最後一著棋。目下趨勢已顯明可以看出又到了戰雲四布的前夕。特別是越南問題的發展引起的局勢，我們不準備忽然的突擊，就將犯大錯誤！聞日本刊物竟有推測即使今年十一月中國不受突擊（珍珠港事件似即十一月），明年三月也會出現問題。因為估計彼時美軍結集已完畢，而包圍我國的所有大軍用機場等也已完成，關島、琉球及第七艦隊的準備工作也已經差不多，且以原子彈一投中國即只有投降。這種文章雖出於日人估計，也近於心理戰一部分。由我們看來，南越事已夠他們焦頭爛額，向中國挑釁，一時還不至於冒險。但總的趨勢看來，隨時還是會有事情發生。聞京密運河的發掘，即是備戰工作一部分，平時可用以灌溉幾百萬畝京郊土地，戰時萬一水庫被炸，也不至於洪水氾濫。南方若干省分已早做預防萬一緊急處置。北京方面幹部安排，也是不論夫婦一人在外埠工作，即將另一人也外調。館中已有一同事照政策外調。小弟工廠已有部分入川，連家具也帶走（怕那方來不及供應）。惟昨至郊外二有，卻又到處在搞新建築，有的規模相當龐大，可見從我方準備，打也不怕，炸也不怕。一切擬進行的建設，還是照預定計畫進行。全國均在為第三個五年計畫而準備。

天氣已相當寒冷，鄉下山風必更大，你們是不是還得每天日夜各處走動？並且經常還得到三幾里村子裡去開會？要不要什麼東西？咳不咳？消化力還過得去沒有？「丸子」和「雷米封」務必經常服用。年紀究竟不比廿歲少壯，一切應實事求是為對，擔不下的就不勉強。天氣若過冷，炕上加點稻草可能暖和些，但恐山間鄉村裡稻草也許不是容易得到的東西。聞永玉等今年底或即可告結束，但學校無新生可教，或許還要再換個地區加一期，也說不定。南方藝術學校羅叔子等且有在鄉下已二年的。傳聞文史系畢業生將來有在鄉村做幹部一年的擬議，這與將來半農半讀都是一件新事，一件有歷史意義大變革，對國家顯然會起重要作用的。個人擔憂的還不是這些重大措施的執行能否順利進行，卻是城市人口的過剩，機關內不能從事生產的幹部過多。青年下鄉工作，政治工作已做得相當多，下去的還是有一定限度。機關幹部總永遠是多過所需要以倍計。有的即在定額內，但長年累月下去，業務能力卻無從作相應提高。這一點在學校年輕教員中格外顯得突出，某些文化機關中也有相同情形，業務能力必須逐漸或加速提高，事實上有各種原因總提不高（內中包括科學院在內）。提不高，文化仗即不大好打！落後或空白點不易填補。

要不要報刊？還有不時間看看報刊？怕你找不到信封，郵票也不便買，試為寄幾個已貼好郵票的信封，或者寫信方便些。

這裡報刊上，廣播台……到處是關於王傑事情，各機關的壁報和辦公室牆上，情形相同。顯然比雷鋒學習又深入一層，也反映「備戰」另一方式，是全國性和全面性的。

從

十一月廿四日夜

覆張兆和　一九六五年十二月十二日　北京

三姊：

十號信得到，知還未收到託作協陳同志帶來的棉被，棉被是前大幾天由朝慧親送至東總布胡同的，也許因為過重不便捎帶，或託相熟人探問一聲，上面寫得清清楚楚。大小弟等均很好，一切放心。「業餘創作會議」似已開過，日報上也刊載了些「心得」

文章。惟人人上下真正關心的事情，還是越南戰事的發展和日韓同盟的軍事上的實施（二、三年間若成為事實，即相當麻煩），特別是後者值得警惕。

天氣又轉趨暖和，短時期還像落不下雪，農事問題，在鄉下見聞必多些，但不知「京密運河」修成後，對京郊數百萬畝土地，能普遍起作用沒有。

紅紅回來，臉如倭錦蘋果，整夜不哭，白日口中不斷咿咿唔唔，已能站起一會兒，十分乖。不過一回家，家中即刻變了樣子，房子中桌上到處是瓶瓶罐罐和衣服尿片。直到我書桌也被占領，只好退出陣地，到外邊屋子。大弟還依舊在天文儀館打夜班調整儀器，身體極好，精神也好。小弟每天去虎坊橋展覽館，守在那台新機器邊，一天工作十二小時，有時可能還得開開機器，解釋問題。芝佩去密雲機床研究所開會數天，星期二還得去。我最近看了個新「維尼隆廠」，日人為裝備的，值二千七八百萬美元，有千個工人，人多廿來歲，地無纖塵，全部自動線，印象甚好（聽人說，北京有好些新式工廠，都差不多如此），全用電錶操縱，年紀廿來歲工人，守在旁邊而已。造成棉花有絲光，年一萬多噸。明天還將去小弟工廠看看大車間，或許還派到張芝佩做講解員。看不懂什麼，稍稍留個大略印象，明白孩子們終生守住的工作場所是長得什麼樣子，也是應當的。

我在趕改《服裝資料》，雖有三人小組，實近於獨自為戰。大約在一月中將重抄一遍，邊抄邊改，另外二人同意後，再送館中龍、陳、韓諸館長斟酌耐改，再送康老過目一閱。上面點頭，大致才有希望付印，且可望出來後不至於被人抓辮子，扣帽子。也許因其他事故，臨時又擱置下來，也難預料。我已早把出版理想放棄，只老擔心將來出亂子，因為內中牽涉方面極廣，我歷史知識有限，美術史知識也並不完備，工作真如打仗，指戰員多，可商討得失的人不多，真正「披堅持銳衝鋒陷陣」還只是我一個人，很不好辦！三月裡大致將做最後決定。近來血壓穩住，因不另喝水，只吃三蘋果，菜多素食。心臟還是經常抽痛，坐桌子邊久些，眼即有些浮腫。記憶力、理解力似乎在日益衰退中。讀書難記憶，稿子一改也即便忘記內容。衣服問題告一段落時，即接續搞綢緞，也將編印一本選集。但工作若無兩個手勤且準的美工協助，將有用的花紋加速復原，三年兩載下去，怕也難望做出什麼顯著成績，全面清理不可能，只能就手邊三、五百材料，寫三幾萬字說明而已。照我自己估計，常識更得用，大致還是幫助學校把所有工藝專業教材搞好，落落實，一本本印出來，對於明天教學還有用。因為究竟什麼是「勞動人民優秀遺產，藝術成就」，以及彼此關係，這些事我知道的總還是比一般在學校教書的多一些。但在目前情況下，民族關係、國際關係兩者間在文章上措詞最難把握，容易出亂子。且目前整個氣氛，似在「備戰情緒教育第一」緊張情況中，一切經常性事，雖要做也可以不做，有關文學藝術教材，誰也難於估計明年工作應有進展。科學院社會科學各部門，正在大舉討論吳晗關於海瑞戲劇和姚文元、戚本禹文章，就趨勢言，將比談「中間人物」和《早春二月》人數還廣泛。因為史學、哲學在全國大專院校範圍內還是人數眾多而問題多方。總之，在大學中教歷史或文學史，一、二年內恐不易落實。書讀得愈多，將愈不好辦，不僅教不好學生，也不利於教師本人思想改造。書讀得少，接受新問題反而不至於發生牴觸，易見功。我近來搞的一行，一切從實物出發，且突破了一般弄文物和藝術舊框子，對生產教學都還有用。但弄不好，也極容易成為「厚古薄今」。「學舊」本在有利於更多樣化的「創新」，但由於教師底子差，喜空談見好，怕務實把握不住本質，因此也樂意用「怕厚古薄今」為辭，盲目的敢想敢幹走彎路，教出的學生多缺乏創造力，在學校拖畢業，又到工作崗位上去拖。拖倒極容易，藝術上見奇蹟將無可望。所以今後若編圖錄，給這些新一代教師看，大致也是愈淺愈好，淺到一般連環畫程度，可能會獲得較大成功。但這就很不容易做到。

二姊已久不見，耀平兄去上海一陣，已回京，來談了一陣南方情形。永玉家如常，黑蠻到永玉回來時，或已經比永玉高了些。你衣夠不夠？要什麼來信提提。工作以隨時隨事問海珠為是，免弄錯！

從文
十二

張兆和致沈從文　一九六六年三月十日　順義

從文：

前幾天，我正起早趕寫材料，忽然感到地震，持續有一分多鐘之久。來到北方，這樣強度的地震，近些年來好像還沒有經歷過。這裡老鄉認為「地動山搖，花子摺瓢」，今年會是個好年。好些人都說，今年是馬年，下黃雨，耕地前來一場好雪，今天又下樹掛，肯定是個豐收年，如果這些話有幾分根據，自然很好，對備戰備荒有好處。可今天早晨我從廣播喇叭中，好像聽到邢台專區有十五個公社受地震影響，似乎受相當損失，我聽的不完全，我想到永玉和他的一幫戰友，天保佑他們沒有恭逢其會。問問梅溪，永玉最近有信來家沒有，念念。寫個信給我。

晚報和焦裕祿小冊子收到，對工作有用，讀過的《中國青年》如家中不預備留的，也望為寄來。丁甲莊是個三類隊，長時期以來黨支部處於癱瘓狀態，不抓政治，走資本主義道路，社員被舊思想、舊習慣勢力深深的影響著，要想突出政治，用主席思想、社會主義思想進行教育，改變丁甲莊面貌，這工作比起附近其他村子說來就要艱難得多。我們運動的進度比較慢，原因在這裡村子也大，情況複雜。四清五月能否結束，現在還說不好……來了一幫大學生可能在四月底走，他們希望能留下搞完這次運動，但因為他們是畢業班，還要實習等等，能不能留下很難說。老沈還沒有回來。海珠長期嚴重失眠，有一次半夜服了八粒眠爾通，因此第二天昏迷不醒，接回北京休養了一禮拜，回來時十分憔悴。我同房小張有心臟、淋巴結核等病，農村青年小毛本來身體挺棒，現在由於睡眠不足，也病了一場，前不久搬到我們住處的大個子小唐，身材魁偉，可是長期患胃病。同這些個青年人比起來，我的健康情況略近於奇蹟，同志們很難解答這個問題。我只是在天氣轉暖，勞動時脫衣冷熱不均夜間有幾聲咳，已託小張進城為買半斤核桃仁，大哥寄的貝母粉請寄來少許……

來信說到大弟小弟工作緊張，青年人緊張工作是正常現象，希望他們注意身體，注意飲食。

我不能常寫信，可「慣遲作答愛書來」，談談家裡大小情況，談談紅紅，對我是緊張生活中的調劑，也是人生一樂趣。

兆　三・十

張兆和致沈從文等　一九六六年五月廿八日*

從文，孩子們：

一出城，空氣就不一樣，公路兩旁樹木美得很，裡面是一行像東單公園那樣傘形的樹，外面一行垂柳，有的是大葉楊，有的地方不是一行兩行，而是樹木成林。中阿友誼人民公社的苗圃特別可愛，有的已密密成林，有的幼樹（大概是柏樹之類）保持一定行距，矮墩墩的，很像幼兒園的孩子在排隊，規規矩矩。我想像其中最胖的一株，乖乖的，是紅紅，我像是看到她的笑臉。

一過順義，就覺得比北京冷，下車後，正是午休時間，田野裡看不到人。我又歷一次險。丁莊有一道溝，在村東，叫東溝。到丁莊，必須過溝，可是正放水澆麥，漫水，過溝處過不去，我一直順著溝東走到近村處，遇見幾個相識的孩子在撿豬菜，老遠就叫「老張！」我問哪裡能過溝，他們指渡槽。我走到渡槽，乾渠正放水，我看看滿槽都是嘩嘩流水，遠處渠很寬，但是既到橋邊只能前進，不能後退，我大著膽子，向一尺寬的槽幫走去，左邊是兩三丈的溝，右邊是滿槽的水，只聽到遠處孩子們喊「別摔下去！別摔下去！」我目不旁視，小心地看著腳下，一步步走過，過了一半，我就放心了，大膽走了過來。水流很急，要是跌下去就淌走了。我想這次小小涉險，也能說明我的身體和精神狀態吧。告訴你們，可以完全放心。

一到村，正是午休後出工，社員們看到我都親熱地叫「老張」，說掂著我的眼，怕落下病，人人都說我瘦了。我笑著說：「丁莊的玉麵粥對我特別好，我一來丁莊又要胖了。」

我們村的問題多，看來時間還要延長，說是什麼時候搞透、什麼時候出村，因此家裡恐怕得早點解決保母問題，能找到像鄭秀介紹那樣保母，工資高一點也可以。否則紅紅接來，家裡會忙不過來。

朝慧早晨能間或同二伯到公園走走，吸點新鮮空氣，人精神好得多。我在家一個多

＊此信寫於張兆和回京醫治眼病後，剛返回四清工作隊時。

月，把大家都悶在家裡，憋悶壞了。

兆和　五月二十八

一個月後，小孫女隨父母遷往四川。
同時，無產階級文化大革命的初潮，開始波及這個家庭……

後記

六十多年過去了，面對書桌上這幾組文字，校閱後，我不知道是在夢中還是在翻閱別人的故事。經歷荒誕離奇，但又極為平常，是我們這一代知識分子多多少少必須經歷的生活。有微笑，有痛楚；有恬適，有憤慨；有歡樂，也有撕心裂肺的難言之苦。從文同我相處，這一生，究竟是幸福還是不幸？得不到回答。我不理解他，不完全理解他。後來逐滲有了些理解，但是，真正懂得他的為人，懂得他一生承受的重壓，是在整理編選他遺稿的現在。過去不知道的，現在知道了；過去不明白的，現在明白了。他不是完人，卻是個稀有的善良的人。對人無機心，愛祖國，愛人民，助人為樂，為而不有，質實素樸，對萬匯百物充滿感情。

照我想，作為作家，只要有一本傳世之作，就不枉此生了。他的佳作不止一本。愈是從爛紙堆裡翻到他愈多的遺作，哪怕是零散的，有頭無尾，有尾無頭的，就越覺斯人可貴。太晚了！為什麼在他有生之年，不能發掘他，理解他，從各方面去幫助他，反而有那麼多的矛盾得不到解決！悔之晚矣。

謹以此書奉獻給熱愛他的讀者，並表明我的一點點心跡。

張兆和

一九九五年八月廿三日晨

國家圖書館出版品預行編目 (CIP) 資料

我所愛過正當最好年齡的人：一九三〇－一九六六年沈從文家書 / 沈從文, 張兆和著 . -- 初版 . -- 新北市：臺灣商務印書館股份有限公司 , 2021.10

面；　公分 . -- (人文)

ISBN 978-957-05-3359-0(平裝)

856.287　　　　110014306

人文

我所愛過正當最好年齡的人：一九三〇－一九六六年沈從文家書

作　　者—沈從文、張兆和
發 行 人—王春申
審書顧問—林桶法、陳建守
總 編 輯—張曉蕊
責任編輯—陳怡潔
封面設計—蕭旭芳
內頁排版—6 宅貓

行銷組長—張家舜
業務組長—何思頓
出版發行—臺灣商務印書館股份有限公司
　　　　23141 新北市新店區民權路 108-3 號 5 樓（同門市地址）
電話：(02)8667-3712　傳真：(02)8667-3709
讀者服務專線：0800056193
郵撥：0000165-1
E-mail：ecptw@cptw.com.tw
網路書店網址：www.cptw.com.tw
Facebook：facebook.com.tw/ecptw

局版北市業字第 993 號
初版一刷：2021 年 10 月
印刷廠：沈氏藝術印刷股份有限公司
定價：新台幣 480 元

法律顧問—何一芃律師事務所